Für Frauke

Berend Harke Feddersen

Friesische Geschichten

Mit Zeichnungen
von Prof. Hans Peter Feddersen d. J.

Husum

Umschlagbild: Hans Peter Feddersen, „Spätland bei Maasbüll“, 1883
(Abdruck mit freundlicher Erlaubnis des Städtischen Museums Flensburg)
Fotos: Repro Nissenhaus Husum (Susanne Backens)

Die Deutsche Bibliothek – CIP-Einheitsaufnahme

Feddersen, Berend Harke:
Friesische Geschichten / Berend Harke Feddersen. Mit Zeichn.
von Hans Peter Feddersen d.J. – Husum : Husum Druck- und
Verlagsges., 1994
ISBN 3-88042-678-3

Satz: Fotosatz Husum GmbH
Druck und Verarbeitung: Husum Druck- und Verlagsgesellschaft
Postfach 1480, D-25804 Husum
ISBN 3-88042-678-3

„Clarum inter Germanos
Frisiorum nomen.“
„Der Name der Friesen
leuchtet unter den Deutschen.“

Cornelius Tacitus (55 – 115 n. Chr.),
römischer Geschichtsschreiber

Es war einmal ein kleines friesisches Dorf.

Winter in Nordfriesland

Es war einmal ein kleines friesisches Dorf. Das lag am Rande der mageren Geest, dort, wo die fetten Marschwiesen beginnen. Das Dorf bestand aus dreizehn oder vierzehn niedrigen strohgedeckten Häusern. In den Häusern wohnten Kleinbauern mit ihren Familien. Die Bauernstellen waren wirklich sehr klein. Das wenige Land konnte die Familien kaum ernähren. Darum suchten alle Männer nebenbei als Handwerker ihr Auskommen in den umliegenden Gegenden.

Dieses Dorf hat natürlich auch einen Namen. Ich muß aber gestehen, daß ich ihn leider nicht kenne. Vielleicht hat ihn mir meine selige Großmutter nicht genannt, als sie mir von dem Dorf berichtete. Es kann aber auch sein, daß ich nicht richtig aufgepaßt habe. Denn ich war noch ein kleiner Junge, als mir meine Großmutter erzählte, was ich hier aufgeschrieben habe. Das war vor mehr als fünfzig Jahren. Vielleicht habe ich den Namen aber auch einfach vergessen. Das kann in Friesland nämlich leicht geschehen. Denn die meisten Dorfnamen enden mit -büll oder -holm oder -toft.

Wenn ich auch den Namen des Dorfes nicht kenne, so weiß ich doch ziemlich genau, wo es liegt. Irgendwo nahe an der Nordsee in Schleswig-Holstein. Damit ist klar, daß unser Dorf im berühmten Nordfriesland liegt. Es gibt nämlich auch ein Ostfriesland. Das liegt in Niedersachsen. Es gibt sogar noch ein Westfriesland. Das wiederum findet man in Holland. Unser Friesland ist ein schmaler Streifen Land am Meer. Die nördliche Grenze verläuft auf der Höhe der Stadt Tondern. Die südliche Grenze bildet der Fluß Eider. Im Westen liegt die Nordsee. Und im Osten schließt sich der magere Geestrücken an. Irgendwo in diesem schmalen Stück Land also muß unser Dorf liegen. Vielleicht findet ja ein Leser heraus, wie das Dorf heißt. Dann würde ich gerne davon erfahren.

Meine selige Großmutter erzählte mir, im Winter sei es früher in Friesland ziemlich langweilig gewesen. Sie wird das genau gewußt haben. Denn schließlich war sie ja auch eine friesische Bauerstochter. Heute ist das Leben in Friesland auch im Winter erträglich, denn es gibt Unterhaltung genug. Das fehlte damals. Es gab kein Fernsehen, kein Radio, kein Kino. Es fehlten auch Volkshochschule, Universitätsgesellschaft und Tourneetheater. Es gab noch nicht einmal Kunstgalerien. Es muß wirklich furchtbar trübsinnig gewesen sein, damals im Winter in Nordfriesland.

Irgendwann wurde es den Bewohnern unseres kleinen friesischen Dorfes dann doch wohl zu langweilig. Darum ließen sie sich etwas einfallen. Sie setzten sich nämlich im Winter einmal in der Woche zusammen. Jede Woche lud ein anderer seine Nachbarn ein. Schulwen nannten die Friesen diese Sitte. Es wurde ziemlich eng in den kleinen Stuben. Denn natürlich waren auch alle Kinder dabei. Erst einmal wurde kräftig gegessen. Die Gastgeber tischten auf, was die Speisekammer hergab. Alle hatten Messer und Löffel mitgebracht. Denn keiner der Kleinbauern besaß so viele Bestecke, daß es für alle Dorfbewohner reichte. Es gab Schwarze Grütze oder Dörrfleisch, Aalsuppe, Schwarzsauer, Labskaus oder Grünkohl mit Pinkel. Das sind Spitzengerichte der friesischen Kochkunst. Alle aßen aus einem Topf oder einer Pfanne. Wenn die Gäste satt waren, griff der Gastgeber in seinen Hängeschrank. Er holte eine große Schnapsflasche hervor und zwei kleine Gläser. Das eine der Gläser war für die Frauen. Das andere ging bei den Männern reihum. Die Männer nahmen das Glas in die geschlossene Faust. Die Frauen hielten es zwischen Daumen und Zeigefinger, den kleinen Finger spreizten sie zierlich ab. Schließlich wußten sie, wie man sich bei Tisch benahm. Jeder hob das volle Glas gegen den Gastgeber und blickte ihm tief in die Augen. Dann kippte er den Schnaps entschlossen runter. Danach verzog er das Gesicht, als habe er etwas Scheußliches getrunken. Das war natürlich reine Schauspielerei. Aber man mußte sein Gesicht verziehen. Sonst nämlich wurde man für einen Trinker gehalten.

Dann setzten sich alle gemütlich zurecht, möglichst in der Nähe des Ofens oder der kleinen Kerze. Beim Ofen hatte man es warm, bei der Kerze hell. Die Frauen spannen und strickten. Die Männer kratzten Wolle oder flochten Binsenseile. Und dann erzählte einer eine Geschichte. Meistens war das der Gastgeber. Ein ganzes Jahr hatte der Erzähler Zeit, sich seine Geschichte zu überlegen. Jeder legte seinen Stolz darein, eine möglichst schöne Geschichte zu erzählen. Und wenn dabei etwas geflunkert wurde, so machte das auch nichts, Gott sei Dank.

Nun hat der Winter dreizehn Wochen. Frühjahr, Sommer und Herbst übrigens auch. Darum werden in diesem Buch auch dreizehn Geschichten erzählt, für jede Woche eine. Das mag Abergläubische aus anderen Gegenden erschrecken. Aber daß der Winter dreizehn Wochen hat, ist nun mal nicht zu ändern. Sollten auch Friesen dieses Buch lesen, so werden sie sich über die Zahl der Geschichten freuen. Die Friesen lieben nämlich die Zahl Dreizehn.

In Friesland – was Nordfriesland bedeutet, wie erinnert wird – ist sowieso alles anders. Das läßt sich an Hand der Dreizehn leicht beweisen. Kauft jemand ein Dutzend frische Eier, so erwartet er, daß der Bauer ihm dreizehn einpackt. Wo gibt es das außerhalb Frieslands? Wird in anderen Gegenden einem Jungen der Ball geklaut, so sagt er: „Ich zähle bis drei, wenn du mir dann nicht den Ball zurückgibst, ...!“ Was aber macht ein kleiner Friesenjunge? Er sagt: „Ich zähle bis dreizehn ...!“ Das ist mehr als klug. Denn der Gegner kann sich die Sache überlegen und rückt den Ball vielleicht freiwillig heraus. Oder der kleine Friesenjunge hat Zeit, seinen Angriff sorgfältig zu planen. Ist jemand ausnehmend blöd, so sagt man in anderen Gegenden: Er kann nicht bis zehn zählen. Die Friesen aber sagen: Er kann nicht bis dreizehn zählen. Das schaffen selbst die blödesten Friesen. Womit die Überlegenheit dieses kleinen Volkes ausreichend bewiesen wäre.

Mit der magischen Zahl Dreizehn hat auch zu tun, daß man den Niebüller Flickschuster Fiete den „Löwen von Niebüll“ nennt. Man könnte nun vermuten, Fiete sei ein besonders tapferer Mann. Das ist nicht der Fall. Fiete ist vielmehr ein rechter Angsthase. Aber angeblich hat er mit dem Löwen eine andere Fähigkeit gemein. Der Löwe kann nämlich dreizehnmal nacheinander. Das hat der alte Lehrer Johannes Petersen jedenfalls in einem klugen Buch gelesen. Es ist wohl einzusehen, daß der Flickschuster Fiete wegen dieser angeblichen Fähigkeit immer gut zu tun hat.

Vielleicht stört sich jetzt immer noch jemand an der Zahl der dreizehn Geschichten. Dann soll er einfach im Buch die letzte Geschichte überspringen.

In jedem Winter saßen die Friesen zusammen und erzählten sich was. Es ist leicht auszurechnen: es müssen viele hundert Geschichten gewesen sein im Laufe der Jahre. Alle wären vergessen. Wenn nicht meine selige Großmutter das verhindert hätte. Sie hat nämlich in ihrer Jugend in unserem Dorf viele von ihnen gehört. Meine Großmutter hatte ein bemerkenswert gutes Gedächtnis. Sie konnte mir nicht nur die Geschichten erzählen. Sie konnte mir sogar noch die Namen der Erzähler nennen. Ich habe nur aufgeschrieben, was meine Großmutter aus ihrer Kindheit erinnerte. Ich mußte mich dabei auf ihr Wort verlassen. Sie wird die Geschichten so und nicht anders gehört haben. Denn ich kann mir nicht recht vorstellen, daß die weißhaarige alte Frau geflunkert oder gar etwas dazuerfunden hat. Das würde ja auch gar nicht zu uns Friesen passen.

Die erste Geschichte erzählt
Jappe Jappsen

So, und nun folgt die erste Geschichte. Nach der Überlieferung meiner Großmutter hat Jappe Jappsen sie erzählt. Jappe war Flickschuster. Mit seiner Frau Bendine lebte er in dem kleinen Häuschen, das etwas abseits vom Weg zur Heide hin lag. Seine Geschichte kannte Jappe fast auswendig. Nur gut, daß Schuhe nicht reden konnten. Denn jedem Stiefel, den er während des vergangenen Jahres besohlte, hatte er von Occos Brut erzählt. Schnell kippte Jappe noch einen Schnaps herunter. Aber nur einen. Das tat gut. Jetzt konnten die Nachbarn kommen.

Occos Brut

Vor mehr als tausend Jahren, um das Jahr 830, war die Gegend, in der wir heute leben, noch menschenleer. Eine Tagesreise weiter östlich hingegen, am Ufer der Schlei, saßen zwei Männer in einer kleinen Siedlung vor einer niedrigen strohgedeckten Hütte. Sie hatten ein wärmendes Feuer angezündet, denn es wurde schon empfindlich kalt in den Septembernächten. „Glaubst du, daß er noch kommt?" fragte einer der beiden. Er war ein blonder Hüne, groß gewachsen, gertenschlank und immer guter Laune. „Thorulf, du ungeduldiger Wikinger", antwortete der andere, „du kennst doch unseren Freund Occo. Die Friesen mögen manche schlechten Eigenschaften haben, aber pünktlich sind sie." Auch der zweite der beiden Männer war groß, ein schwerer Mann von bedeutendem Umfang mit breitem Gesicht. Gilli hieß er und war ein Russe. Thorulf der Wikinger war ein unruhiges Blut, immer zu Streichen aufgelegt. Gilli der Russe war eher in sich gekehrt. „Der Winter kommt früh bei uns im hohen Norwegen", sagte Thorulf. Ruhelos rutschte er auf seinem Sitz hin und her. „Wenn ich nicht bald aufbreche, kann ich in diesem Jahr keine weitere Fahrt nach Haithabu machen."

Der Ort am Ufer der Schlei, an dem die beiden Männer saßen, wurde von allen reisenden Kaufleuten Haithabu genannt, von denen aus dem Norden ebenso wie jenen aus dem Osten oder Süden. Haithabu war eine reine Handelssiedlung. Einige der Kaufleute besaßen eigene kleine Hütten, Gilli der Russe etwa, vor dessen Haus die beiden Männer hockten. Auch einige Handwerker hatten sich dort niedergelassen. Denn wo reisende Kaufleute ein- und ausgingen, gab es für tüchtige Handwerker immer etwas zu verdienen. Von überall her kamen die Händler, Thorulf der Wikinger etwa war hoch im Norden zu Hause. Er handelte mit den gesuchten feinen Fellen und führte auch den seltenen Bernstein. Gilli der Russe hatte in Birka in Schweden seinen Hauptwohnsitz, nahe dem Ort, der heute Stockholm heißt. Er betrieb einen lebhaften Handel mit Sklaven.

Die fingen seine Leute hauptsächlich im Bereich der russischen Flüsse, die in die Ostsee mündeten. Ungeduldig blickte der Wikinger zu seinem schnittigen Boot, das seine Leute schon segelfertig machten. Gilli dem Russen entging der Blick nicht. „Warte noch ein oder zwei Tage“, sagte er, „er wird schon kommen, der krummbeinige Friese. Vielleicht gab es ja Stürme im Friesischen Meer und er wurde abgetrieben!“ Und er schenkte seinem Nachbarn aus einer Kanne ein Getränk nach, das beiden zu schmecken schien.

Da plötzlich ertönte landeinwärts der Ruf eines Postens: „Occo der Friese kommt!“ Bald darauf tauchte zwischen den niedrigen Hütten der Siedlung ein kleiner Mann mit dunklem Umhang auf, der alle Blicke auf sich zog. Ihm folgte ein Pferdetreiber, dessen Tier hoch mit Waren beladen war. Obwohl der Mann Haithabu über Land aus dem Westen erreichte, hatte er den kennzeichnenden Gang aller Seeleute. Breitbeinig schritt er aus. Als er Thorulf und Gilli vor der Hütte sitzen sah, ging ein freudiges Leuchten über sein Gesicht. Gemessen trat er auf die beiden Männer zu und begrüßte sie, so, wie man nur alte Freunde begrüßt.

Thorulf und Gilli waren, jeder in seiner Art, stattliche Erscheinungen. Das konnte man von Occo dem Friesen nicht gerade sagen. War Thorulf blond, so war Occo dunkel. Zeichneten den Wikinger breite Schultern und schmale Hüften aus, so war der Friese gerade umgekehrt gebaut. Occo hatte schmale Schultern und ein kleines Bäuchlein. Hatte Thorulf ein scharfgeschnittenes Adlergesicht, so zeichneten Occo eine Knubbelnase, runde Wangen und etwas abstehende Ohren aus. Die versteckte er unter dem Rest seiner dünner werdenden Haare. Auch wirkte er kleiner, als er ohnehin schon war. Denn er war, wie Gilli richtig bemerkt hatte, krummbeinig.

„Es war eine schlimme Fahrt“, sagte Occo, als er neben dem Wikinger und dem Russen Platz genommen hatte. „Als ich Dorstadt den Rhein abwärts verließ, ging noch alles gut. Aber als ich hinter den Inseln nach Norden segeln wollte, hatten wir Gegenwind. Ich mußte fast vierzehn Tage warten, bis der Wind umsprang. Dann verrutschte meine Ladung. Ich mußte sie neu festzurren. Ihr wißt, wie leicht meine Weinflaschen und mein irdenes Geschirr zerbrechen. Auch die Felle um meine schönen wollenen Tuche mußte ich neu verschnüren. Die Eider hatte ihren Lauf wieder einmal verändert. Und die Treene aufwärts mußten wir die ganze Zeit das Boot ziehen. Als wir an Land gingen, mußte ich noch einen Tag warten, bis ein Tragtier meine Waren übernehmen konnte. Ich denke", seufzte er, „dies wird meine letzte Fahrt in diesem Jahr sein." Auch Occo der Friese war ein Fernhandelskaufmann.

„Und wie sieht es in Dorstadt aus?" fragte Thorulf der Wikinger. Dorstadt, in den Niederungen der Rheinmündung gelegen, war eine Handelssiedlung wie Haithabu. Vor allem friesische Kaufleute hatten sich dort niedergelassen, unter ihnen auch Occo. Da die Siedlung älter war als jene von Haithabu, war sie auch größer und reicher. Thorulf der Wikinger erfragte gerne Nachrichten aus großen und reichen Siedlungen. Denn erstens war er von Haus aus wißbegierig. Und zweitens konnte er sich vielleicht einen seiner Wikinger-Kumpane verpflichten. Die waren immer dankbar für Hinweise auf lohnende Ziele für ihre Raubzüge. „Danke der Nachfrage", antwortete Occo der Friese und lächelte, „die Befestigungen wurden verstärkt. Alle Männer üben eifrig mit ihren Waffen. Und die letzten Angriffe deiner Freunde haben wir erfolgreich abgewehrt!"

Gilli der Russe lachte. „Gut abgewehrt", sagte er, „ wenn ich richtig Nachricht erhielt, mußten die Wikinger zu Fuß nach Hause laufen, weil deine friesischen Landsleute die Boote zerstörten!" Thorulf der Wikinger tat, als sei er gekränkt. Aber dann lachte er auch. „Nein, ich will doch nur wissen, wie der Handel läuft und welche Waren besonders günstig sind!" sagte er. Gilli der Russe unterbrach ihn: „Und wie sieht es mit dem Liebesleben in Dorstadt aus?" „Ach", antwortete Occo der Friese, „seit wir uns das letzte Mal gesehen haben, hat sich nicht viel geändert. Die groben friesischen Wollstoffe sind preiswert. Es gibt viel zu viel Wolle bei uns in Friesland, und das drückt die Preise.

Meine Landsleute, die aus England die feinen Wollstoffe holen, klagen über steigende Preise. Die friesischen Weinhändler in Dorstadt berichten, die Ernte an Rhein und Mosel sei gut gewesen. Also werden im kommenden Jahr die Preise sinken. Die französischen Weine mußte ich hingegen in Dorstadt schon teuer bezahlen. Die Preise werden steigen. Ihr deckt euch besser ein. Keramik-Geschirr von den Töpfern am Rhein ist reichlich im Angebot. Mein Lager ist ausreichend gefüllt. Ein neuer Silberschmied hat sich bei uns niedergelassen. Ich habe einige schöne Stücke mit, die werden euren Frauen gefallen!" Nach dieser langen Rede sank Occo erschöpft zurück und nahm einen langen Schluck. Reden war nicht gerade seine Stärke.

Nicht eingegangen war Occo, wie jeder gemerkt haben wird, auf Gillis Frage nach dem Liebesleben. Und das hatte seinen guten Grund. Thorulf der Wikinger, Gilli der Russe und Occo der Friese kannten sich jetzt schon seit fast zwanzig Jahren. Im Laufe der Zeit waren sie enge Freunde geworden. Das war gar nicht selbstverständlich. Denn sie redeten in verschiedenen Sprachen. Sie hatten unterschiedliche Lebensgewohnheiten. Sie aßen verschiedene Speisen. Sie verehrten andere Götter. Aber aus irgendeinem Grunde mochten sich die drei. Vielleicht, weil keiner von ihnen seinen Reichtum zu zeigen versuchte. Aber das war wohl mehr Klugheit als Bescheidenheit. Denn es gab viel räuberisches Volk, auch in Haithabu. Vielleicht auch, weil sich keiner besser dünkte als der andere. Es gab Wikinger, die glaubten, alle Wikinger seien klüger, mutiger, geschickter und zuverlässiger als Menschen aus anderen oder gar unbekannten Gegenden. Es gab auch Russen, die das von den Russen, und Friesen, die das von den Friesen glaubten. Weder Thorulf noch Gilli noch Occo teilten diese Meinung. Mag auch sein, daß sie nie versuchten, den anderen über den Wert ihrer Ware zu täuschen. Aber da sie Fachleute waren, wäre das auch dumm gewesen. Natürlich suchte jeder von ihnen seinen Vorteil. Schließlich waren sie Kaufleute. Aber sie gönnten einander den Gewinn, den der Tauschhandel ihnen gewährte. Wahrscheinlicher ist, daß sie einfach alle drei angenehme, duldsame und kluge Menschen waren. So trieben sie schon seit fast zwanzig Jahren Handel miteinander, waren zufrieden und freuten sich, wenn sie einander wieder trafen.

Wenn Occo auf Gillis Frage nach dem Liebesleben nicht eingegangen war (und Gilli meinte natürlich sein, Occos, Liebesleben), so lag das daran, daß Occo Frauen gegenüber schüchtern war. Thorulf der Wikinger und Gilli der Russe waren von der Pracht ihrer eigenen Erscheinung überzeugt, gewiß zu Recht. Thorulf und Gilli waren bei Frauen ausgesprochene Draufgänger. Occo hingegen hielt sich für ziemlich häßlich. Und das war wohl auch nicht ganz falsch. Mancher mochte ihn sogar für einen grimmigen Brummbären halten. Doch das stimmte ganz und gar nicht. Occo war nämlich ein nachsichtiger, geduldiger, friedfertiger Mann. Er war ehrlich (soweit Kaufleute ehrlich sein können, ohne dumm zu sein), aufrichtig, aber nicht taktlos, zuverlässig und klug. Er hatte also viele gute Seiten. Aber er konnte sich einfach nicht vorstellen, daß eine Frau bereit sein könnte, seiner guten Eigenschaften wegen mit ihm zusammenzuleben. Occo war, mit anderen Worten, immer noch Junggeselle. Und dabei war er schon fast vierzig Jahre alt.

Natürlich wünschte auch Occo sich eine Frau und Kinder. Jedesmal, wenn Thorulf eine blonde Locke seines Jüngsten hervorkramte, jedesmal, wenn er von den Streichen des kleinen Wikinger-Knaben erzählte, hatte das Occo geschmerzt. Wenn Gilli von rauschenden Festen im fernen Birka mit Wein, Weibern und Gesang berichtete (und Gilli erzählte gern und oft davon), so waren das für Occo Geschichten aus einer fernen, unerreichbaren Welt. Seine Freunde kannten seinen Kummer. Manchmal neckten sie ihn sogar. Er sei ein rechter Hagestolz, sagten sie. Und sie erboten sich im Scherz, ihm eine gute Frau zu finden. Die werde ihn wärmen an kalten Winterabenden und seinen Haushalt führen, wie es sich für einen rechten Handelsmann gehöre.

Als Occo so darüber nachdachte, mußte er auf einmal

tief seufzen. „Hast du Kummer?“ fragte Thorulf der Wikinger teilnahmsvoll. Gilli der Russe lächelte still vor sich hin. Er glaubte den Kummer des kleinen Friesen zu kennen. „Ach“, antwortete Occo, „mich will keine Frau haben!“ „Aber das ist doch Unsinn“, entgegnete Gilli, „du bist klug, du bist freundlich und du bist reich!“ „Und ich bin häßlich“, brummte Occo. „Das macht doch nichts“, sagte Thorulf, „schöne Frauen können ruhig arm, reiche Männer häßlich sein: das andere Geschlecht findet sie in jedem Fall anziehend.“ „Du hast leicht reden“, sagte Occo unwillig, „viele friesische Kaufleute in Dorstadt hätten mich gern als Schwiegersohn genommen. Ihre Töchter aber träumen von einem ungestümen jungen Hengst. Die wollen keinen dicken, kurzen, häßlichen, alten, langweiligen Kerl wie mich!“ „Und was ist mit einer jungen Witwe?“ wollte Gilli wissen. Denn es gab genug Witwen, in Birka wie in Dorstadt, in Schweden wie in den Rheinniederungen, deren Männer auf See verschollen waren oder von Wikingern erschlagen wurden. „Auch unter denen wollte mich keine!“ sagte Occo kleinmütig. Trübsinnig blickte er in das niedergebrannte Feuer.

„Muß es denn unbedingt eine Friesin sein?“ fragte Gilli schließlich, „sind denn Friesinnen besser als die Frauen aus anderen Gegenden? Können sie besser kochen, weben, spinnen, stricken, waschen, nähen, Leder gerben, den Haushalt führen als die Frauen anderer Stämme?“ „Natürlich nicht, aber wo soll ich wohl eine andere Frau kennenlernen?“ knurrte Occo mißmutig, „ich segle von Dorstadt nach Haithabu, von Haithabu nach Dorstadt, immer hin und zurück. Kannst du mir mal sagen, wie ich da eine Frau finden soll?“

Thorulf der Wikinger hatte sich bei Gillis letzter Frage aufgerichtet. Gespannt verfolgte er das Gespräch. Dann grinste er plötzlich und sagte: „Gilli, wenn du denkst, was ich auch denke, dann bist du der Größte!“ Verwirrt blickte Occo die beiden Freunde an: „Was geht hier vor, was habt ihr im Sinn?“ Gilli der Russe erhob sich schwerfällig und sagte: „Komm mal mit!“ Er führte den Friesen zu einem etwas abseits stehenden, großen Handelszelt. Dort wartete seine Ware auf ihre Käufer. Und seine Ware waren etwa fünfzig Sklavinnen. Gillis Jäger hatten sie in Litauen gefangen. Die Frauen waren durch Ketten aneinander gefesselt. „Schau dich um“, sagte Gilli mit großartiger Gebärde, „vielleicht ist unter ihnen ja eine Frau, die dir gefällt!“ Zunächst war Occo verwirrt. Dann lächelte er. Eine Sklavin, natürlich, warum sollte er keine Sklavin heiraten? Daß er nicht selbst auf diesen Gedanken gekommen war! Gewissenhaft musterte er die Frauen. Aber keine gefiel ihm. Sie waren zu alt. Oder sie waren zu fett. Oder sie machten ein gar zu grimmiges Gesicht. Oder sie schielten. Obwohl das ja nicht unbedingt gegen einen Menschen sprechen muß. Entmutigt sagte Occo schließlich: „Nein, Gilli, keine davon ist was für mich!“

Gilli schien nicht enttäuscht. „Komm“, sagte er, „wir gehen in meine Hütte, da ist es wärmer!“ Und gemeinsam gingen die drei Freunde zum Haus des Russen. „Geht nur hinein!“ sagte Gilli und ließ Occo und Thorulf den Vortritt. Das war unter Russen eine große Ehre, wie Occo wohl wußte. Dann zog sich ihm plötzlich das Herz zusammen. So schön war die Frau, die in Gillis Hütte saß. Occo meinte, noch nie eine schönere Frau gesehen zu haben. Ihr Gesicht war fein geschnitten. Ihr Haar war rot. Offen fiel es über ihre Schultern. Das rote Haar und die weiße Haut waren wie Feuer und Schnee. „Ist sie auch eine Sklavin?“ fragte Occo. Die Frage war berechtigt. Denn die Frau trug keine Ketten an Händen und Füßen. Auch war sie sauber gewaschen und gekleidet. Gilli antwortete: „Ja, auch sie ist eine Sklavin. Meine Leute haben sie auf einer Insel gefangen, die Irland heißt. Angeblich ist sie die Tochter eines Königs!“ Thorulf lachte: „Das sagen alle irischen Sklavinnen!“ Aber Occo glaubte das sofort. So schön konnte nur eine Königstochter sein!

Es war um den armen Occo geschehen. Er wußte: ohne diese Frau würde er Haithabu nicht verlassen. Und Gilli der Russe wußte es auch. Drei Mark Silber zahlte er ohne Murren. Obwohl das ein Wahnsinnspreis war für eine

Sklavin, deren Fähigkeiten man nicht kannte. Noch nicht einmal mit Gilli handeln mochte Occo. Auf einmal hatte der Friese es eilig, nach Hause zu kommen, nach Dorstadt. Am folgenden Morgen schon verabschiedete er sich von Gilli dem Russen und Thorulf dem Wikinger. Plötzlich fiel ihm ein, daß er noch nicht einmal den Namen der schönen Sklavin kannte. „Melkelka heißt sie", rief ihm Gilli nach, „und ich hoffe, du hast deine Freude an ihr!" Dann wanderten Occo und Melkelka über den Geestrücken westwärts zurück zu jenem Ort, wo seine Leute mit dem Boot auf ihn warteten. Treiber und Lastpferd mit den eingetauschten Waren folgten ihnen. Seine Gehilfen staunten nicht schlecht, als er mit einer so schönen Frau erschien. Sie zogen das Boot die Treene abwärts, ruderten dann und segelten auf der Eider schließlich flußabwärts. Occo wollte so schnell wie möglich nach Hause. Aber es kam anders.

Denn als sie flußabwärts um eine Biegung kamen, rief Occos Steuermann plötzlich: „Ein Wikingerboot!" Tatsächlich sah Occo in der Ferne eines dieser schmalen Renn-Ruderboote mit dem hochgezogenen Bug und Heck auf sich zukommen. Auch die Wikinger hatten Occos Boot entdeckt. Etwa vierzig Ruderer legten sich in die Riemen, wie ein Pfeil schoß ihr Boot durch das Wasser. Occo fluchte lauthals. Er kannte diese rücksichtslosen, raubgierigen Nordmänner. Mehr als einmal war er ihnen unterwegs begegnet. Glücklich hatte er sich preisen müssen, wenn sie ihm nur die Ware stahlen. Einmal hatten sie sogar sein Boot zerschlagen und ihn und seine drei Leute verprügelt. Es hatte ihm auch wenig genützt, daß er ihre Sprache beherrschte und viele ihrer Häuptlinge von Haithabu her kannte. Wären er und seine Männer allein im Boot gewesen, hätte er sich wohl ein weiteres Mal ausplündern lassen. Denn mit drei Leuten gegen vierzig Wikinger zu kämpfen wäre Dummheit gewesen, nicht Mut. Aber dieses Mal hatte er eine Frau dabei, seine Frau. Die hatte er rechtmäßig erworben. Und die sollte er so schnell wieder verlieren? Niemals! Darum befahl er kurz entschlossen: „Hart Steuerbord!" Sein Steuermann sollte also scharf nach rechts abbiegen.

Sie zogen das Boot die Treene abwärts.

Rechter Hand nämlich lag ein Netz von flachen Inseln, voneinander nur durch schilfbewachsene, moorige kleine Flüsse getrennt. Occo wußte das von seinen vorherigen Reisen. Doch hatte er nie einen Grund gesehen, die Inseln näher zu untersuchen. Zur großen Verwunderung der Wikinger, nein, zu ihrem Ärger, war Occos Boot auf einmal im dichten Schilf verschwunden. Die Wikinger, gar nicht faul, ruderten hinterher. Denn wohin Occos Boot verschwunden war, konnten sie an der Spur im Schilf erkennen, die Occos Boot hinterließ. Die Verfolger merkten bald, daß sie im Schilf nur schlecht rudern konnten. Occo und seine Leute hingegen kamen mit ihrem kleinen Boot zügig voran. Sie hatten nämlich einen Klootstock an Bord. Das ist eine lange Stange, die an ihrem unteren Ende eine hufeisenartige Verdickung hat. Mit der konnten sie ihr Boot weiterschieben. Bei den Wikingern aber mußten immer einige Männer außenbords waten und das Boot weiterziehen. Das war eine unangenehme und schwere Arbeit. Je schwerer die Arbeit war, um so wütender wurden die Wikinger. Aber auch Occo war wütend. Immer, wenn er glaubte, die Verfolger abgeschüttelt zu haben, hörte er in der Ferne plötzlich ihre Stimmen.

Zwei Tage und zwei Nächte plagten sich Occo und seine Männer ab. Zwei Tage und zwei Nächte ließen ihnen ihre Verfolger keine Ruhe. Immer weiter arbeiteten sie sich durch das dichte Schilf zwischen den unbewohnten, flachen Inseln nach Norden. Plötzlich kamen sie zwischen zwei Inseln hervor wieder auf das offene Meer. Kurz nach ihnen tauchte auch das Boot ihrer Verfolger aus den Sümpfen auf. Die Wikinger begannen ein Siegesgebrüll und begannen sofort wie wild zu rudern. Aber kurz bevor sie Occo erreicht hatten, verschwand der mit seinem Boot wieder im Wirrwarr der Inseln. Offenbar war den Wikingern die Vorstellung widerwärtig, wieder bis zur Brust im Wasser waten und das große Boot mühsam durch das Schilf schieben zu müssen. Zu Occos Erleichterung gaben sie ihre Verfolgungsjagd auf. Aber Occo hörte sie aus der Ferne brüllen: „Wir fangen dich noch, du Strolch von einem Friesen!“ Doch segelten sie dann nach Süden, lohnenderen Zielen entgegen.

„Das war knapp!“ sagte Occo, und seine Männer stimmten ihm zu. „Wir werden dem Gott des Schilfes ein Opfer bringen“, sagte er, „der hat uns vor den Feinden gerettet!“ Aber da er nicht wußte, wer nun unter den vielen Göttern der heidnischen Friesen jener des Schilfes war, verschob er seine Dankopfer bis zu seiner Rückkehr nach Dorstadt. Und da, leider muß es gesagt werden, vergaß er es. Vielleicht war er auch einfach zu sparsam. Melkelka hingegen, die junge Sklavin, kniete im Boot nieder, faltete die Hände, blickte zu den Wolken nach oben und rief etwas, was Occo nicht verstand. Melkelka nämlich war, wie alle Iren, schon zum Christentum bekehrt.

Occo und seine Männer verpusteten sich erst einmal. Vorsichtshalber blieben sie noch einige Tage im Gewirr der unbekannten Inseln. Denn man konnte ja nicht wissen, ob die Wikinger nicht irgendwo noch auf sie lauerten. Da Occo nichts Besseres zu tun hatte, untersuchte er einige der Inseln. Und was er fand, überraschte und freute ihn sehr. An der Oberfläche der im Schilf verborgenen Inseln gab es fetten Kleiboden mit bestem Gras. Da konnte man Kühe und Schafe weiden lassen. Unter dem Kleiboden aber war guter, fester Torf. „Donner und Doria!“ stieß Occo hervor. Das war Salztorf, daraus ließ sich wertvolles Salz gewinnen. Er kannte das aus seiner Heimat: Einige reiche friesische Häuptlinge verdienten sich dumm und dämlich daran, während den Händlern, die das Salz für sie verkauften, die magere Gewinnspanne von zweihundert oder dreihundert Prozent blieb. Salz, das war besser als Silber, Bernstein, Zobelpelze oder Wein. Denn Salz brauchten die Nordmänner zum Trocknen ihrer Fische. Salz benötigten die Leute im Inland zum Pökeln des Fleisches. Salz war unentbehrlich zum Würzen der Speisen. Salz brauchten alle Leute, immer und überall!

Nur kurze Zeit blieb Occo im heimatlichen Dorstadt. Sein ganzes Warenlager verkaufte er. Er hatte beschlossen, sein und Melkelkas Glück im Norden zu suchen. Er kaufte Schaufeln, Spaten, große Bottiche und Pfannen. Auch einige Schafe und Rinder tauschte er günstig ein. Dann kehrte er mit seiner Frau und einigen Helfern zurück zu den unbewohnten Inseln nördlich der Eider. In einer kleinen Hütte richteten sie sich häuslich ein. Melkelka und er verstanden sich besser, als er gehofft hatte. Sie führte den Haushalt, fing Fische, versorgte das Vieh, kochte, nähte, braute ein Bier, besser als Occo es gekonnt hätte. Occo hingegen und seine Helfer trugen den Kleiboden ab, trockneten den Torf, verbrannten ihn und kochten aus der Asche das friesische Salz. Bootsladung um Bootsladung brachte Occo nach Dorstadt und Haithabu, nach Ripen und zur Hammerburg. Er war preiswerter als die Händler, die das Salz von der Südküste Frankreichs heranbrachten. Und so machte er gute Geschäfte. Immer mehr Friesen zog er aus den übervölkerten Landstrichen seiner alten Heimat um die Rheinmündung nach. Immer mehr Inseln nahmen die Friesen im heutigen Nordfriesland in Besitz. Auch anderen Landsleuten gab Occo die Möglichkeit, etwas zu verdienen. Denn Getreide mußte in großen Mengen eingeführt werden, im Austausch gegen Salz natürlich. Für den Kornbau war das neue Land ungeeignet. Mehrere bedeutende Ansiedlungen entstanden im Laufe der Jahrzehnte: Dicht an der Eider bauten die Friesen den Ort Rungholt. Occo und seine Nachkommen hingegen siedelten sich weiter im Norden an. Ein Ort wurde Occo zu Ehren gar Occodorf oder Ockholm genannt. Viele Mitglieder aus Occos Sippe siedelten auch auf einer Insel, die Galmsbüll genannt wurde.

Occo liebte seine Frau Melkelka bedingungslos. Er mochte wie ein unzugänglicher Brummbär aussehen. In Wirklichkeit aber war er ein liebenswerter, rücksichtsvoller Mann. So faßte auch Melkelka Vertrauen zu ihm, aus Vertrauen wurde Zuneigung und aus Zuneigung schließlich Liebe. Melkelka war ihm nicht nur eine gute Frau, sie war ihm eine noch bessere Partnerin. War Occo auf Reisen, so führte sie mit geschickter Hand die Geschäfte. Occo konnte gut rechnen. Sonst wäre er wohl auch kein guter Kaufmann gewesen. Melkelka war ebenfalls eine gute Rechnerin. Außerdem konnte sie aber auch noch schreiben und lesen. Und das war, wie Occo gerne zugab, für einen Geschäftshaushalt sehr nützlich. Und dazu schenkte sie ihm eine immer größer werdende Schar von Kindern. Ihr ältester Sohn hieß natürlich ebenfalls Occo. Ihr zweiter Sohn trug den Namen Harke. Der dritte hieß Boy und dann folgten Jappe, Leve, Melf und Sönke. Auch sechs Töchter gebar sie ihm. Die hießen Frauke, Güde, Hilke, Levke, Nane und Syster. Ihre Söhne wurden stattliche Burschen. Ihre Töchter aber waren eine so schön wie die andere. Sie schlugen nach der Mutter, Gott sei Dank. Jedermann wußte übrigens sofort, daß die Kinder Nachkommen von Occo und Melkelka waren. Denn die roten Haare der Mutter schlugen bei ihnen unübersehbar durch, auch in späteren Geschlechtern. Es ist sogar anzunehmen, daß Melkelkas Einfluß selbst heute noch wirksam ist. Rothaarige Friesenkinder sind gar nicht so selten. Bei ihnen kann man davon ausgehen, daß sie wahrscheinlich Nachkommen von Occo und Melkelka sind. Als Occo schließlich starb, glücklich und zufrieden nach einem erfüllten Leben, trauerten im neuen Friesland um ihn dreizehn Kinder, einundachtzig Enkel und rund dreihundert Urenkel.

Rund fünfunddreißig Menschenalter sind vergangen, seitdem Occo und Melkelka nach Nordfriesland kamen. Es ist leicht einzusehen, daß heute mehr als zehntausend Nachkommen der beiden leben müssen. Die Geschichte könnte hier enden, wenn, ja wenn die Nachkommen der beiden nicht einige eigentümliche Angewohnheiten gehabt hätten, die zu erklären sind. Alle Nachfahren, und nur sie, verwendeten bei ihren Kindern immer die gleichen Vornamen. So haben all die Boysens, Harksens, die Jappsens, Levsens, Melfsens und Sönksens guten Grund zu der Vermutung, daß in ihnen noch das Blut von Occo und Melkelka kreist. Auch jene Familien, in denen die Mädchennamen Frauke, Güde, Hilke, Levke, Nane und Syster seit langer Zeit gebräuchlich sind, sind jener

Großfamilie mit gutem Grund zuzurechnen, auch wenn sie einen anderen Familiennamen tragen.

Aber es gab noch eine andere Eigenart in der Familie. Alle Ältesten hießen immer Occo, wie deren Älteste wieder Occo genannt wurden und deren Älteste wieder und so fort. Der zweite Sohn trug stets den Namen Harke. Fortan hießen alle Zweitgeborenen von Occos Nachfahren Harke. Die dritten Söhne hießen stets Boy, die vierten Jappe und so fort. Nun gab es in den verschiedenen Zweigen der Familie aber im Laufe der Zeit viele Occos, Harkes, Boys und Leves. Darum gewöhnten sich die Mitglieder der Sippe an, sie mit Ziffern zu versehen. War der Stammvater Occo I., so war sein Sohn Occo II., der Enkel Occo III. und so fort. Ebenso war es bei den anderen Söhnen und Töchtern. Schließlich, als die Familie bei Occo XVII., Harke XV., Frauke XVI., Syster XVII. und so weiter angelangt war, wurde die Ordnung unübersichtlich. Bei der Vielzahl der Urururururururenkel wußte schließlich niemand mehr, wer eigentlich gemeint war. Darum gab die Familie ihnen Beinamen. So hieß einer Harke der Schnacker, sein entfernter Vetter wurde Harke der Sänger genannt, aus einleuchtendem Grunde. Es gab Harke den Räuber, Harke den Bauern, Harke den Knopfmacher und Harke den Seemann, um nur einige Mitglieder der Sippe mit Namen Harke zu nennen. Bei den verschiedenen Leves gab es Leve den Trinker, Leve den Schafdieb, Leve den Lehrer und Leve den Bauern. Auch bei den Melfs gab es einen Melf den Bauern, aber, es muß leider gesagt werden, auch Melf den Klugsch......

Anders als der Adel, die Könige und die Päpste haben die Friesen auf die Ziffern hinter ihren Namen verzichtet. Die Bei- oder Ökelnamen haben sie, weil ungemein praktisch, beibehalten. Wenn nun ein Friese hört, daß jemand voller Hochachtung von König Christian VIII. oder Papst Johannes XXIII. spricht, so kann er nur nachsichtig lächeln. Jeder Harke kann sich Harke XXXII. oder Harke XXXIII. nennen. Auch die anderen Mitglieder der Familie könnten es, wenn sie nicht zu bescheiden dazu wären. Zur

Schau gestellte Tradition beeindruckt Friesen nicht besonders. Sie wissen nämlich, daß ihre Vorfahren zurückreichen bis zum Jahr 830. Da mußte ihr Urahn Occo Reißaus nehmen vor einigen wilden Wikingern. Und dabei entdeckte er, mehr zufällig, die fruchtbaren Weiden Nordfrieslands. Seither gibt es in Friesland zwei Sprichworte. Das eine heißt: „Angst hat immer der Klügere.“ Und das andere lautet: „Lauf davon, wenn du dein Glück machen willst!“

Die zweite Geschichte erzählt
Bende Bendsen

Die zweite Geschichte erzählt Bende Bendsen. Bende Bendsen war ein gewichtiger Mann. Er brachte nicht nur mehr als zweihundert Pfund Lebendgewicht auf die Waage. Er war außerdem Deichvogt. Damit war er für den Zustand der Deiche verantwortlich. Das war er gerne. Aber auch zum Kirchenjuraten hatten ihn die Nachbarn gewählt. Da mußte er unter anderem die Bücher des Herrn Pastor prüfen. Das brachte ihm nicht so viel Spaß. Am liebsten aber war er Bauer. Wenn er nach seinem Vieh schaute oder pflügte, dann hatte er Zeit nachzudenken. Und dabei war ihm eine Geschichte eingefallen, die er vor langer Zeit gehört hatte. Die, so hatte er beschlossen, wollte er seinen Nachbarn erzählen, wenn er mit Schulwen dran war. Heute war es soweit. Das Haus war aufgeräumt. Das Essen stand auf dem Tisch. Gleich würden Jappe und Rasmus und all die anderen kommen. Er freute sich schon.

Wie König Abel zu Schaden kam

Wenn man in der Fremde ist, freut man sich immer über Nachrichten aus der Heimat. Sogar, wenn sie schlecht sind. In meiner Jugend bin ich zur See gefahren. Als Schiffsjunge habe ich in St. Petersburg, der Hauptstadt Rußlands, Kosaken und Tataren bestaunt. Als Leichtmatrose fing ich in Grönland Robben und Walfische. Ich war auch in Angola und in Südamerika. Dann, gerade 22 Jahre alt, wurde ich Matrose auf dem dänischen Segelschoner „Julie". Eines schönen Tages kamen wir nach langer Fahrt nach Lissabon, der Hauptstadt des Königreiches Portugal. Als wir alle Segel festgezurrt hatten, sagte unser Kapitän Schulz: „Ich gehe mal eben zu dem Agenten unseres Reeders. Vielleicht hat er ja günstige Fracht für uns." Uns acht Matrosen aber gab er Landurlaub. Ich machte mich landfein. Aus meiner Seekiste holte ich einen schönen, schwarzen, runden Hut, mit Wachs überzogen, ein gestreiftes Hemd, weiße Kniehosen und Schuhe. Die hatte ich selbst aus Segeltuch und Tau hergestellt. Leicht waren sie und saßen bequem.

Es gab viel zu bewundern in Lissabon, botanische Gärten, mächtige Kathedralen und das farbige Leben der Handwerker und Fischer. Ich konnte gar nicht genug davon bekommen. Wir waren viele Wochen auf See gewesen, und so erfreute mich das lebhafte Treiben. Auf einmal hatte ich mich im Gewirr der kleinen Gassen der Altstadt verlaufen. Ich wußte, daß der zentrale Platz der Stadt Praco do Comercio hieß. Wenn ich erst dort war, konnte ich auch meinen Weg zum Schiff zurück finden. Da kam mir ein alter zierlicher Herr entgegen. Den fragte ich: „Praco do Comercio?" Er antwortete in schnellem Portugiesisch. An meiner Miene merkte er, daß ich kein Wort verstand. Er lächelte und fragte: „Parlez-vous français?", was so viel heißt wie: Sprechen Sie Französisch? Ich schüttelte den Kopf. Dann versuchte er es erneut: „Do you speak English?", was bedeutet: Sprechen Sie Englisch? Als ich auch diese Sprache nicht verstand, fragte er: „Seid Ihr gar ein Deutscher?“ Ich antwortete: „Deutsch ist zwar meine Muttersprache, doch bin ich ein Däne!“ Erstaunt sagte der fremde Herr: „Aber wie kommt denn das, Ihr seid ein Däne, Eure Muttersprache aber ist Deutsch?“ Ich lachte und sagte: „Ich komme aus Nordfriesland. Das ist ein schmaler Landstrich an der Westküste des Herzogtums Schleswig, da sprechen alle Leute Friesisch oder Deutsch. Das Herzogtum Schleswig aber gehört, wie Ihr vielleicht wißt, zum Staate Dänemark!“

Warum ich überhaupt Friesland erwähnte, weiß ich nicht. Vielleicht wollte ich dem freundlichen Herrn so genau wie möglich Auskunft geben. Eigentlich, so dachte ich mir, wird ihm das gar nichts sagen. Denn wie soll ein fremder Herr in Portugal denn wissen, daß es hoch im Norden einen kleinen Landstrich gibt, der Friesland heißt? Aber zu meiner Überraschung schien meine Bemerkung den Herrn zu erregen. „Aus Friesland kommt Ihr“, sagte er, „dann kennt Ihr gar auch Orte namens Oldenswort, Husum, Eiderstedt und Everschop?“ Erstaunt über das Wissen des Fremden antwortete ich: „Ich kenne diese Orte und Landschaften recht genau. Everschop und Eiderstedt sind nämlich keine Orte, sondern Landschaften.“ Die Stimme des Herrn nahm einen flehenden Ton an: „Wenn Ihr wirklich ein Friese seid, so bitte ich Euch, mich zu begleiten. Ihr könnt mir Auskünfte geben, die ich schon lange suche!“ Als ich einen Augenblick zögerte, stellte er sich vor: „Ich bin Michael da Costa, Bibliothekar des Königs, zu Euren Diensten!“

So ganz geheuer war mir die Sache nicht. Aber ich hatte nichts Besseres zu tun. Außerdem war ich neugierig. Und der Herr machte auf mich einen guten und zuverlässigen Eindruck. So folgte ich ihm schließlich in ein nahegelegenes Haus mit hohen, freundlichen Räumen. Deren Wände waren bis unter die Decke vollgestellt mit vielen schönen Büchern. Da fiel mir plötzlich auch ein, welchen Beruf der Herr hatte: er war der Bücherverwalter des Königs. Da Costa nötigte mich, in einem bequemen Sessel in der Nähe eines Fensters Platz zu nehmen. Geschäftig eilte er zu einem zierlichen Schreibtisch. Einige Zeit kramte er in alten Mappen herum. Schließlich zog er ein gefaltetes Blatt Papier hervor. Offenbar war das eine alte Urkunde. Jedenfalls war die Tinte schon sehr verblichen. Vorsichtig trug er das Blatt zu mir herüber und legte es auf einen kleinen Tisch. Dann setzte er sich.

„Dies ist ein altes Dokument", sagte der Bibliothekar, „fast sechshundert Jahre ist es alt. Der portugiesische Botschafter in Dänemark schickte es im Jahre 1252 an seinen König. Er berichtet darin von einem Straffeldzug, den der dänische König Abel gegen aufsässige Untertanen führte. Friesen wurden sie genannt und sie widersetzten sich den Wünschen ihres Herrschers. Der König führte ein Heer in ihr Land, nämlich nach Everschop, Eiderstedt, Oldenswort und Utholm. Nun nennen unsere Nachschlagewerke weder die Friesen noch jene schon erwähnten Orte und Landschaften. Darum blieb manches im Brief unseres Botschafters unklar. Ihr seid der erste, den ich jemals getroffen, der diese Gegenden kennt!" Und er bat mich, ich möge ihm doch alles berichten, was ich über Friesland wisse.

Da saß ich also in einem fremden Land in einer fremden Stadt bei einem fremden Herrn und ließ mich bereitwillig über meine Heimat ausfragen. Ich beschrieb das kleine Bauerndorf Oldenswort mit seinen strohgedeckten Häusern. Ich verschwieg auch nicht die eigensinnige Wesensart der Friesen im allgemeinen und der dortigen Bewohner im besonderen. Höflich, wie es mich meine Mutter und unser alter Lehrer Marten Martensen gelehrt hatten, stand ich Rede und Antwort. Nach den Frauen erkundigte er sich und wie sie aussähen. Über das Wetter und den scharfen Wind mußte ich berichten. Sogar wie Klei aussieht, wollte er wissen. Manche Fragen konnte ich nicht beantworten. Von einer Mildeburg hatte ich noch nie gehört. Und auch von der Salzgewinnung wußte ich nichts. „Das muß vor meiner Zeit gewesen sein", sagte ich entschuldigend. Schließlich hatte ich, so gut ich konnte, den Wissensdurst des alten Portugiesen befriedigt.

Je länger mich der Fremde befragte, um so neugieriger

wurde ich. Schließlich konnte ich mich nicht länger zügeln. „Was steht denn in dem alten Brief?“ fragte ich. Bereitwillig antwortete der alte Herr: „Ich werde Euch das Dokument übersetzen. Ihr müßt dazu wissen, daß unser damaliger König Alfons III. an Dänemarks Geschick besonders Anteil nahm. Seine Schwester, die portugiesische Prinzessin Berengar, war nämlich die Mutter König Abels. Sie hatte dessen Vater, König Waldemar II., im Jahre 1213 geheiratet. Euer König Abel hatte also zur Hälfte portugiesisches Blut in den Adern. Er war lebhaft wie seine Mutter. Er hatte auch ihr dunkles Haar und den wunderschönen olivfarbenen Ton der Haut geerbt. Vom Vater kamen der Jähzorn und ein übersteigertes Ehrgefühl. Unserem Botschafter, der damals diesen Brief schrieb, müßt Ihr zugute halten: Er war ein Weltmann, ein Diplomat, gelehrt und gebildet. Sein Urteil über die Dänen und Friesen mag Euch gelegentlich etwas hart, vielleicht sogar ungerecht vorkommen. Aber er war eben ein Portugiese und beschreibt alles, was er sieht und erlebt, aus seiner Sicht!“ Und dann begann der Bibliothekar zu lesen. Bald schon hatte ich vergessen, wo ich war und daß der Brief vor sechshundert Jahren geschrieben wurde:

„Allerdurchlauchtigster, großmächtiger König und Herr, Alfons III. von Portugal, Herzog von Burgund, ich habe die schmerzlicher Pflicht, Euch den Tod Eures geliebten Neffen Abel zu melden, des Königs aller Dänen. Er starb am 29. Juni des Jahres 1252 in meinen Armen. Wahrheitsgemäß will ich berichten, wie, wo und warum es geschah.

Ihr werdet aus meinen früheren Berichten erinnern, daß Abel erst seit zwei Jahren König war. Er folgte seinem Bruder König Erich. Der verunglückte bekanntlich in Schleswig bei einer Bootsfahrt auf der Schlei. Das war, als er seinen Bruder Abel besuchte. Daraufhin wurde Abel zum König der Dänen gewählt. Es gibt nun Leute, die behaupten, Abel habe seinen Bruder heimtückisch ermorden lassen. Zwanzig Ritter aus Abels Umgebung beschworen allerdings, der Herzog von Schleswig habe mit dem Tode seines Bruders nichts zu tun. Einer seiner Ritter sagte mir: ‚Das ist böse Verleumdung! Immerhin haben ja die Bischöfe von Dänemark uns geglaubt und Abel zum neuen König gewählt!' Nun ist dieser Beweis natürlich sehr schwach. Die Unmoral der dänischen Geistlichen ist allgemein bekannt. Und die der Ritter schon gar. Abel versprach ihnen nämlich vor der Wahl zahlreiche Sonderrechte. So hätten sie ihn wohl auch gewählt, wenn sie ihn für den Mörder seines Bruders gehalten hätten. Es bleibt also ein Verdacht bestehen.

König Erichs Tod – oder seine Ermordung, je nachdem, welcher Lesart man glauben will – wurde übrigens von allen Fürsten nördlich und südlich Dänemarks mit Freude begrüßt. König Erich nämlich hatte mit allen und jedem Streit. Er hatte Streit mit seinen Brüdern Christoph und Abel. Er hatte Streit mit den holsteinischen Grafen Johann und Gerhard. Er hatte Streit mit der reichen Hansestadt Lübeck. Er hatte Streit sogar mit seinen eigenen Bischöfen. Er war, kurz gesagt, ein Dummkopf. Wer legt sich schon mit seinen eigenen Priestern an? Sein Nachfolger König Abel hingegen war da anders. Durch Heirat und Verträge hielt er Freundschaft zu seinen Nachbarn. Doch war er deshalb kein Narr. Darum unterhielt er eine angemessene Streitmacht, seine Grenzen zu schützen. Denn Freundschaft, Treue, Redlichkeit und Vertrauen mögen unter gemeinen Leuten Wert haben. Sie gelten jedoch nicht, wie Ihr wohl wißt, unter Königen und Fürsten. Soldaten sind teuer. Darum hatte schon Abels Vorgänger Erich eine neue Steuer ausgeschrieben. Die war jährlich zu zahlen auf den Pflug, welches eine bestimmte Menge Landes ist. Abel behielt diese Steuer bei. Doch seine Untertanen dankten ihm diese Fürsorge nicht. Sie klagten vielmehr bitterlich, schilderten ihre grenzenlose Armut und Bedürftigkeit. Einige verweigerten gar die Zahlungen.

Nun kann ein Herrscher solchen Eigensinn natürlich nicht durchgehen lassen. Die frechsten von allen waren ein Volk, das an der Westküste des Landes lebte. Die beschloß König Abel zu züchtigen. Ich besaß das Vertrauen des Königs. Darum sollte ich ihn auf diesem Straffeldzug begleiten. Neugierig fragte ich ihn: ‚Was sind das für Leute?' König Abel antwortete: ‚Sie nennen sich Friesen. Es sind urtümliche, wilde Bauern, nur dem groben Sinnesgenuß hingegeben. Sie sind ohne jede feine Lebensart, Erziehung oder Bildung, ohne jeden Schliff. Ihre barbarische Sprache ist jedem Gebildeten unverständlich.' Darüber mußte ich insgeheim lächeln. Es erschien mir nämlich, als habe König Abel seinen eigenen Hofstaat und seine dänischen Untertanen beschrieben. Aber ich ließ mir meine heimliche Belustigung natürlich nicht anmerken. Der König fuhr fort: ‚Diese Friesen züchten Vieh und sieden Salz. Sie sind zwar ungehobelt, aber recht vermögend. Schon mein Bruder Erich hatte ständig Ärger mit ihnen. Es ist an der Zeit, daß ich ihnen eine Lehre erteile!'

Ich freute mich sehr, daß ich an diesem Feldzug teilnehmen durfte. Denn man hat ja nur selten Gelegenheit, wilde Eingeborenenstämme zu besuchen. König Abel schätzte die Kampfeskraft der Friesen nicht sehr hoch ein. Darum begnügte er sich mit einer kleinen Streitmacht. Er meinte, 150 Krieger müßten genügen. Neugierig besichtigte ich seine Truppen. Dabei wurde mir so recht deutlich, wie sehr sich doch die dänischen Ritter von unseren portugiesischen Soldaten unterscheiden. Bewaffnet hatten sich Abels Gefolgsleute mit dem Kurzschwert und einem Dolch. Die wichtigste Waffe der Ritter war indessen die sogenannte ‚dänische Streitaxt'. Es ist dies ein barbarisches Gerät, mit dem man weder gewandt noch nach den Regeln der Ritterschaft kämpfen kann. Die Ritter trugen Kettenpanzer, aus Eisendraht kunstvoll gebogen. Aber da es in Dänemark oft regnet, waren die Rüstungen verrostet. Das gab dem ganzen Haufen einen eigentümlich braunen Farbton. Freundliche Farben, wie bei unseren Soldaten, fehlten ganz. Es fehlte auch jene freudige Erregung, die unsere tapferen Krieger auszeichnet, wenn sie für unseren Herrscher kämpfen dürfen. Die dänischen Ritter waren mürrisch. Konnte man sich in solch einem Kampf auszeichnen? Das glaubte niemand. Und was konnte man als Beute gewinnen in einem so wilden Land? König Abel spürte die Unsicherheit seiner Soldaten und tröstete sie: ‚Jedenfalls sollen die friesischen Frauen hübsch sein.' Und damit ritt die dänische Streitmacht Anfang Februar des Jahres 1252 von Schleswig aus nach Westen.

In Schleswig hatte es noch Stein und Bein gefroren. Als wir indessen auf der Mildeburg anlangten, einer Art Wasserfestung südlich des Fleckens Husum, schlug das Wetter plötzlich um. Es taute. Nach wenigen Tagen waren alle Wege, die ins Land der Friesen führten, von Schlamm grundlos. An ein geordnetes Vorrücken war nicht mehr zu denken. So kehrte König Abel ärgerlich nach Schleswig zurück. Wegen der Kosten entließ er zunächst seine Ritter und schickte sie heim auf ihre Burgen an der Ostküste des Landes. Grollend wartete König Abel auf trockenes Wetter.

Wenn es bei diesem ersten Feldzug auch nicht zu Kämpfen kam, so hatte ich doch Gelegenheit, Land und Leute zu erforschen. Die Landschaft, in der diese Uthland-Friesen leben, ist eine eigenartige. Weder in Portugal noch sonst irgendwo habe ich Vergleichbares gesehen. Im übrigen Dänemark, insbesondere in Jütland, herrschen die Farben Gelb und Braun vor. Friesland hingegen ist grün. Die Gegend besteht nur aus flachen Inseln ohne jede natürliche Erhöhung. Diese aus dem Meer entstandenen Inseln sind voneinander durch ‚Priele' genannte schmale Flüsse getrennt. Man kann aber nur auf sehr wenigen Prielen mit Booten fahren. Die meisten nämlich haben einen moorigen Untergrund. Über und über sind sie mit Schilf bewachsen. Dieser Schilf ist zwar nicht undurchdringlich. Aber er ist wie eine Wand, durch die man nicht hindurchsehen kann. So eng wachsen die Pflanzen. Auch die Gräben, die das feste Land der Inseln durchziehen, sind voller Schilf. Diese Gräben sind künstlich gegraben. Der Boden, Klei nennt man ihn, ist nämlich außerordentlich fett. Er läßt fast kein Wasser durch. Da es nun häufig regnet, kann das Wasser schnell durch die Gräben abfließen. Der Klei ähnelt dem Lehm. Er ist allerdings sehr viel fruchtbarer. Darum wächst auf den Inseln das fetteste Gras, das man sich denken kann. Die größten ihrer Inseln haben die Friesen mühsam mit hohen Wällen umzogen, die sie Deiche nennen. Die Deiche schützen das Land gegen das stürmische Meer. Die Mehrzahl der kleineren Inseln sind allerdings ungeschützt.

Alle friesischen Häuser, die ich sah, waren auf künstlich aufgeschütteten Erdhügeln erbaut. Die Häuser sind zumeist klein. Die Dächer sind nicht mit Steinen oder Schiefer gedeckt, wie man dies in unseren Ländern kennt. Die Friesen verwenden dafür vielmehr Schilf, das sie in den Wintermonaten in den Gräben schneiden. Ähnliche Dächer, allerdings in runder Form, habe ich schon bei den Eingeborenen in Afrika gesehen. Eigentümlich ist weiterhin, daß die Dächer nicht auf den Mauern ruhen, wie bei uns in Portugal. Die Schilfdächer lagern vielmehr auf starken Pfählen. Die Mauern stehen lose vor den Pfählen. Große Baumeister scheinen die Friesen auch nicht zu sein.

Wie schön ist doch Portugal! Wie sanft streicht der Wind über die Hügel! Wie wärmt die Sonne! Wie werfen die Bäume und Büsche erfrischenden Schatten! Wie anders ist es doch hier im Norden. Schon in Dänemark ist es meistens kalt. Friesland aber hat ein ausgesprochen feindliches Wetter. Keine zehn Pferde könnten mich auf längere Zeit in jenen Gegenden halten. Fast ständig weht ein heftiger Westwind. Oft stürmt es auch. Der Wind ist so stark, daß im ganzen Lande kein gerader Baum wächst. Alle sind nach Osten gebeugt. ‚Der Wind schert die Bäume' sagen die Friesen zu dieser seltsamen Naturerscheinung. Die Luft in Friesland ist sehr feucht. Meist ist der Himmel von grauen Wolken verhangen. Kälte, Wind und Feuchtigkeit haben mich ständig frösteln lassen.

Aber nicht nur das macht Friesland so ungastlich. Die vielen kleinen ungeschützten Inseln – Halligen nennen sie die Friesen – werden auch mehrmals im Jahr durch Sturmfluten überspült. Dann schwimmt das gerade gemähte Heu davon oder die Tiere ertrinken. Alle fünf bis zehn Jahre zerstört eine Flut auch die Wände der Friesenhäuser. Ein-

Die Friesen leben in einfachen, strohgedeckten Häusern.

mal in jedem Menschenalter ertrinkt gar bei einer Sturmflut ein Teil der Einwohner. Niemand konnte mir erklären, warum die Friesen diese unwirtliche Gegend nicht verlassen. Jeder vernünftige Mensch würde sich in anderen, freundlicheren Gegenden ansiedeln.

Über die Eingeborenen erfuhr ich von Gewährsleuten folgendes: Die Friesen sind Viehzüchter und Salzsieder. Ihre fetten Ochsen geben ein köstliches, zartes Fleisch. Die Milch der Kühe wird zu Butter und Käse verarbeitet. Die Einwohner halten außerdem eine Unzahl von Schafen. Deren Milch verarbeiten sie zu einem eigenartig herben Käse. Die Wolle der Schafe wird versponnen oder verwebt oder verkauft. Ihren Wohlstand verdanken die Friesen allerdings dem Salz. Das gewinnen sie auf recht eigenartige Weise: Sie graben den Torf, der unter ihrem fetten Kleiboden liegt. Der wird getrocknet und dann auf offenem Felde verbrannt, ohne daß sich die Leute daran erwärmen. Die Friesen wollen nur die Asche des Torfes. Aus der kochen sie ein leicht gelbliches, etwas bitteres Salz in großen Mengen. Dieses Salz ebenso wie Butter, Käse, Fleisch und Wolle verkaufen sie in nördlichen wie südlichen Gegenden. Sie tauschen es auch gegen Getreide. Denn Korn läßt sich in den friesischen Gegenden nicht anbauen, wird sich nie anbauen lassen.

Gegen dieses eigenartige Volk also führte König Abel im Juni 1252 seinen zweiten Feldzug. Er hatte die gleichen etwa 150 Ritter bei sich wie beim ersten Feldzug. Ein Ratgeber riet ihm, die Friesen vom Wasser her anzugreifen. So ruderten wir von der Mildeburg aus auf mehreren großen Booten die Milde abwärts. Dann folgen wir dem Eiderfluß, in den die Milde mündet. Schließlich landeten wir in der Nähe eines kleinen Dorfes namens Oldenswort. Landeinwärts, mitten in feindlichen Gegenden, schlug der König sein Lager auf. Von den Friesen sahen wir in den ersten Tagen nichts. Nur einige Späher beobachteten aus weiter Entfernung das Lager. Nun hatte der König unter den Friesen einen Vertrauensmann. Dieser Mann, Rock hieß er, meldete, die Friesen aus Eiderstedt, Utholm und Everschop hätten sich versammelt. Viele Tausende seien es. Und schwer bewaffnet seien sie auch. Das schien König Abel noch nicht so sehr bedenklich. Er sagte: ‚Eine kleine Streitmacht kriegserfahrerner Männer kann mit weit größeren Scharen unerfahrener Gegner fertig werden. Wichtig ist nur, daß ein kühner Feldherr sie befehligt!' Damit meinte er natürlich sich selbst. Er war aber doch beruhigt, als der Vertrauensmann ihm auch das Folgende meldete: die Friesen der übrigen Gegenden seien gerade anderweitig sehr beschäftigt. Deshalb könnten sie ihren Landsleuten von Eiderstedt, Utholm und Everschop nicht zu Hilfe kommen.

Als sich die Friesen nun nicht zeigten, gab Abel seinen Rittern Befehl, alle umliegenden Häuser zu plündern und anzuzünden. Die Einwohner sollten sie erschlagen. Und Nahrungsmittel mußten sie herbeischaffen. Denn seine Streitmacht wollte ja ernährt werden. Fünf Tage lang hausten seine Ritter grausam im weiten Umkreis um das königliche Lager. Überall sahen wir die Rauchfahnnen der brennenden Häuser. Hunderte von Ochsen und Schafen töteten die Soldaten. Denn so überraschend war König Abel aufgetaucht, daß die Friesen ihr Vieh nicht mehr hatten davontreiben können. Dann, am sechsten Tage, kam der friesische Vertrauensmann erneut ins Lager. Unerfreulich und bedrohlich war, was er zu berichten wußte. Die Friesen, so sagte er, seien sehr böse. Warum hatten König Abels Ritter auch nur all die unschuldigen alten Menschen erschlagen? Nun wollten sie dem König den Rückweg zu den Booten abschneiden. Ihn und seine Ritter planten sie in ihrem Lager auszuhungern. Wie der berühmte Fuchs werde er, der König, in der Falle sitzen.

Das war nun wirklich eine Schwachstelle in Abels Lage. Jetzt erst erkannte der König, wie gefährdet er in seinem befestigten Lager war. Sofort gab er Befehl, zu den Booten aufzubrechen. Als er aber zu den Booten kam, war gerade Hohlebbe. Das Meer hatte sich zurückgezogen, und die Boote lagen unbeweglich auf dem Schlick der Ufer. War dieser friesischen ‚Vertrauensmann' Rock nicht in Wirklichkeit ein Späher der Friesen, der den König ins Verderben locken sollte? Denn als Abel in sein Lager zurückkehren wollte, tauchten plötzlich aus dem Schilf überall Friesen auf. Die sprangen mit ihren langen Springstöcken, Klootstöcke genannt, leichtfüßig über die Gräben. So schnell sie kamen, so überraschend verschwanden sie wieder in den Halmen, sobald Gefahr drohte. Zu allem Unglück fing es auch noch an zu regnen und zu stürmen. Der Sturm peitschte die Regentropfen so sehr, daß sie wie Nadeln stachen und wir die Augen schließen mußten. Das minderte die Kampfkraft unserer tapferen Truppen sehr. Und außerdem begannen die Pferde, im Klei zu versinken.

Die Friesen boten ein eigenartiges Bild. Sie alle waren unberitten und trugen auch keine Rüstungen. Neben ihrem Springstock waren sie zumeist nur mit einem kurzen Schwert oder einer Keule bewaffnet. Die handhabten sie mit viel Geschick. Zunächst dachte ich, sie trügen neben kurzen Hosen und kurzen Hemden graue Stiefel. Dann aber sah ich, daß sie barfuß liefen. Die ‚grauen Schuhe' waren der Klei, durch den sie behende rannten. Die meisten von ihnen waren großgewachsen. Ihre blonden, fast weißen, langen Haaren hatten sie zu einem Knoten geflochten. Eigentümlich war mir auch, daß ich unter ihnen einzelne Frauen entdeckte. Die waren gekleidet wie die Männer. Einige zeichnete eine außerordentliche, wenn auch fremdartige Schönheit aus. Die feuerten ihre Männer mit schrillen Schreien an. Doch war die Lage nicht aussichtslos. Denn es waren nicht ‚Tausende', wie der Spion gemeldet hatte. Ich zählte höchstens zweihundert, dazu leichtbewaffnet.

Die Friesen waren wie die Wespen, nach denen man schlägt, ohne sie zu treffen. Die Pferde der Ritter versanken immer tiefer im Klei. Die Reiter hatten Mühe, sich auf den Pferden zu halten. Da rief der König aus: ‚Das haut mich von den Panten!' Das hieß wohl soviel wie ‚Das erschüttert mich zutiefst!' Zum Lager konnte er nicht wieder zurück. Mit den Booten konnte er auch nicht davonfahren. Denn die lagen fest im Schlick des Eiderufers. Was sollte er

Ein Ratgeber riet ihm, die Friesen mit Booten anzugreifen.

also tun? Schließlich folgte er dem Rat eines ortskundigen Ritters. Der behauptete, es gebe einen Weg vom Ufer der Eider unmittelbar zur Mildeburg. Und so befahl er den Abmarsch. Das aber war ein Fehler. Der Weg nämlich war nur schmal. So mußten die Ritter hintereinander reiten. Und je mehr Ritter auf dem Weg geritten waren, um so morastiger wurde er. Links und rechts lagen tiefe Gräben, schilfbewachsen. Aus denen tauchten während des ganzen Rückzuges Friesen mit ihren Springstöcken auf. Sie brachten mit ihren Stangen die Pferde der Ritter zum Stolpern. Behende sprangen sie zurück, wenn die angegriffenen Ritter mit ihren Schwertern ausholten. Ebenso schnell, wie sie aus dem Schilf auftauchten, verschwanden sie wieder. Es war zum Verzweifeln. Die Friesen nahmen sich jeweils den letzten in der langen Reihe von Rittern vor. Es war, als streife man eine Perle nach der anderen von einem losen Faden. Sie stießen ihn mit ihren langen Springstöcken vom Pferd und erschlugen ihn mit ihren Keulen. Der Ritter nämlich, einmal im glitschigen Klei gelandet, konnte mit seinen verschmierten Händen die Waffen nicht mehr sicher führen. Fast ein Drittel seiner Ritter verlor der König bei diesem Geplänkel.

Endlich schien der Rachedurst der Friesen gestillt. Vielleicht waren sie auch ermüdet. Oder sie gönnten anderen Landsleuten die Beute im verlassenen königlichen Lager bei Oldenswort nicht. Jedenfalls ließen sie von unseren Truppen ab. König Abel war darüber natürlich sehr erleichtert. ‚Soldaten und Ritter kann man ersetzen!' sagte er zu mir. Aber die Ruhe des Rückzuges währte nur kurze Zeit. Denn plötzlich tauchten andere Friesen auf, zwanzig oder dreißig mögen es gewesen sein. Aus dem Dorfe Koldenbüttel kamen sie, wie wir später erfuhren. Die belästigten unsere tapferen Ritter auf die gleiche Weise wie ihre Landsleute vorher. Das erzürnte König Abel zu Recht. Und deshalb strebte er in wilder Eile der Mildeburg zu, die in der Ferne schon zu sehen war. Da kam ihm eine Schafherde in den Weg. Ärgerlich trieb der König seinen Streithengst in die Menge und ritt dabei wohl einige Tiere zuschanden. Wir alle folgten ihm. Die Schafe aber hütete ein Schäfer, ein sanfter und rechtschaffener Mann. Ein Jüte war er, der in Friesland sein Geld als Gastarbeiter verdiente. Der hatte nun mit dem Krieg nichts, aber auch gar nichts zu tun. Der wußte auch nichts vom König und seinem Streit mit den Friesen. Der sah nur einen rohen Reiter, der seine schönen Tiere umritt. Darüber geriet der schlichte Schäfer in große Erregung. Wütend nahm er seinen Bogen von der Schulter. Aus dem Köcher zog er einen Pfeil und schickte diesen dem fliehenden Reiter hinterher. Der Pfeil traf indessen nicht den König, sondern meine Rüstung. Im spitzen Winkel prallte er ab und fuhr dem König zwischen Helm und Rüstung in den Hals. Unglücklicherweise durchschlug er die Schlagader des Herrschers. Und das ist eine Wunde, die, wie Ihr wißt, immer zum Tode führt.

Da ich dem König der nächste war, stützte ich den Verwundeten. Bald darauf erreichten wir die Sicherheit der Mildeburg. Dort verblutete König Abel in meinen Armen. Am folgenden Morgen zogen sich die überlebenden Ritter nach Schleswig zurück. Sie führten die Leiche ihres Königs mit sich und bestatteten ihn feierlich. Ich indessen übernahm eine ehrenvolle Aufgabe: Herzog Christoph, dem letzten der drei Söhne König Waldemars II., überbrachte ich die Nachricht vom Tode seines königlichen Bruders. Als erster huldigte ich ihm, auch im Namen Eurer Königlichen Majestät, als dem wahrscheinlich neuen König aller Dänen.

Dies, mein König und Herrscher, ist mein Bericht. Der Feldzug mit seinem unglücklichen Ausgang hat mich sehr mitgenommen. Auch ist das feuchte Klima meiner Gesundheit nicht zuträglich. Das Land Dänemark ist mir, soll ich die Wahrheit sagen, recht verleidet. Es wäre mein innigster Wunsch, daß Ihr, Königliche Majestät, einen anderen Botschafter entsenden möget. Mir aber erlaubt die Rückkehr ins schöne Portugal. Ich bin Euer ergebener Nicolo de Valera, Botschafter Eurer Portugiesischen Majestät im Lande Dänemark."

Der alte Bibliothekar legte den Brief beiseite. „Das also war der Bericht unseres Botschafters am Dänischen Hofe", sagte er. „Unser König gestattete ihm, nach Portugal zurückzukehren. Er zog sich zu seiner Frau auf sein Landgut zurück. Dort starb er hochbetagt." Ich bedankte mich artig bei da Costa, meinem Gastgeber. Die anderen Matrosen der „Julie" hatten in einer Hafenkneipe dem Wein zugesprochen. Ich fand, ich hatte das bessere Los gezogen. Ich hatte einen schönen, lehrreichen Nachmittag verbracht. Bald darauf verließen wir Lissabon mit neuer Ladung und segelten nach Venedig. Zwei Jahre später erreichte mich ein Brief meines alten Lehrers Marten Martensen. Mein Vater war gestorben. Ich mußte unseren kleinen Hof übernehmen. Meine anderen Geschwister waren noch zu klein, meine Mutter zu schwach. So gab ich die Seefahrt auf und kehrte nach Nordfriesland zurück. Da ich sparsam gewesen war, konnte ich etwas Land dazukaufen. Auch erwarb ich einige wertvolle Zuchttiere.

Ich habe mich später oft gefragt, ob eigentlich stimmte, was der portugiesische Botschafter nach Lissabon gemeldet hatte. Als ich meinem väterlichen Freunde Marten Martensen diese Geschichte erzählte, schüttelte der den Kopf. Dann ging er an sein kleines Bord und kramte einige Geschichtsbücher hervor. Stumm las er eine halbe Stunde in den verschiedenen Schriften. Dann seufzte er und sagte: „Alle Geschichtsschreiber sind Lügner. Wahrscheinlich nicht nur die dänischen. Die jedenfalls behaupten, nicht zweihundert, sondern ein Heer von mehreren tausend Friesen habe Abels kleine Streitmacht geschlagen. Und heldenhaft verteidigt habe sich der König. Auch sei ein Rademacher von der Insel Pellworm der friesische Held gewesen. Der habe den Herrscher aus dem Hinterhalt mit seiner Streitaxt erschlagen. Mit keinem Wort erwähnen die Geschichtsschreiber den braven jütischen Schäfer, der nur seine Herde verteidigte und dadurch unwissentlich Geschichte machte." Marten Martensen war nur ein einfacher Schullehrer, der im Sommer sein Brot als Maurer verdienen mußte. Er hatte trotzdem seine eigene Meinung. Zum Schluß sagte er nämlich: „Dem jütischen Schäfer sollte man ein Denkmal setzen!"

Die dritte Geschichte erzählt

Rasmus Paysen

Die dritte Geschichte erzählt Rasmus Paysen. Rasmus Paysen war im Dorf ein angesehener Mann. Zumindest war er in jedem Haus ein gern gesehener Gast. Denn wenn er dagewesen war, gab es stets die leckersten Sachen zu essen. Frischen Braten, Leber- und Blutwurst oder Schweinehaxe. Rasmus Paysen war nämlich Hausschlachter. Nur die Kinder waren ihm gegenüber zwiegespalten. Mußte gerade das niedliche Kalb geschlachtet werden, das immer so zutraulich war? Dafür haßten sie ihn. Andererseits: Wo bekam man sonst eine Schweineblase her, wenn nicht von Rasmus? Für Kinder waren Schweineblasen eine der wichtigsten Sachen der Welt. Nur mit einer Schweineblase konnte man Rummelpott laufen, zwischen Weihnachten und Neujahr! Rasmus war ein derber Mann. Das brachte der Beruf so mit sich. Und so hatte er sich auch eine derbe Geschichte ausgedacht. Die Nachbarn sollten nur kommen! Vielleicht war er manchmal etwas respektlos. Aber für ihn waren Könige, Herzoge, Deichvogte oder Pastoren genau solche Menschen wie du und ich. Die redeten auch nicht anders als jedermann. Es brachte ihm Spaß, die Leute zu necken. Glaubten sie wirklich, Könige seien keine Menschen?

Der Wettstreit zwischen Krischan und Fiete

Wenn der Frühling kommt, werden Tiere und Menschen unruhig. Es war einmal ein Herzog von Schleswig-Holstein-Gottorf, der hieß Friedrich III. Was bedeutet, daß es auch einen Friedrich I. und einen Friedrich II. gegeben haben muß. Dieser Friedrich, der Dritte, wie gesagt, saß an einem schönen Frühlingstag des Jahres 1616 in seinem Schloß bei Schleswig und langweilte sich. Alle seine Bücher hatte er schon gelesen. Seine Frau Maria Elisabeth machte immer in der Schloßkapelle rum. Die Schloßkapelle war übrigens keine Musikkapelle. Sie war vielmehr im Schloß der große Raum, in dem Gottesdienst gehalten wurde mit Beten, Singen, Predigen, Beichten und so. Dazu hatte Friedrich keine Lust. Und zum Beichten hatte er keinen Grund, leider. Er hatte das Gefühl, er mußte einfach mal raus, einerlei, wohin. Darum sagte er zu seiner Frau: „Ich fahr mal eben zu meiner Mutter!“ Was anderes fiel ihm gerade nicht ein. Aber das war immer noch besser, als den ganzen Tag zu Hause rumzuhocken. Seine Frau, die Herzogin, antwortete: „Is kut, aber baß kut auf, taß tir nix bassiert!“ Sie war nämlich eine geborene Prinzessin von Sachsen und das war deutlich zu hören. Er ließ den leichten Jagdwagen anspannen und fuhr los. Seine Mutter, die Herzoginwitwe Augusta, wohnte auf ihrem Altenteil, dem Schloß vor Husum.

Als nun der Herzog nach Husum kam, regnete es. Das hat man ja oft, daß überall die Sonne scheint, nur nicht in Friesland. Wie nun Herzog Friedrich den Saal des Schlosses betrat, war seine Mutter gerade dabei, was zu stricken. Vielleicht strickte sie Socken oder eine warme Weste für irgendeinen König. Denn auch Könige brauchen Socken und warme Westen. „Moin, Moin, Mama!“ sagte der Herzog. „Moin, Moin, mein Fiete!“ antwortete die Herzogin. Denn sie sagte natürlich nicht „Mein Frie-de-rich!“ Das sagte niemand im ganzen Land. Das sagte noch nicht einmal seine Frau. Die sagte „Dickerchen“ zu ihm. Dann wurde er immer ärgerlich. Denn er war wirklich etwas stark, aber nur ein bißchen. Aber wer mag das schon gerne hören? Und was die Bedienten bei Hof in Gottorf sagten, wenn sie über den Herzog sprachen, weiß man auch nicht. Wahrscheinlich sagten sie „der Chef“ oder vielleicht auch „der Dicke“ oder, wenn sie höflich waren, „der Herzog“.

Friedrich stellte sich erst mal an den Kamin. Der war an, Gott sei Dank! Denn erstens war es, wie gesagt, Frühling und ziemlich frisch. Zweitens war der Herzog klitschnaß. Und drittens hatte das Husumer Schloß sehr dicke Mauern, und die waren immer kalt und feucht. Na, erst redeten sie so über dies und über das, wie man das so tut, wenn man sich lange nicht gesehen hat. Wie war denn die Reise gewesen? Was machten Frau und Kinder und der Hofhund? Schmeckte Essen und Trinken noch? Und wie war es mit der Verdauung? Waren die Einwohner von Husum auch recht freundlich zu ihr, der Herzoginmutter? Und für wen war doch nur der schöne Schal, an dem sie gerade strickte? Dann sagte die Mutter Augusta auf einmal: „Weißt du eigentlich schon das Neuste, mein Fiete?“ „Nein“, sagte Herzog Friedrich. „Du glaubst das nicht“, sagte die Herzoginmutter, „aber mein Bruder Krischan, dieser Strolch von einem dänischen König, baut an der Elbe eine neue Stadt und Festung mit einem eigenen Hafen.“ „Nanu“, antwortete Herzog Friedrich, „das ist mir neu. Was will Krischan denn mit einer neuen Stadt? Er hat doch schon genug in seinem Königreich!“ „Na, ganz einfach“, sagte die Herzoginmutter, „er will die Hamburger ärgern, die fetten Pfeffersäcke. Wenn die nämlich an seiner Festung vorbei wollen, dann müssen sie ihm immer Zoll bezahlen.“ Und dann erzählte sie auch noch, ihr Bruder Christian wolle den Hamburgern einen Teil ihres Handels wegnehmen. Und wenn der König dagegen sei, dann könnte keiner die Elbe rauf und runter segeln. Und die Stadt solle Glückstadt heißen.

Da kam nun Herzog Friedrich ganz schön ins Grübeln. Eins konnte er sich nämlich ausrechnen: daß die Hamburger dem dänischen König, seinem Onkel Krischan, viele tausend Taler würden zahlen müssen. Die aber konnte er auch ganz gut gebrauchen. Denn er war ein armer Fürst mit großen Plänen. „Da sieht man mal wieder", sagte er mißmutig, „die dümmsten Könige bekommen immer die dicksten Klöße!" Der Vergleich war zwar etwas gewagt, aber die Herzoginmutter Augusta verstand schon, was er meinte.

Aber Friedrichs Mama hatte schon längst weiter gedacht. „Sieh mal, mein Fiete", sagte sie, „da, wo Eider und Treene zusammenfließen, hast du da nicht die Treene gestaut?" „Ja", sagte Friedrich. „Und hast du nicht ein Stück Land zwischen den beiden Flüssen gewonnen?" „Das Land taugt nicht viel", sagte der Herzog. Er wollte das seiner Mutter gerade erklären mit saurem Boden und immer morastig und so. Aber die Herzogin kannte ihren Sohn. Sie wußte, daß er gar nicht wieder aufhören konnte zu sabbeln, wenn er erst mal auf die Landgewinnung kam. Darum sagte sie schnell: „Warum baust du da nicht eine Stadt? Du leitest den Handel aus Rußland und den Ostseestaaten nach Kiel. Und dann über die neue Stadt nach England, Frankreich und dem Mittelmeer und umgekehrt!" Kiel gehörte Herzog Friedrich nämlich auch. „Das könnte gehen", sagte der Herzog nachdenklich, „einer von den Holländern, die in Eiderstedt für mich arbeiten, hat auch schon so einen Vorschlag gemacht." „Denk doch nur", sagte die Herzoginmutter, „über Land gehen die Waren von Kiel nach Rendsburg. Dann werden die Lasten auf leichten Booten zu der neuen Stadt gebracht. Und schließlich segeln die großen Schiffe die Eider abwärts bis zur Nordsee." Langsam fing Friedrich Feuer. „Dann könnte man sogar ostindische Waren aus Persien und China holen und über die neue Stadt im Westen verkaufen. Zum Beispiel Seiden und Gewürze." Seine Mutter lächelte ihn liebevoll an: „Du mein Fiete, du bist doch der Beste!" Der Herzog sagte entschlossen: „Da kann ich auch den Hamburgern einen Teil ihres Handels wegnehmen und reich werden." Plötzlich aber zögerte er: „Wer soll das denn

Wiebke sah aus, als wenn sie kein Wässerchen trüben könnte.

bloß bezahlen? Ich hab doch kein Geld. Und wo bekomme ich die Leute her, die den Handel machen?" Aber auch da wußte seine Mutter Rat: „Hol dir doch noch ein paar Holländer wie in Eiderstedt! Denen brauchst du bloß Glaubensfreiheit zu versprechen, dann kommen die gern. Du stellst ihnen das Bauland und sagst, daß sie einige Jahre keine Steuern zahlen müssen." So wurde der Bau der neuen Stadt beschlossen. Und da Herzog Friedrich eitel war, sollte die Stadt Friedrichstadt heißen.

So fuhr Herzog Friedrich zu seinem Schloß Gottorf bei Schleswig zurück und fing an zu grübeln. Zur gleichen Zeit saß König Christian IV. von Dänemark ebenfalls vor dem Kamin in seinem Schloß in Kopenhagen. Denn auch in Kopenhagen war es noch Frühling und empfindlich kalt. Neben ihm saß seine Frau. Auch die beiden erzählten sich was. „Mein Chri-sti-an!" sagte seine Frau Christine. Denn sie war von einfachem Adel. Darum wollte sie immer recht vornehm sein. Das ging dem König ziemlich auf die Nerven. Darum blinzelte er heimlich der Kammerjungfrau Wiebke Kruse zu. Aber nur, wenn seine Frau das nicht merkte. Und Wiebke Kruse blinzelte zurück. Sie war blond und hätte eine Friesin sein können. Jedenfalls kam sie aus Schleswig-Holstein, aus einem Ort, der mit -holm endete. Maasholm oder Lindholm könnte es gewesen sein. Sie sah aus, als wenn sie kein Wässerchen trüben könnte. Aber das hat man ja oft, daß stille Wasser ganz schön stürmisch werden können, oder wie man so sagt. Wenn die Frau von König Christian an ihn dachte, so sagte sie in Gedanken: „Mein Starker, und erst wollte ich ihn gar nicht nehmen!" Wenn Wiebke Kruse aber an den König dachte, so dachte sie: „Mein Scharfer!" Denn Christian hatte ein scharfgeschnittenes schmales Gesicht und eine Hakennase. Die gab ihm das Aussehen eines Habichts. Eigentlich war König Christian ziemlich häßlich. Aber so wie reiche Mädchen immer etwas häßlicher sein können als arme Mädchen, so können mächtige Männer so häßlich sein, wie sie wollen: die Frauen finden sie trotzdem anziehend.

Wie nun König Christian und seine Frau sich was erzählten, was in der Stadt passierte und wer mit wem wieder Krieg machen wollte, da sagte seine Frau auf einmal zu ihm: „Mein Chri-sti-an, weißt du eigentlich das Neueste?" „Nee", antwortete König Christian. Woher sollte er auch wissen, was seine Frau schon wieder aufgeschnappt hatte? „Dein Neffe Fiete, dieser kleine Stinker von einem Herzog, deicht an der Westküste von Schleswig-Holstein einen Koog nach dem anderen ein." Das hatte der König auch schon gehört. Aber er hatte ja sehr viel mehr Land als sein Neffe, der kleine Herzog von Schleswig. Deshalb hatte ihn das nie gestört. Doch seine Frau Christine sagte: „Darf der das eigentlich? Das ist doch bestes Marschland, das ist viel wert!" Und so stänkerte sie immer weiter. Sie konnte nämlich den fetten Fiete von Gottorf nicht leiden. Und dem seine Frau, die sächsische Prinzessin, erst recht nicht. Als sie noch so stänkerte, sagte der König auf einmal: „Da hab ich doch auch Land da unten. Bei Bredstedt gehört mir eine ganze Harde, von Langenhorn und Bargum bis Almdorf und Bohmstedt!" Er ließ gleich mal seine Ratgeber kommen. „Ist da auch Vorland, das man eindeichen kann?" fragte er. Und seine Ratgeber antworteten: „Da ist eine ganze Menge Land zwischen Hattstedt und Ockholm vor Breklum, Bredstedt und Langenhorn." „Wieviel kann das wohl sein?" wollte der König wissen. Und der klügste der Berater schätzte: „Das sind gewiß ein paar Tausend Demat." Da zweihundert Demat etwa einen Quadratkilometer ausmachen, war das ganz schön viel. So sagte der König entschlossen: „Was dieser kleine Pinscher, der Fiete, kann, das kann ich schon lange!"

Gleich am nächsten Morgen kletterte der König also auf sein Pferd und galoppierte nach Bredstedt. Sein Hofstaat mußte mitkommen. Da waren die ganz schön wütend. Denn wenn man von Kopenhagen nach Bredstedt reiste, mußte man zweimal aus der Kutsche auf wackelige Boote umsteigen. Da konnte man seekrank werden, und dann mußte man spucken. Außerdem waren die Wege voller Schlaglöcher. Die armen Beamten wurden also unterwegs feste durchgeschüttelt. Jeden Knochen im Leibe spürten sie. Alle hätten sich gerne vor dieser Reise gedrückt. Aber das traute sich keiner. Denn König Christian war ein strenger Herr. Als der nun nach Friesland kam, besuchte er erst mal seine Schwester, die Herzoginmutter Augusta. Die konnte ja nichts dafür, daß ihr Sohn Fiete so ein kleiner Stinkstiefel war. Einige Tage wohnte er dann auf dem Mettenhof in Uphusum bei Bordelum. Schließlich zog er zu einem reichen Bauern nach Wallsbüll.

Nun lag König Christians Land, die Nordergoesharde, genau zwischen dem Land von Herzog Friedrich. Dem gehörte nämlich die Südergoesharde mit Husum und die nördlich gelegene Karrharde mit Leck und Langenhorn. Darum sagte der König dem Herzog Bescheid, daß er das Land eindeichen wollte. Er erzählte auch, daß er einen der erfahrensten Baumeister mitgebracht hätte. Johannes Sems hieß der. Der hatte schon viele Festungen und Kanäle gebaut. Und stolz sagte er dem Herzog, daß er den Deichbau ganz alleine bezahlen wollte. Er glaubte, das würde den armen Herzog ärgern. Aber Herzog Friedrich dachte bei sich: „Na, da wollen wir doch mal sehen, wie weit Onkel Krischan kommt!“ Denn der Herzog war ziemlich gerissen. Er hatte sich einen besseren Weg ausgedacht, wie er das Vorland eindeichen konnte. Ohne was dafür zu bezahlen. Im Gegenteil, er bekam Geld in jedem Fall. Auch dann, wenn die Stürme im Winter und Frühjahr die Deiche wieder kaputthauten und das Land nicht gesichert werden konnte.

Um bei der Wahrheit zu bleiben: nicht Friedrich hatte sich diese Möglichkeit ausgedacht, sondern seine Mutter Augusta. Die hatte eines Tages zu ihrem Mann, dem Vater von ihrem Fiete, gesagt: „Johann Adolf, in Holland sind doch die Spanier im Gange. Der Herzog Alba zum Beispiel, der allen Holländern den Kopf abhauen läßt, die nicht Katholen bleiben wollen.“ „Ja“, hatte Johann Adolf geantwortet. Augusta hatte weitergeredet: „Die Holländer verstehen doch was vom Käsemachen. Kannst du nicht ein paar von denen kommen lassen?“ Nun muß man wissen, daß die Herzogin Augusta besonders gerne holländischen

Käse aß. Den faden Käse, den die Leute sonst so hier in der Gegend machten, konnte sie dagegen nicht ausstehen. Herzog Johann Adolf konnte seiner Frau nur schwer einen Wunsch abschlagen. Vor allem, weil sie sonst wochenlang eingeschnappt war. Darum fragte er mal vorsichtig in Holland an: „Hat vielleicht ein Käsemacher Lust, nach Eiderstedt zu kommen?“ Denn da hatte er noch eine ganze Menge Land. Und tatsächlich meldeten sich ein paar Holländer. Die waren sogar bereit, Geld dafür zu zahlen, wenn sie nur kommen durften. Hauptsache für sie war, sie durften glauben, was sie wollten. Da sagte der Herzog zu seiner Frau: „Das müssen ja ganz verdrehte Leute sein. Zahlen dafür, daß sie glauben dürfen, was sie wollen. Man kann ja doch sowieso nicht überprüfen, was sie glauben oder nicht!“ Darum war es ihm auch ganz gleich, daß seine Pastoren Zeter und Mordio schrien. Einen fürchterlichen Lärm fingen die an. Das seien Sektierer, die abwichen vom rechten lutherischen Glauben, Mennoniten, David-Joriten, Reformierte oder all solche. „Hört auf mit dem Spektakel!“ sagte der Herzog zu seinen Priestern. Aber er versprach ihnen doch, daß nur in Eiderstedt die Leute glauben dürften, was sie wollten, nicht aber im übrigen Herzogtum.

So kamen denn die Holländer nach Eiderstedt. Und siehe da, sie machten nicht nur den besten Käse von der Welt. Sie verstanden auch was vom Deichbau. Und reich waren die Kerle außerdem. Eines Tages kamen einige von ihnen zum Herzog und sagten: „Herzog, wenn wir dir einen guten Preis zahlen: erlaubst du uns dann, das Vorland in Eiderstedt einzudeichen?“ Der Preis, den sie boten, war wirklich gut. Die Holländer stellten viele Arbeiter ein, die die Deiche bauen sollten. Weil sie dem Herzog aber so viel bezahlt hatten, war der Lohn der Arbeiter nur niedrig. Das ließen die sich aber nicht gefallen. Und legten einfach die Arbeit nieder. „Lawai machen“ nannten sie das. Die Holländer sagten, das sei Aufruhr. Das aber war dem Herzog gleich. Hauptsache war, die Holländer zahlten auch noch Steuern. Sie zahlten Steuern für das eingedeichte

Einige Tage wohnte der König auf einem Hof in Uphusum.

Land. Sie zahlten Steuern sogar für den Wind, der ihre Windmühlen antrieb. Der Herzog sagte nämlich: „Der Wind gehört mir!“ Sie waren wirklich tüchtige Bauern. Viele Milchkühe hatten sie. Die brauchten im Winter viel Futter. Darum bauten sie riesige Scheunen, die sogenannten Haubarge. Unter deren mächtigen Dächern konnte man viel Heu und Stroh lagern.

Der beste holländische Deichbauer war ein gewisser Johann Claussen Rollwagen. Der kam mit seinem Sohn, einem Landvermesser. Die brachten dem Herzog das meiste Geld ein. In drei Jahren nur, von 1610 bis 1612, deichten sie nämlich fünf Köge ein: den Sieversfleter Koog, den Alt-Augusten-Koog, den Freesenkoog, den Herblecker Koog und den Süder-Friedrichen-Koog. Das meiste Land gehörte natürlich den reichen Holländern. Die hatten den Deichbau ja schließlich bezahlt. Aber der Herzog bekam immer ein gehöriges Stück ab. Als Herzog Johann Adolf nun zum Sterben ging, hatte er seinen Sohn rufen lassen. Zu dem sagte er: „Fiete, nun bist du bald Herzog! Zwei Sachen mußt du dir merken: Fange nie Streit an, vor allem nicht mit deinem Onkel Krischan, dem dänischen König. Und auch nicht mit dem schwedischen König Gustav Adolf. Der ist beinahe noch ein schlimmerer Streithammel als der Krischan. Wenn die aber Streit anfangen mit irgend jemand, halte dich da raus. Das zweite ist: Gib nie Geld her, wenn andere bereit sind, für dich zu bezahlen. Und behandle die Holländer gut, das sind tüchtige Leute!“ Das war 1616.

Herzog Friedrich hatte sich das gemerkt und war ganz gut damit gefahren. Deshalb war er neugierig, wie es wohl seinem Onkel Krischan gehen würde, wenn der aus seiner eigenen Tasche für den Deichbau bei Bredstedt bezahlte. Er selbst kümmerte sich nicht weiter darum. Denn er hatte anderes zu tun. Er mußte seine neue Stadt am Zusammenfluß von Eider und Treene planen. Die Stadt sollte seinen Namen tragen. Dann mußte die auch richtig schmuck werden. Sonst blamierte er sich ja überall. Mit den Holländern hatte er in Eiderstedt gute Erfahrungen gemacht. Darum holte er sich wieder welche, die die Stadt planten. Und andere Holländer holte er, die in der Stadt wohnten. Auch ein paar portugiesische Juden ließ er kommen. Die hatten nämlich Beziehungen nach Südeuropa. Und dahin wollte er ja Geschäfte machen. Wie sein Vater gab er den Leuten in Friedrichstadt das Recht, zu glauben, was sie wollten. Wieder spektakelten die Pastoren im Land. Und ebenso wie sein Vater kümmerte er sich nicht darum. So bauten die holländischen Neubürger eine hübsche kleine Stadt. Die hatte breite Kanäle und gerade Straßen nach dem Vorbild ihrer Heimat. Als der Herzog mit seiner Frau zum ersten Mal die neue Stadt besichtigte, sagte die Herzogin ergriffen: „Die isch aber wirglisch hibsch!“ Sie kam ja bekanntlich aus Sachsen. Das fand Herzog Friedrich auch. „Viel hübscher als Onkel Krischan sein Glückstadt!“ sagte er. Und er lobte die Holländer sehr.

Inzwischen war König Christian bei Bredstedt schwer beim Deichbau zugange. Ostern 1619 begann die Arbeit. Rund zwölf Kilometer lang sollten die Deiche zwischen Hattstedt und Ockholm werden. Viele hundert Arbeiter warfen mit Schubkarren die Erde zu hohen Deichen auf. Im ersten Jahr schaffte der König dreieinhalb Kilometer. Darauf war er sehr stolz. Denn so viel hatte sein Neffe Fiete nie geschafft in einem Jahr. Aber im Winter schlugen Sturmfluten den größten Teil der Deiche wieder kaputt. Darüber war er nicht so froh. Im zweiten Jahr, 1620, gewann er zwei kleine Köge. Aber auch die gingen in den Winterstürmen wieder verloren. Auch im dritten Winter zerschlug das Meer die Arbeit des Sommers und Herbstes. Nicht besser erging es dem König im vierten Winter, im fünften Winter und auch im sechsten Winter. Sechs Jahre versuchte er sein Glück. Rund 250 000 Taler mußte er dafür zahlen. Am Ende des sechsten Jahres war der König genauso weit wie vor Beginn seiner Arbeiten. Nichts hatte er erreicht. Kein Deich blieb erhalten. Kein Stück Land hatte er gewonnen. „Dat schal doch de Düvel halen!“ brummte er. Denn er konnte natürlich genauso gut Plattdeutsch wie Dänisch. Und dann hörte er mit den Arbeiten auf. Die

Viele Männer arbeiteten am Deich.

Schuld gab er seinen Technikern und den Deicharbeitern. Aber das kennt man ja: immer sind die anderen schuld, wenn irgendwas schiefgeht.

König Christian wußte natürlich, daß sein Neffe, Herzog Fiete, sich eins grinste. Weil sein lieber Onkel die tausend Taler man immer so ins Meer geschmissen hatte. Da wurde der König giftig, und er dachte sich: „Vielleicht komme ich ja auf andere Gedanken, wenn ich ein bißchen Krieg spiele!“ Seit einigen Jahren hatten die Evangelen und die Katholen schon heftigen Streit. Mit Schießen und Kriegführen und all sowas. Seit 1618 kämpften sie miteinander. Da wollte der König gerne mitmachen. Darum ging er 1626 zu seinem Freund, dem König Gustav Adolf von Schweden. Der war der Oberste von den Evangelen. König Christian fragte ihn glattweg: „Soll ich dir helfen?“ König Gustav Adolf antwortete: „Das finde ich aber nett von dir, daß du mir beistehen willst.“ Er wußte natürlich nicht, daß sich König Christian nur über seinen Neffen Fiete ärgerte und darum ein bißchen Krieg spielen wollte. König Gustav Adolf sagte: „Kannst du mir nicht den Feldmarschall Tilly, diesen katholischen Fuchs, vom Halse halten? Der ärgert mich nämlich ganz gewaltig. Irgendwo im Niedersächsischen ist er mit seinen Soldaten!“ „Klar, mach ich doch gern!“ sagte König Christian. Mit seiner Armee setzte er über die Elbe, Tilly aus dem Land zu jagen. Aber Tilly war ein guter Soldat, ein besserer jedenfalls als der König. Schließlich hatte er das Geschäft ja auch von der Pike auf gelernt. So verprügelte Tilly den dänischen Christian nach Strich und Faden. Bei Lutter am Barenberge war das. Der König mußte froh sein, daß er überhaupt mit dem Leben davonkam.

Herzog Friedrich von Schleswig-Holstein-Gottorf hingegen hatte sich genau gemerkt, was ihm sein Papa auf dem Totenbett gesagt hatte. Er blieb lieber zu Hause. Da hatte er es warm und gemütlich. Er hörte natürlich, daß sein Onkel von Tilly verhauen worden war. Und das belustigte ihn. Aber nur ein bißchen. Manchmal stand er vor der Landkarte. Er beguckte sich das Loch zwischen Hattstedt und

Ockholm, wo sein Onkel versucht hatte, einen Deich zu bauen. Dann murmelte er immer: „250 000 Taler! Was hätte man damit alles anfangen können!" Auch er hatte ziemlich viel Pech in den folgenden Jahren. Er wollte ja mehr Handel nach seiner neuen Stadt bringen. Darum schickte er Gesandtschaften nach Frankreich, Rußland und nach Persien. Aber so richtigen Erfolg hatte das neue Friedrichstadt nicht. Immerhin schrieb ein gewisser Adam Olearius über die Persische Reise ein Buch mit vielen schönen Bildern. Das wurde überall in Europa sehr bewundert. Das Buch war sehr dick. Die persische Reise dauerte nämlich dreieinhalb Jahre. Und 129 Personen nahmen daran teil. Doch aus dem Handel mit Persien wurde nichts. So blieb Friedrichstadt eine kleine Stadt und machte Hamburg keine Konkurrenz. Onkel Krischans Glückstadt übrigens auch nicht. Immerhin wurde Herzog Friedrich durch das Buch ein berühmter Mann. Und das war doch immerhin auch was. Man kann schließlich nicht erwarten, daß man gleichzeitig berühmt *und* reich wird.

Die vierte Geschichte erzählt
Botel Nissen

Die vierte Geschichte erzählt Botel Nissen. Botel Nissen hatte große Hände, große Füße und einen schweren Schritt. Das brachte ihr Beruf so mit sich. Botel war nämlich Hausiererin. Wenn man den ganzen Sommer mit seinem Pack Wäsche und Kurzwaren von Hof zu Hof zog, von Dorf zu Dorf, dann sprang man nicht durch die Gegend wie ein junges Fohlen. Man setzte bedächtig Fuß vor Fuß. Botel hatte ihre festen Kunden, Gott sei Dank! Als sie mit dem Handel anfing, hatte sie viele Schmähungen und kleine Beleidigungen einstecken müssen. Sie wußte, daß sie gute Ware führte und keine Bettlerin war. Husum war ihr bester Markt. Da kannte sie jede Straße, jedes Haus. Aber ihre Empfindungen den Husumern gegenüber waren zwiegespalten. So war es kein Zufall, daß sie eine Geschichte aus Husum erzählen wollte, wenn sie mit Schulwen dran war. Heute war es soweit.

Der Stolz der Bürger von Husum

Es war im Jahre 1630 zur Zeit des Dreißigjährigen Krieges, da fingen die Bürger von Tönning einen Dieb. Der gehörte zu einer berüchtigten Räuberbande, die in Eiderstedt und in Dithmarschen ihr Unwesen trieb. Nachdem sie ihn aber gefangen hatten, war guter Rat teuer. Der Erste Bürgermeister fragte in der Sitzung des Stadtrates: „Was machen wir jetzt mit dem Kerl?“ Nach langem Hin und Her sagte endlich der Zweite Bürgermeister: „Wir müssen ihm eine Lehre erteilen, die er nicht vergißt. Das Beste wäre, ihm den Kopf abzuhauen.“ Alle anderen Mitglieder des Stadtrates stimmten ihm zu. Und sie beschlossen, ihn öffentlich hinrichten zu lassen. „Das kann ganz lustig werden“, meinte der Stadtsekretär, und er dachte dabei sicher auch an die Bürger, die ihn in sein Amt gewählt hatten. Es war nämlich eigentlich ziemlich langweilig in der Stadt. Viel Unterhaltung hatten die Tönninger nicht. Manchmal kam ein Bärenführer, ein Seiltänzer oder ein Wahrsager. Von denen wurde dann noch Wochen lang geredet. So freuten sich alle auf das Schauspiel.

Aber es tauchten unerwartete Schwierigkeiten auf. Die Tönninger hatten zwar einen Abdecker, der totes oder krankes Vieh beseitigte. Einen eigenen Scharfrichter aber besaßen sie nicht. Tönning war nämlich eine kleine Stadt. Und die Tönninger waren eigentlich recht friedlich und zu jedermann freundlich. Schließlich war Tönning eine Handelsstadt, und zu Fremden freundlich zu sein, zahlt sich bekanntlich immer aus. Darum hatten sie in der Vergangenheit auch nur selten einen besonders bösen Menschen zum Tode verurteilt, durch Hängen, Rädern, Vierteilen oder Kopfabhauen. Dann hatten ihnen immer die Husumer mit ihrem Scharfrichter bereitwillig ausgeholfen. Nun war deren Scharfrichter Albert Müller unlängst verschieden. Das war sehr ärgerlich. Der Zweite Bürgermeisters überlegte: „So einen wie den Hennings aus Hamburg müßten wir haben, der versteht sein Fach. Richtig spannend und aufregend ist das, wenn er einen Sünder hinrichtet. Besser als jedes Theater.“ „Warum eigentlich nicht den Hennings?“ antwortete der Erste Bürgermeister, deshalb hatten ihn die Tönniger nämlich zum Ersten Bürgermeister gewählt, weil er immer die besten Einfälle hatte. „Er ist aber recht teuer“, sagte der Stadtsekretär. Schließlich war er für das Geld verantwortlich. Aber das war den übrigen Ratsmitgliedern gleich. „Er wird sein Geld schon wert sein“, drückte der Dritte Bürgermeister die Meinung aller aus. So wurde einstimmig beschlossen, den berühmten Scharfrichter Paul Hennings mit seinen Gehilfen, den Henkersknechten, nach Tönning einzuladen.

Am Abend vor der Hinrichtung hatte sich schon viel Volk in Tönning eingefunden. Sogar aus Friedrichstadt und Husum waren einige Neugierige gekommen. Schließlich konnte man den berühmten Hennings mit seinem blutroten Mantel und dem blitzenden Schwert ja nicht jeden Tag bewundern. Auch der Scharfrichter und seine Gehilfen waren bereits eingetroffen. Einer der Gehilfen, ein gewisser Simon, war auf der langen Reise durstig geworden. Darum ging er in eines der vielen Tönninger Wirtshäuser, setzte sich an einen Tisch und begann, unerkannt von den anderen Gästen, fröhlich zu trinken. Ihm gegenüber saß ein junger Zimmermannsgeselle aus Husum. Paul Würtz hieß der. Der dachte bei sich: „Das ist aber doch wohl wirklich ein vornehmer Herr. Man merkt, daß er etwas Besseres ist. Bestimmt ist er Kaufmann und kommt aus der Stadt.“ Als der Fremde ihn in ein Gespräch verwickelte, rückte er harmlos und ein bißchen geschmeichelt näher. Einfache Leute erleben es ja selten genug, daß sich vornehme Menschen mit ihnen freundlich und entgegenkommend unterhalten. Auch der Henkersknecht freute sich, daß ihn niemand erkannte. Denn auch er hatte selten Gelegenheit, mit „ehrlichen“ Leuten zu reden. „Willst du mittrinken?“ fragte er darum Paul Würtz. „Gerne“, antwortete der, und so tranken sie und lachten, stießen an und hatten viel Spaß.

Da, als neue Gäste das Wirtshaus betraten, begann auf einmal ein Raunen. Die Neuankömmlinge nämlich hatten den Henkersknecht erkannt. Der war das wohl schon gewohnt. Denn er legte ein Geldstück auf den Tisch und verschwand. Nun fielen alle über den armen Zimmermann Paul Würtz her. Einer fragte ihn aufgeregt: „Weißt du nicht, wer das war?" Nein, das wußte er wirklich nicht. „Das war der Henkersknecht!" stieß ein anderer hervor. Gleich fragte er weiter, ob Paul Würtz ihn vielleicht berührt habe. „Das hat er!" rief ein dritter, „er hat mit ihm angestoßen!" Da waren alle zunächst stumm vor Entsetzen. Als sie sich wieder gefaßt hatten, redeten sie wild durcheinander. Sie bedeuteten dem armen Paul Würtz, daß er nun auch unehrlich sei, da er einen von denen berührt habe. Sie sagten ihm voraus, daß seine Husumer Zimmermannszunft ihn ganz sicher mit Schmach und Schande aus der Gemeinschaft ehrlicher Handwerker ausschließen werde. Sie beschrieben auch andere fürchterliche Folgen, die er zu erwarten habe.

Paul Würtz war zu Tode erschrocken. Daß dieser unglückliche Vorfall ihn in Husum zum Geächteten machte, war ihm klar. Scharfrichter und ihre Gehilfen wurden nicht nur in Husum von der Bevölkerung verachtet und gleichermaßen gefürchtet. Sie mußten überall ein Leben am Rande der Gesellschaft führen, einsam, ohne Freunde, ohne Helfer in der Not. Man sprach nur das Nötigste mit ihnen. Sie wirkten so unheimlich, so schrecklich, daß jeder, der sie auch nur versehentlich berührte, ebenfalls in den Bann geriet. Und es gab keinen Zweifel: Paul Würtz hatte den Henkersknecht berührt, sogar mit ihm getrunken. Nachdem sich Paul Würtz aber von dem ersten Schrecken erholt hatte, handelte er schnell. Obwohl es regnete und stürmte, eilte er noch in der gleichen Nacht nach Husum zurück.

Nein, Paul Würtz hatte keine Lust, daß ihm die Husumer ebenso mitspielten wie dem kürzlich verstorbenen Husumer Scharfrichter Albert Müller. Er erinnerte sich noch gut der Beerdigung, die erst wenige Wochen zurücklag. Der Husumer Stadtsekretär Giese hatte vergeblich versucht, sechs Träger für den Sarg des Scharfrichters zu finden. Überall hatte er gefragt: „Würdet Ihr wohl mithelfen, den Sarg vom Scharfrichterhaus zum Friedhof zu tragen?“ Alle ehrlichen Bürger hatten sich hartnäckig geweigert. Schließlich hatte der Husumer Magistrat sechs Bierträger gezwungen, das barmherzige Werk zu tun. Aber diese, alte, krüppelhafte Männer, gekleidet in dreckigen Lumpen, hatten sich auf ihre Weise gerächt: Sie waren gestolpert und gestrauchelt. Sie hatten den Sarg mehr zum Friedhof geschleift denn getragen. Sie hatten dabei geflucht und sich gegenseitig lauthals beschimpft. Und der Pöbel der Stadt hatte am Straßenrand gestanden und gehöhnt und gespottet. Witwe und Kinder des Verstorbenen hatten dieses erbärmliche Schauspiel mit gutem Grund bitterlich beklagt.

Schon vor seinem Unglück mit dem Henkersknecht hatte Paul Würtz überlegt, ob er Husum nicht verlassen sollte. Husum war eine arme Stadt. Erst vor einem Jahr waren viertausend feindliche Kaiserlich-Wallensteinische Soldaten aus der Stadt abgezogen. Fast 200 000 Taler hatten sie aus der Bevölkerung herausgepreßt. Da gab es nicht mehr viel zu verdienen für einen rechtschaffenen Zimmermann. Selbst das Angebot seiner Zunft, Meister zu werden, verlockte ihn nicht. Vor wenigen Monaten war sein alter Meister gestorben. Da hatte der Zunftmeister ihn beiseite genommen. „Hör mal, Paul“, hatte er gesagt, „wenn du deine alte Meisterin heiratest, machen wir dich zum Meister und nehmen dich in die Zunft auf.“ So wurden eben damals Handwerkerwitwen versorgt. Paul hatte geantwortet: „Zunftmeister, Ihr kennt die Witwe meines Meisters. Ihr wißt, daß sie ein altes, zänkisches Weib ist, die schon ihrem verstorbenen Mann das Leben zur Hölle gemacht hat.“ Aber der Zunftmeister hatte geantwortet: „Ohne Heirat kein Meister. Ohne Meister keine Aufnahme in die Zunft. Ohne Zunft kein Verdienst in Husum!“ Doch es war zwecklos, darüber nachzudenken. Nachdem er den Henkersknecht berührt hatte, würde ihn selbst die häßliche alte Meisterin nicht mehr nehmen.

Darum ging Paul Würtz, kaum daß der Morgen graute,

Im Hause des Scharfrichters wartete die Bahre auf ihre Träger.

kurz entschlossen zu seinem Zunftmeister, dann zum Stadtsekretär Giese und verlangte seine Papiere. Noch konnte die Nachricht seines Mißgeschicks Husum nicht erreicht haben. „Ich will auf die Walz“, sagte er, „vielleicht kann ich als ehrlicher Handwerker mein Brot anderswo besser verdienen.“ Zunftmeister und Stadtsekretär wünschten ihm viel Glück. Und so verließ er eilends die Stadt, als eben in Tönning der Hamburger Scharfrichter Hennings dem armen Sünder mit geübter Hand den Kopf vom Rumpfe schlug. Nach Hamburg wanderte er und von dort nach Deutschland hinein, je weiter, desto besser. In Straßburg ließ er sich zu Schanzarbeiten anstellen. Da er ein tüchtiger Handwerker war, auch lesen und schreiben konnte, hatte er bald die Aufsicht über einige ungelernte Arbeiter.

Aber es blieb die Angst. Was, wenn eines Tages ein Landsmann aus dem Norden zu ihm trat und fragte: „Bist du nicht der Paul Würtz aus Husum, der damals mit dem Henkersknecht in Tönning gezecht hat?“ Kein ehrlicher Handwerker würde dann noch am gleichen Werk mit ihm arbeiten. Eines Tages kam ein schwedischer Werbeoffizier nach Straßburg. Der schilderte die Schönheit und Freiheit des Soldatenlebens in freudigsten Farben. Natürlich vergaß er zu erwähnen, daß ein Soldat auch totgeschlagen werden konnte im Kampfe. Aber um so lauter versprach er, ein gutes Handgeld zu zahlen, sobald sich der Bewerber verpflichtet hatte zum Dienst unter Waffen. Das Handgeld reizte Paul Würtz nicht. Denn er hatte am Schanzwerk gutes Geld verdient. Aber er fragte sich: „Warum soll ich nicht Soldat werden? Da komme ich viel herum, und keiner kennt mich und meine Vergangenheit!“ Kurzerhand ließ er sich für die Armee König Gustav Adolfs anwerben.

Paul war ein tüchtiger Soldat. Als seine Heimatstadt Husum und mit ihr ganz Nordfriesland 1634 unter den Folgen der „Großen Flut“ ächzte, wurde er zum Offizier ernannt. Und als im Jahre 1648 der Dreißigjährige Krieg mit dem Frieden von Osnabrück endete, hatte er es gar zum Obristen in der schwedischen Armee gebracht. König Carl Gustav, der dem gefallenen König Gustav Adolf nachfolgte, nahm ihn mit nach Stockholm. Dort wurde er ein rechter Hofmann, lernte fremde Sprachen und bewegte sich unter den hochgestellten Diplomaten mit wachsender Sicherheit. Manchmal dachte er für sich: „Wenn die wüßten, daß ich einmal mit einem Henkersknecht angestoßen habe, die würden sich schön bedanken!" Aber die Höflinge wußten es eben nicht und behandelten ihn wie ihresgleichen. Zu seinem König hatte er ein enges und freundschaftliches Verhältnis. Der Herrscher setzte volles Vertrauen in seine Redlichkeit und Treue.

Eines Tages kam der König zu ihm und sagte: „Paul, du kennst dich doch in Schleswig-Holstein aus. Ich brauche eine Frau, am besten eine Prinzessin. In Schleswig sitzt der Herzog von Schleswig-Holstein-Gottorf, Friedrich III. heißt der. Der hat eine Tochter, die könnte mir schon gefallen." Paul antwortete: „Ich hab auch schon viel Gutes von ihr gehört." Der König fuhr fort: „Paul, kannst du nicht für mich nach Schleswig reisen? Frag doch mal den Herzog, ob er mir nicht seine Tochter Hedwig Eleonore geben will!" Paul dachte für sich: „Junge, Junge, wenn das man gutgeht!" Und er dachte natürlich an sein Erlebnis mit dem Henkersknecht. Darum zögerte er etwas. Der König aber sagte: „Paul, tu mir den Gefallen! Ich ernenne dich auch zum Generalmajor, damit die Schleswiger nicht auf dich runtergucken!" Und dann sagte er noch: „Paß auch, daß der Herzog dich nicht übers Ohr haut. Eine schöne Mitgift möchte ich schon haben. Schließlich wird meine Frau ja Königin! Es soll auch dein Schade nicht sein!" So fuhr Paul Würtz als Brautwerber seines Königs nach Schleswig. Alles ging gut. Keiner kam auf den Gedanken, der Generalmajor-Brautwerber könnte der gleiche Mann sein, der vor über zwanzig Jahren mit dem Henkersknecht gezecht hatte. Wahrscheinlich hatte sich diese Geschichte sowieso gar nicht bis nach Schleswig herumgesprochen. Manchmal hat man ja völlig unnötig Angst und Bedenken. Es ging nicht nur alles gut, es ging sogar alles sehr gut. Herzog Friedrich freute sich, daß seine Tochter Königin in Schweden werden sollte. „Na klar", sagte er, „natürlich kann König Carl Gustav meine Hedwig Eleonore haben!" Und auch beim Feilschen um die Mitgift war er nicht kleinlich. Beinahe könnte man denken, er sei ganz froh gewesen, seine Tochter loszuwerden. Obwohl das ganz sicher nicht stimmt. So wurde mit Hilfe des früheren Husumer Zimmermanns die Gottorfer Prinzessin Königin von Schweden. Der schwedische König war darüber so erfreut, daß er bald darauf zu Paul sagte: „Paul, ich ernenne dich wegen deiner Verdienste zum Baron von Ornholm." Paul meinte zwar, das sei doch nicht nötig. Er war nämlich sehr bescheiden. Aber er freute sich natürlich doch über diese Auszeichnung. Aber er dachte auch: „Wenn das die Husumer wüßten!" Langsam fühlte er sich zum Soldatspielen zu alt. Darum sagte er eines Tages zum König: „Laß mich gehen, ich möchte in meine Heimat. Da will ich die letzten Jahre in Ruhe und Frieden leben." Schweren Herzens ließ ihn der König ziehen.

Aber Paul ging dann doch nicht nach Husum zurück. Seit 1660 wohnte er in Hamburg. Sorgen hatte er keine, denn er hatte sich als Soldat ein schönes Stück Geld verdient. Seine verdiente Ruhe war indessen nicht von langer Dauer. Denn eines Tages kamen die Holländer zu ihm und sagten: „Der französische König Ludwig XIV. hat uns überfallen. Wir haben zwar tapfere Soldaten, aber keinen Feldherren. Willst du nicht unsere Armee führen?" Da konnte Paul nicht nein sagen. Drei Jahre kämpfte er in Holland gegen die Franzosen, bis sie das Land verließen. Dann kehrte er nach Hamburg zurück. Er fand auch noch eine liebe Frau, Johanna von der Plancken, die ihm ein Kind gebahr. Mit der lebte er zurückgezogen bis zu seinem Tode im Jahre 1678.

Paul hatte gute Gründe, sich in Hamburg zur Ruhe zu setzen und nicht in Husum, seiner Heimatstadt. Hamburg war eine weltoffene Stadt mit weitreichenden Handelsbeziehungen. Die Kaufleute der Hansestadt waren selbstbewußt, sie kannten andere Länder und Sitten. Sie kümmerten sich nicht darum, wenn einer in ihrer Mitte anders lebte oder etwas anderes glaubte als sie. So hatte er seinen Frie-

Paul Würtz verließ Husum eilends über die Brücke.

den. Als er aber starb, war es damit vorbei. Denn jetzt hatten die Pastoren der Stadt ein Wörtchen mitzureden. Die waren nicht so vorurteilslos wie die Kaufleute. Paul hatte vor seinem Tode den Wunsch geäußert, in der St. Michaelis-Kirche beigesetzt zu werden. Aber das verweigerte ihm die Kirche. Es sei bekannt, begründeten die Priester die Ablehnung, „daß er als Heide gelebt und gestorben, sich zu keiner Religion bekennen wollt, von Beicht und Abendmahl nichts gehalten, obwohl er in seinen letzten Stunden dazu ermahnt worden". So verscharrte man ihn in ungeweihter Erde.

Wäre es Paul Würtz in seiner Heimatstadt Husum besser ergangen? Hätte er dort, wie in Hamburg, leben können, wie er wollte? Hätte man dort mehr Rücksicht genommen auf den letzten Willen des Husumer Kriegshelden? Das muß mit gutem Grund bezweifelt werden. Denn die Husumer Bürger zeigten ein so übersteigertes Ehrgefühl, eine so engherzige Gesinnung, daß sie dem braven Soldaten gewiß das Leben zur Hölle gemacht hätten. Für sie wäre Paul Würtz immer der Zimmermannsgeselle geblieben, der einst mit dem Henkersknecht gezecht hatte, was immer er auch später an großen und bedeutenden Taten vollbracht hätte. Tut man den Husumer Biedermännern damit nicht unrecht? Husums Stadtsekretär August Giese konnte ein Lied vom Eigensinn der Husumer singen. Denn aller Ärger, den die Husumer ihrem Magistrat in dieser Zeit machten, landete bei ihm. Dem verstorbenen Scharfrichter war dessen Sohn, Meister Philipp Müller, nachgefolgt. Der hatte aus den beschämenden Vorfällen bei der Beerdigung seines Vaters gelernt. So führte er nicht nur ein mustergültiges Leben, an dem nicht einmal die eifrigsten Husumer Tugendwächter etwas aussetzen konnten. Er sprach auch ehrbare Leute aus der Nachbarschaft an. „Würdet Ihr mir bei meinem Tode den letzten Dienst erweisen?" fragte er. Und da er ein makelloses Leben führte und sich auch in seiner Kunst als wahrer Meister erwies, fand er genügend Bürger, die versprachen, seine Leiche dereinst zu tragen. So starb er leichten Herzens.

Seine Witwe mußte aber bald erfahren, wieviel auf das Wort eines ehrbaren Husumer Bürgers zu geben war. Alle, die dem entschlafenen Scharfrichter einst ihr Wort gegeben hatten, waren am Tage der Beerdigung gerade anderweitig unabkömmlich. Nun war Philipp Müllers Witwe offenbar aus anderem Holz geschnitzt als ihre selige Schwiegermutter, die die Schmach mit Weinen und Wehklagen, aber ohne nennenswerten Widerstand hingenommen hatte. Innerhalb von nur zwei Tagen erwirkte sie vom Herzog in Gottorf eine Verfügung. Danach wurde jeder Husumer mit Strafe bedroht, der sich weigerte, den Sarg zu tragen, nachdem der Magistrat Husums den Sarg zunächst angefaßt und damit ehrlich gemacht hatte. So trat der Magistrat am Tage der Beerdigung im Scharfrichterhaus an die Bahre. Vorne links stand der Bürgermeister Titus Axen. Vorne rechts Stadtsekretär August Giese, dahinter vier weitere Senatoren. „Zuuuuuugleich!“ kommandierte der Herr Sekretär. Dann trugen die sechs Würdenträger den Sarg einige Schritte und setzten ihn dann wieder ab. Als aber die sechs vom Magistrat verpflichteten Handwerker das Werk vollenden sollten, traten nur drei von ihnen an den Sarg. Die übrigen drei hatten sich heimlich davongeschlichen. Die restlichen drei aber konnten und wollten die Bahre nicht vom Fleck tragen. „Himmel, Kreuz und Sapperloot!“ fluchte der Stadtsekretär Giese, ein Einwurf, für den er vom Pastor sogleich zu Recht gerügt wurde. Erst nach langen Überredungskünsten und dem Angebot eines schönen Stück Geldes fanden sich drei weitere Handwerker, das begonnene Werk zu vollenden.

Einige Jahre später starb ein Rademacher, ordentliches Mitglied seiner Zunft. Die Trauergemeinde versammelte sich, der Pastor hielt eine ergreifende Ansprache, in der der Tote als ein Beispiel christlicher Lebensführung gepriesen wurde, was jene, die ihn näher gekannt hatten, sehr verwunderte. Aber bei solchen Ansprachen wird ja immer kräftig gemogelt, das kennt man ja. Die Gemeinde betete und sang. Als aber der Sarg zum Friedhof getragen werden sollte, warteten alle vergeblich auf die Träger. So sang die

Gemeinde zwei weitere Lieder, betete erneut, schlug auch die Glocke. Aber die Träger hatten sich nicht verspätet – sie blieben einfach weg. Darum mußte die Leiche unbegraben zurückgelassen werden, die Trauergemeinde unverrichteter Dinge nach Hause gehn. Als nun der Stadtsekretär Giese von einem der vorgesehenen Träger wissen wollte, ob denn der Lebenswandel des verstorbenen Rademachers so über alle Maßen unchristlich gewesen sei, sagte der: Nein, davon wisse er nichts. Aber eines anderen Verbrechens hatte sich der Verstorbene schuldig gemacht. Der Befragte sagte: „Er hat dem einst verstorbenen Scharfrichter das Totenhemd angezogen, deshalb ist er auch unehrlich." Das hatten seine Kollegen nach all den Jahren weder vergessen noch vergeben. Niemand war bereit, den verstorbenen Rademacher zu Grabe zu tragen. Schließlich stellte der Magistrat seine acht Nachtwächter ab, den Toten zum Friedhof zu befördern. Die sollten auch in Zukunft die Leichen aller Unehrlichen tragen, die Handwerker aber die der Nachtwächter.

Das war die Lösung aller Schwierigkeiten. So glaubte zumindest der Magistrat. Aber er hatte die Rechnung ohne seine Bürger gemacht. Nachdem die Nachtwächter schon einige Male ihrer neuen Pflicht genügt hatten, starb ein Nachtwächterskind. Das sollte nach dem Willen des Magistrats nun von den Handwerkern zu Grabe getragen werden. Aber die Zunfthandwerker weigerten sich hartnäckig. Es weigerten sich die Rademacher, es weigerten sich die Schuhmacher, es weigerten sich auch die Schmiede und Bäcker. Kein Zureden half. Stadtsekretär Giese hielt den Handwerkern vor: „Aber die Leiche war doch ehrlicher Leute Kind!" Wie aus einem Munde antworteten die: „Nein, der Vater hat mit anderen Nachtwächtern mehrmals unehrliche Henkersleichen getragen. Damit sind er und seine Familie ebenfalls unehrlich!" Drei Wochen sperrte der Rat der Stadt den Anführer der Handwerker ein. Drei Wochen blieb das arme Nachtwächterskind unbeerdigt. Da schließlich gaben die Handwerker nach und trugen das tote Kind zum Friedhof.

Husum war eine arme Stadt, die Häuser verfielen.

Und so ging es weiter mit dem Ärger. Einem Henkersknecht verstarb die kleine Tochter. Kein Handwerker wollte das Kind tragen. Dann war's ein Nachtwächter, wenige Jahre später ein blutarmer, aber frommer Schinderknecht. Hätte es nicht gutherzige Christenmenschen vom Lande gegeben: der Stadtsekretär wäre wohl verzweifelt. Es war vorauszusehen, daß irgendwann einmal dem Husumer Magistrat der Geduldsfaden reißen würde. Das war schließlich im Jahre 1665 der Fall, nach fünfunddreißig Jahren ständigen Ärgers. So langmütig sind eben Husumer Amtspersonen, wie jedermann weiß, der jemals mit ihnen zu tun hatte. Im Jahre 1665 also kam eine ledige Frau in ihrer Not in das Haus des Scharfrichters. Dort gebahr sie mit Hilfe der Scharfrichtersfrau ein Kind. Das mußte innerhalb von drei Tagen getauft werden, so schrieb es das Gesetz der allerbarmherzigsten Kirche nun einmal vor. Aber niemand war bereit, Pate des Kindes zu sein. Denn nach den Regeln der ehrbaren Husumer war das Kind gleich dreifach unehrlich. Erstens war es unehrlich, weil unehelich geboren. Zweitens war es unehrlich, weil im Hause des Scharfrichters geboren. Und drittens schließlich war es unehrlich, weil von der Frau des Scharfrichters in Empfang genommen. Der Rat bat die Husumer Geistlichkeit um Hilfe. Doch die lehnte in wahrhaft christlicher Demut jeden Einfluß auf ihre Beichtkinder zugunsten des ungetauften Kindes ab. So war der Rat wieder gefragt. Nach langem Überreden fand sich schließlich die erwachsene Tochter der gleichen Mutter bereit, bei ihrer Halbschwester Patin zu sein. Den zweiten Gevatter zerrte schließlich Stadtsekretär Giese an den Haaren herbei, einen Bürger, der Senat und Magistrat aus vielerlei Gründen zu Dank verpflichtet war. Als es aber ans Taufen gehen sollte, als das arme Wurm aufgenommen werden sollte in den Kreis der Christen, da kam des Bürgers Tochter in Herrn Gieses Zimmer gestürmt. Wütend beschimpfte sie den Stadtsekretär. Sie schrie: „Der Rat hat meinen alten ehrlichen Vater geschändet, weil er bei dem Wechselbalg im Scharfrichtershaus Gevatter stehen soll. In Ehren ist er grau geworden, nun wird er unehrlich in die Grube fahren müssen!“ Denn niemand anders als die unehrlichen Nachtwächter würden ihn schließlich begraben wollen. Nachdem sich Giese das Geschrei einige Zeit ergeben angehört hatte, platzte ihm – endlich – der Kragen. Unverhofft fuhr er der dummen Person ins Wort. So grob und unverhohlen kanzelte er sie ab, daß sie verblüfft verstummte. Voller Zorn schnautzte er sie an, sie solle sich zum Teufel scheren, hingehen, wo sie hingehöre, spinnen oder weben, sich jedenfalls auf ihren breiten Hintern setzen und ihr dummes dreckiges Maul halten. Sonst werde er sie dahin bringen, wo sie hingehöre, nämlich ins Hundeloch.

Das war offenbar für die ehrbaren Husumer die richtige Sprache. Die Sache sprach sich herum im Kreise der Bürger, und der geplagte Herr Stadtsekretär Giese hatte erst einmal seine Ruhe. Die heidnischen Zustände hatten aber erst ein Ende, als ein landesherrlicher Erlaß erschien. Die darin ausgesprochene Androhung harter Strafen gab schließlich Bürgermeister und Rat Husums die Handhabe, den Widerstand der unchristlichen Husumer zu brechen.

Paul Würtz übrigens, dem die Hamburger Geistlichkeit das christliche Begräbnis verweigerte, kam doch noch zu seiner verdienten ehrlichen ewigen Ruhe. Die Holländer, denen er einst in ihrer Not gegen die Franzosen geholfen hatte, vergaßen ihn nicht. In dankbarer Erinnerung überführten sie seine Leiche von Hamburg nach Amsterdam. Dort wurde er im Nordchor der Nicolai-Kirche in würdigem Rahmen zur Ruhe gebettet. Eine Grabschrift in holländischer Sprache erinnert an den heimatlos gewordenen Husumer Kriegshelden.

Die fünfte Geschichte erzählt
Iver Melfsen

Die fünfte Geschichte erzählt Iver Melfsen. Iver Melfsen wußte, daß sein Ruf in der Gegend nicht der Beste war. Damit mußte er leben. Denn Iver war Viehhändler. Und Viehhändler galten nun einmal als gewohnheitsmäßige Betrüger. Auch wenn er bei jedem Stück Vieh, das er einkaufte, einen Taler zugesetzt hätte: die Bauern hätten doch geglaubt, daß er sie übervorteile. Ivers Ruf hatte mit seinem tatsächlichen Verhalten nichts zu tun. Denn er war, alles in allem, ein gediegener Kaufmann. Natürlich wollte er seinen Gewinn machen. Schließlich mußte er ja leben. Und die Treiber, die er beschäftigte, erwarteten auch ihren Lohn. Außerdem wußten die Bauern bis auf die Mark genau, was für das Vieh in Husum, Hamburg oder in England gezahlt wurde. Die konnte man nicht übers Ohr hauen. Manchmal ging auch ein Geschäft daneben. Dann mußte man einen Verlust mit Anstand tragen, auch wenn er schmerzte. Vielleicht erzählte Iver darum die Geschichte des reichen Kaufmanns, der nach Friesland kam.

Die Katzen vom Strand

Es war einmal ein Kater, der hieß Hakalele. Eigentlich war sein Name sehr viel länger, nämlich Hakalele-simsalabim-habakub-elemelemuh-hastalavista. Oder so ähnlich. Das war Persisch und hieß „Der schönste und edelste Kater von allen". Aber da das niemand so recht aussprechen konnte oder sich merken, nannten alle ihn einfach Hakalele. Und der Kater war es zufrieden. Der Kater war, alles in allem, sogar sehr zufrieden. Denn erstens hatte er einen schönen Namen. Zweitens aber diente er einem lieben Herrn, der hieß Herzog Friedrich. Und drittens lebte er mit seinem Herrn in einem richtigen Schloß. Das Schloß hieß Gottorf und lag in der Nähe der Stadt Schleswig. Herzog und Kater wurden von vielen Dienern versorgt. Sie hatten einen eigenen Leibkoch, einen Hühnerrupfer, Leibdiener und Leibkutscher. Sie hatten sogar Hofmaler und Hofmusikanten. Obwohl Kater Hakalele Menschenmusik eigentlich gar nicht mochte.

Man könnte also annehmen, Herzog Friedrich herrschte über ein großes Reich. Das aber war leider nicht der Fall. Herzog Friedrichs Staat war vielmehr sehr klein, nicht viel größer als Friesland. Er hieß Schleswig-Holstein-Gottorf und bestand aus vielen kleinen Stücken, die wie ein Flickenteppich zwischen der Ostsee und der Nordsee lagen. Und außerdem waren die Untertanen Herzog Friedrichs sehr arm. Denn es war die Zeit des Dreißigjährigen Krieges, der ganz Europa verwüstete. Soldatenhorden zogen immer wieder plündernd durchs Land und machten auch vor Herzog Friedrichs Reich nicht halt. Das war sehr ungerecht, fand Herzog Friedrich. Denn er hatte in diesem Kriege weder Partei für die eine noch für die andere Seite ergriffen. Weil nun seine Untertanen immer und immer wieder ausgeplündert wurden, waren sie sehr arm. Und darum konnten sie Herzog Friedrich auch nur sehr wenig Steuern zahlen. Das war sehr ärgerlich. Denn Herzog Friedrich hatte einige teure Liebhabereien. Vor einigen Jahren hatte er an der Eider eine neue Stadt gebaut. Den

Einwohnern, zumeist eingewanderten Holländern, hatte er gnädig erlaubt, dem Ort seinen Namen zu geben. Die Stadt hieß also Friedrichstadt. Es war auch noch nicht lange her, daß er eine Gesandtschaft von mehr als hundert Leuten zu dem allmächtigen Herrscher von Persien geschickt hatte. Dem Perser hatte er seine unverbrüchliche Freundschaft versichern lassen. Und außerdem hatte er mal angefragt, ob der persische Herrscher nicht seinen Handel mit Seide und seltenen Gewürzen über die neugegründete Stadt Friedrichstadt abwickeln wollte. Man kann also sehen, daß ihm das Wohl seiner Untertanen sehr am Herzen lag. Auch wenn es nur eingewanderte Holländer waren. Jetzt plante er einen Globus zu bauen, mit allen Ländern der Erde darauf. Auch sein eigenes kleines Reich sollte man erkennen können. Selbstverständlich. Sein Rechenmeister hatte ihm vorgerechnet, daß der Globus dann wirklich sehr groß werden müßte. Aber Herzog Friedrich sagte, das sei ihm ganz gleich. Er dürfe sogar so groß sein, daß man darin spazierengehen könne. Es ist also leicht einzusehen, daß Hakaleles Herr, der Herzog Friedrich, ein sachlich-nüchtern denkender Mensch war, wagemutig und unternehmend. Seine Untertanen liebten und verehrten ihn dafür von ganzem Herzen.

Der Herzog war oft schlechter Laune. Denn seine Pläne kamen nicht so recht voran. Die neue Stadt Friedrichstadt wollte sich nicht entwickeln. Und auch der Handel mit Persien lief nicht richtig an, obwohl er darauf große Hoffnungen gesetzt hatte. War es vielleicht voreilig von ihm gewesen, in Kiel schon große Packhäuser zu bauen, direkt am Hafen? Die nannte jedermann die „Persischen Häuser", weil sie einmal die Waren aus dem fernen Morgenland aufnehmen sollten. Der Herzog kränkte sich sehr. Aber er tröstete sich schnell. Denn immerhin hatte ihm seine Gesandtschaft aus dem fernen Persien ein kostbares Geschenk mitgebracht, den Kater Hakalele nämlich. An Hakalele erfreute er sich jeden Tag von neuem. Besonders natürlich, wenn das Wetter schlecht war, der Wind durch die Fenster des Schlosses strich und Betten und Kleider immer etwas klamm waren. Dann war es schön, Hakalele auf dem Schoß zu haben, ihn in seinem langen blauen Haar zu kraulen und seinem leisen Schnurren zu lauschen. Ach, dachte der Herzog oft, wäre ich doch wie Hakalele, wie würde es mir gut ergehen!

Hakalele der Kater nämlich führte ein unbeschwertes Leben. In wenigen Wochen hatte er das ganze Katzenvolk des Schlosses und der Stadt Schleswig unterworfen. Kein fremder Kater konnte gegen ihn bestehen. Denn er war größer und schwerer als die einheimischen Kater. Außerdem entstammte Hakalele einem kriegserfahrenen persischen Katzengeschlecht und wußte trotz seiner langen Haare wohl zu kämpfen. An Hakaleles uneingeschränkter Herrschaft gab es keinen Zweifel. Nachdem er den Schleswiger Katern erst einmal gezeigt hatte, wer Herr im Lande war, ließ er es sich gutgehen. Alle Katzen der Stadt bewunderten ihn uneingeschränkt. Kenntnisreich suchte er sich seine Spielgefährten aus dem Kreis seiner Anbeterinnen. Von ihnen wie den Dienern des Schlosses ließ er sich so recht verwöhnen. Hakalele hatte keine Sorgen.

Die hatte dafür Herzog Friedrich, sein Herr und Meister, um so mehr. Denn dessen Kassen waren ständig leer. Das hatte natürlich einen einfachen Grund: Auch die Kassen seiner Untertanen hätten leerer gar nicht sein können. Wenn nämlich Herzog Friedrich Geld ausgeben wollte, so mußte er sich das erst von seinen Kaufleuten, Handwerkern und Bauern holen. Durch Steuern, zum Beispiel. Eines Tages saß der Herrscher mit Hakalele auf dem Schoß wieder einmal trübsinnig herum. Er grübelte, wie er wohl zu Geld kommen könne. Da wurde ihm ein Hamburger Kaufmann gemeldet. Arnold Amsinck hieß der. Herzog Friedrich hatte schon viel von ihm gehört. Amsinck nämlich war einer der reichsten Kaufleute Hamburgs. Und über reiche Kaufleute wurde gewiß ebensoviel geklatscht wie über Herzöge und Könige. Im Handel mit Holland und Brabant hatte der Hamburger viel Geld verdient, trotz des Dreißigjährigen Krieges oder vielleicht gerade deswegen. Sein besten Geschäft aber war gewesen, daß er eine reiche holländische Jungfrau geheiratet hatte. Das gab es damals in Holland noch. Da nun reiche Leute selten zu armen Leuten kamen – und Herzog Friedrich hielt sich trotz seines Schlosses und seiner vielen Diener für bitterarm – wunderte er sich sehr. Aber dann dachte er: „Vielleicht kommt der Herr Amsinck ja zu mir, weil ich so nett bin und so gebildet!" Trotzdem war er sehr neugierig, was der Hamburger Kaufmann wohl von ihm wollte. Und darum sagte er zu seinem Hofmeister: „Schick ihn man rein!"

Als Arnold Amsinck den Saal betrat, war der Herzog sehr enttäuscht. Ganz einfache Kleidung trug er wie einer der holländischen Kaufleute, die der Herzog von den Bildern seines Hofmalers Jürgen Ovens kannte. Der Herzog wußte eben nicht, daß die Hamburger keinen eigenen Geschmack haben. Sie richten sich vielmehr in Kleidung, Essen und Umgangsformen immer nach jenen, die mächtig und berühmt sind. Noch nicht einmal eine Feder hatte der Kaufmann an seinem Hut. Erst sprachen sie natürlich über das miese Wetter. Und daß die Reise von Hamburg nach Schleswig immer sehr beschwerlich sei. Wegen der erbärmlichen Wege. Dann wollte der Kaufmann wissen, wie es denn dem Herzog so gehe. Herzog Friedrich meinte, es gehe ihm gut. Das Essen schmecke und auch sonst sei er noch gut beieinander. Amsinck lächelte erfreut über diese Mitteilung. Er sagte: „Welch eine wunderschöne Katze hast du doch!" Das fand der Herzog auch. Und kraulte Hakalele am Hals. Hakalele schnurrte, obwohl er eigentlich Kaufleute nicht leiden konnte. Und Hamburger Kaufleute schon gar nicht. Außerdem spürte er, daß Amsinck in Wirklichkeit Katzen nicht ausstehen konnte.

Der Besucher sagte plötzlich: „Paß mal auf, Herzog, an der Westküste gibt es doch eine Insel, die heißt Strand und gehört dir!" Als Hakalele das Wort „Strand" hörte, schnurrte er ganz laut. Das nahm der Herzog für ein gutes Zeichen und der Kaufmann auch. Hakalele indessen dachte an die schönen Zeiten, die er auf der Insel verlebt hatte. Wenn Herzog Friedrich mal seine Mutter in Husum besuchte, machte er immer einen Abstecher zu seiner Insel. Mit den Katzen vom Strand hatte Hakalele viel Spaß gehabt. Die Katzen von Schleswig waren immer ein bißchen zimperlich. Die Katzen vom Strand aber, die zierten sich nicht und kannten Spiele, von denen selbst Hakalele noch nie etwas gehört hatte. Und das sollte etwas heißen. Herzog Friedrich antwortete dem Kaufmann: „Na klar gehört mir die Insel Strand. Schließlich zahlen die Einwohner Steuern an mich!" Das war zweifellos richtig. Falsch war aber natürlich, daß ihm das Land gehörte. Das gehörte vielmehr den Bauern, die es bearbeiteten. Amsinck erwiderte: „Die Einwohner bezahlen dir aber nur Steuern für das Land, das durch Deiche vor dem Meer geschützt ist!" Naja, auch das war dem Herzog nicht neu, und er fragte sich verwundert, worauf der Kaufmann wohl hinauswollte. Amsinck fuhr fort: „Vor den Deichen, ungeschützt gegen das Meer, liegt auch noch eine Menge Land, das dir gehört. Dafür zahlen die Bauern dir aber keine Steuern, obwohl sie ihre Schafe darauf weiden lassen." Das war dem Herzog neu. Darum rief er gleich seine Ratgeber und fragte sie, ob das tatsächlich stimme. Die Ratgeber schämten sich sehr und mußten zugeben, daß der Kaufmann recht hatte. „Da müssen wir gleich Steuern drauf verlangen!" bestimmte der Herzog. Denn seine Kasse war ja bekanntlich immer leer. Amsinck aber antwortete: „Ich will dir wohl ein schönes Stück Geld dafür geben, wenn du mir das ungeschützte Land vor den Deichen verkaufst. Ich lasse das Land dann auf meine Kosten eindeichen. Auch will ich dir für dieses Land Steuern zahlen, jedes Jahr, wie die anderen Landbesitzer auch!" Der Herzog wunderte sich sehr, daß er das Vorland vor der Insel Strand bisher übersehen hatte. Er schimpfte sogar mit seinen Ratgebern, daß sie ihm nichts davon erzählt hatten.

Als der Hamburger nun merkte, daß der Herzog auf das Geschäft außerordentlich scharf war, da sagte er sich: Das muß ich ausnutzen! Denn er war ein geschickter Kaufmann. Darum sagte er: „Hör mal, Herzog, ich will aber nur dir untertan sein. Das Thing auf dem Strand (das eine Art

Gericht war) soll keine Macht über mich haben!" Denn er sah voraus, daß er mit den Strandern über kurz oder lang Streit bekommen würde. „Ist in Ordnung!" sagte der Herzog. Da Amsick nun gerade beim Fordern war, verlangte er auch noch den halben Steuersatz für die ersten sechs Jahre und Zollfreiheit für seine Ein- und Ausfuhren. Da wurde der Herzog ärgerlich. „Jetzt ist es aber genug!" sagte er. Aber er versprach das doch. Denn er wollte gerne das Geld des Kaufmanns haben. So wurde Amsinck Besitzer aller Vorländer außerhalb des Deiches östlich und südlich der Insel Strand, mit Brief und Siegel, rechtskräftig unterzeichnet vor einem Notarius. Der Herzog war zufrieden. Und der Kaufmann war es auch. Beide glaubten, ein gutes Geschäft gemacht zu haben. Und wenn beide Parteien glauben, einen vorteilhaften Handel abgeschlossen zu haben, so sind das bekanntlich die besten Geschäfte.

Nicht zufrieden waren hingegen die Bauern von der Insel Strand, als sie von dem Handel erfuhren. Insbesondere einer, Hans Tadsen hat er geheißen, schimpfte lauthals. Denn das Land, das Herzog Friedrich dem Kaufmann verkaufte, hatte Herzog Friedrichs Großvater schon einmal verkauft. An Hans Tadsens Großvater, vor neunundsiebenzig Jahren, mit Brief und Siegel, rechtskräftig unterzeichnet vor einem Notarius. Aber Amsinck lachte nur. Er sagte, alte Rechte und die Gebräuche des Landes gingen ihn nichts an. Und außerdem hätten die Strander ihm gar nichts zu sagen. Er sei nicht ihrem Thing, sondern nur dem Herzog direkt untertan. Darauf beschwerten sich die Strander bei ihrem Herzog in Schleswig. Der Vertrag mit dem Hamburger Kaufmann, so sagten sie, verletzte ihre alten Gesetze und Gebräuche. Daher sei er null und nichtig. Aber der Herzog antwortete nicht einmal auf ihre Beschwerde. Das war für ihn natürlich das Einfachste. Und außerdem hatte er das Geld schon längst ausgegeben, das ihm der Kaufmann gezahlt hatte. So ist das eben, sagten die Strander verbittert, je höher jemand steht, um so weniger muß er sich um geltende Gesetze kümmern. Und wenn er gar die Gesetze selber macht, dann ist er fein raus. Das ist, wie wenn jemand beim Kartenspiel plötzlich die Regeln ändert, bloß, weil er gerade verliert.

So kam denn eines Tages der Hamburger Kaufmann mit seiner jungen holländischen Frau auf die Insel. Da er wußte, daß die Strander ihm feindlich gesinnt waren, hatte er fremde Arbeitsleute angeworben. Die mußten ihm erst mal auf seinem Land außerhalb der Deiche einen hohen Erdhügel, eine Warft, aufschütten. Darauf baute er ein prächtiges großes Haus. Breit gestreckt lag es da mit den vielen Fenstern und den weißen Fensterläden unter dem Strohdach. Ein solch prächtiges Haus hatten die Strander noch nie gesehen. Prachtvolle holländische Möbel standen in den Zimmern, farbige bunte Teller und schön bemalte Kacheln schmückten die Wände. Kaum war das Haus fertig, kaum waren auch Amsinck und seine junge Frau eingezogen, da ließ er gleich durch die fremden Dienstleute das erste Stück Land rings um seinen Hof eindeichen. Viele hundert Arbeiter schleppten von morgens bis abends den Klei heran und schichteten ihn zu einem hohen Wall, dem Deich. Immer länger wurde der Deich. Aber der Herbst mit seinen Stürmen kam in diesem Jahr sehr früh. Da merkte er auf einmal, daß er nicht genügend Leute hatte, rechtzeitig den Deich zu vollenden. Kurzerhand warb er den Bauern die Knechte und Tagelöhner ab. Geld war knapp in jener Zeit, und Amsinck hatte bares Geld. Einen oder zwei Schilling bot er den Leuten mehr, als sie bisher verdient hatten. Das war für die armen Strander viel Geld. Manch einer ging zu seinem Bauern und sagte, er wolle gerne bleiben, wenn der Bauer ihm ebensoviel gebe. Aber die Bauern brüllten: „Wir lassen uns nicht erpressen!“ Da gingen die Knechte und Tagelöhner einfach davon und arbeiteten für den Kaufmann. Die Bauern aber hatten große Schwierigkeiten. Denn ohne ihre Leute konnten sie das Land nicht bebauen. So fiel ihnen das Getreide aus den Ähren oder verfaulte am Halm. Das Heu konnte nicht rechtzeitig geborgen werden, so daß das Vieh im Winter hungern mußte. Schlimmer noch war, daß die Deiche, die das Land schützten, nicht ausgebessert wurden, wenn einmal ein Loch entstand.

Die Schwierigkeiten der alteingesessenen Bauern berührten Amsinck nicht. Er war sehr stolz, daß er schon im ersten Jahr Herzog Friedrich melden konnte: „Der erste Deich ist fertig!" Und er lud seinen Herrscher ein, bei der Einweihung des neuen Kooges sein Gast zu sein.

Was eigentlich bei dieser Einweihung zwischen dem Herzog und dem Kaufmann alles vorgefallen ist, hat kein Mensch jemals wirklich erfahren. Herzog Friedrich kam, auf dem Arm natürlich seinen geliebten Kater Hakalele. Der Kaufmann begrüßte ihn höflich und geleitete ihn und den Kater ins schönste Zimmer des Hauses. In dem standen sogar richtige Betten. Der Herzog nahm es wohlwollend zur Kenntnis. Denn ihm hatte schon davor gegraut, in einem der Alkoven schlafen zu müssen. Das waren jene kurzen Schrankbetten, in denen man eigentlich nur halb im Sitzen schlafen konnte. Es kann nicht dieses Zimmer gewesen sein. Es kann auch nicht das Essen gewesen sein, das zu einer Verstimmung zwischen dem Gottorfer und Amsinck führte. Essen und Trinken waren nämlich vorzüglich. Die Bewirtung des hohen Gastes war makellos. Das Fest mit dem Herzog als Ehrengast und vielen weitern Gästen aus der Hamburger Kaufmannschaft kann nur als rauschend bezeichnet werden. Amsinck hatte sich nicht lumpen lassen. Ein besonderes Zelt hatte er aufgestellt. Ein berühmter Koch und einige Musikanten waren nur zu diesem Anlaß aus Hamburg angereist. Die Weine hatte er, trotz der Kriegswirren, auf geheimnisvolle Weise aus Frankreich beschafft. Süßigkeiten gab es, von denen der Herzog noch nie etwas gehört hatte. Und auch das Wetter spielte an diesem besonderen Tage mit. Es war warm und sonnig, obwohl doch schon Spätherbst war. Als indessen der Herzog, auf dem Schoß den unvermeidlichen Kater Hakalele, nach einigen Tagen die Insel wieder verließ, war sein Abschiedsgruß frostig. Das blieb den Strandern nicht verborgen. Bedeutungsvoll blickten sie einander an und nickten vielsagend.

Denkbar ist, daß der Herzog verspürte, wie sich die Stimmung der Einheimischen ihm gegenüber geändert

Amsinck hatte seinen eigenen kleinen Hafen.

hatte. Sie mochten ihn nie geliebt haben. Dafür waren sie zu eigensinnig auf ihre Freiheit und ihre althergebrachten Rechte bedacht. Aber sie hatten ihn doch immerhin geachtet. Jetzt meinte der Herzog in ihren Mienen Ärger, gar Haß zu erkennen. Dieser Sinneswandel, so mußte er annehmen, war sicher auf das Verhalten Amsincks zurückzuführen. Daß er selbst den Kaufmann durch die ihm eingeräumten Rechte zu diesem Verhalten ermutigt hatte, konnte oder wollte er gewiß nicht einsehen.

Denkbar ist auch, daß der Herzog sich über den Hochmut des Hamburger Kaufmannes ärgerte. Denn Herzog Friedrich war, wie alle Angehörigen des Adels, sehr standesbewußt. Und eitel war er außerdem. Ganz selbstverständlich hatte er angenommen, daß Amsinck dem neuen Koog den Namen seines hohen Gönners geben würde. Den Namen „Friedrichs-Koog" oder „Herzog-Friedrich-Koog" hatte er genüßlich auf der Zunge zergehen lassen. Eigentlich klang das ganz gut, befand er. Ganz sicher war er gewesen, daß ihm diese Ehre zuteil werden würde. So hatte er in Gedanken schon eine Dankesrede entworfen. Darin kamen viele nichtssagende Redewendungen vor wie „Aber das tat doch nicht nötig!" oder „Das überrascht und rührt mich aber sehr!" oder „Das ist aber eine große Ehre für mich!" Gutwillig hatte er den letzten Spatenstich getan, das absichtlich offengelassene kleine Loch im Deich zugeschaufelt. Es dauerte einige Zeit, bis er begriff, was der Kaufmann dann gesagt hatte. Der hatte nämlich voller innerer Rührung ausgerufen: „Und so taufe ich den neuen Koog auf den Namen Amsinck-Koog!" Ganz verdattert war der Herzog und ärgerlich dazu. Er empfand das als eine große Undankbarkeit und beschloß, sich diese für spätere Zeiten zu merken.

Ganz sicher hatte der Kater Hakalele etwas mit der Verstimmung zwischen Kaufmann und Herzog zu tun. Kaum hatte der stolze Perserkater die Insel betreten, da war er auch schon von den Strander Katzen mit großem Miauen und Gekreische begrüßt worden. Dieser oder jener Katze, der er besonders geneigt war, hatte er zärtlich die Ohren geleckt, einer, die sein besonderes Wohlwollen genoß, sogar Rücken und Schwanz. Überheblich, wie nur ein persischer Kater sei kann, war er dann mit den Katzen im Gefolge davonstolziert. Der Herzog, eingespannt in das unvermeidliche Protokoll, hatte ihn mit wehmütigen Blicken verfolgt. Während der ganzen Festtage hatte der Herr von seinem Kater nicht viel gesehen.

Um so mehr aber hatte er nachts von ihm gehört. Und mit ihm der Hamburger Kaufmann und die Einwohner der Insel. Denn wenn es auch heißt, die Friesen sängen nicht, so galt dies doch nicht für die friesischen Katzen der Insel Strand. Und erst recht galt das nicht für Hakalele, den Perserkater. Der hatte nämlich nach Meinung der Strander Katzen (und wohl auch nach eigener Meinung) eine kräftige, wohlklingende Stimme. Nun fiel beim Fest der Menschen ausreichend Nahrung ab, nicht nur für die gefräßigen Hunde, sondern auch für die diebischen Katzen. Die besten Brocken wurden natürlich stets Hakalele, dem uneingeschränkten Liebling, vorgelegt. Doch auch die Katzen brauchten nicht auf Mäusefang zu gehen, ihren Hunger zu stillen. Sie konnten also – und so konnte auch Hakalele – ganz die Freuden des Lebens genießen. Und was war schöner, als nach einem Tage voller Spiel und Lust der schönen Musik, dem Chorgesang, sich hinzugeben?

Drei Nächte hatte Arnold Amsinck voller Erbitterung dem Geheul gelauscht. Er wußte sehr wohl, daß es Lobgesänge der Liebe waren, dargebracht dem widerlichsten aller Kater, Hakalele nämlich. In der vierten Nacht aber hielt es den Kaufmann nicht länger in seinem Bette. Wütend warf er seine Bettdecke beiseite, stürmte in den Stall und ließ seine Hundemeute los. Die stürzten sich auf die überraschten Sänger und trieben sie auseinander. Nur daß einer von ihnen, Kater Hakalele nämlich, am linken Ohr und am rechten Hinterbein blutend, nicht einfach davonlief. Listig suchte er vielmehr Schutz auf dem Dach des Amsinckschen Hauses. Ihn begleitet auch hier sein ausdrücklicher Günstling, eine kleine graugesprenkelte Katze von besonders umwerfender Lieblichkeit. Der Herzog höchstpersönlich mußte ihn am nächsten Morgen mit Hilfe langer Leitern vom Dache retten.

Das Fest also endete, aus welchen Gründen auch immer, mit einer Verstimmung. Amsinck mag dies gemerkt haben. Aber es schien ihn nicht zu stören. Denn den nächsten Deich nahm er in Angriff. Und weiter trieb er seine Leute an. Weiter auch nahm er keine Rücksicht auf das, was seit Jahrhunderten auf der Insel für Recht und Gesetz gegolten hatte. Früher hatten die Bauern ihre Schafe kostenlos auf dem Vorland weiden lassen. Jetzt verlangte er plötzlich eine Pacht. Nicht nur die Bauern, auch seine Arbeiter murrten über die schwere Arbeit und waren unzufrieden. Achthundert von ihnen rotteten sich gar zusammen, bedrohten ihn und verlangten mehr Geld.

Amsincks junge holländische Frau sah wohl das Elend. Sie sah, daß die anderen Bauern zugrunde gingen, weil ihr Mann ihnen die Arbeiter weglockte. Sie hörte die Flüche der Arbeiter und Einheimischen, wenn sie durch das Land fuhr. Aber sie wagte nicht, mit ihrem Mann darüber zu sprechen. In dem ging eine für sie unerklärliche Veränderung vor sich. Er wurde hart, ungerecht, aufbrausend. Denn die Herbststürme kündigten sich an, und der nächste Deich war noch nicht geschlossen. Ihr Trost war die kleine graugesprenkelte Katze, die mit Hakalele Schutz gesucht hatte auf dem Dach des Hauses. Die war einfach dageblieben. Auf dem Boden des Hauses hatte sie sich häuslich eingerichtet. War der Kaufmann außer Hause, lockte die junge Frau die Katze mit Milch und Buchweizengrütze und kleinen Fleischstückchen. Die Katze dankte es ihr mit Anhänglichkeit und Zärtlichkeit. Acht Wochen aber, nachdem der Herzog mit Hakalele die Insel verlassen hatte, schleppte die Katze drei kleine Junge herbei. Der Kaufmannsfrau legte sie diese zu Füßen, auf daß sie die Jungen begutachte und die Mutter lobe. Sie nannte die drei Katzen Patchwork, Somebody und Nobody. Denn so, wie die Hamburger eine Vorliebe für alles Holländische, so hatte sie eine Vorliebe für alles Englische. Es dauerte gar nicht lange, da wuchsen die Kätzchen zu ausgewachsenen Kat-

In seine Deiche baute er feste Schleusen.

zen heran. Die trösteten Amsincks Frau in ihrer Einsamkeit und dankten ihr ihre Fürsorge auf mancherlei Weise. Sie fingen, zum Beispiel, alle Mäuse im Hause. Denn Mäuse gab es in reetgedeckten Häusern viele. Und auch Frau Amsincks Haushalt hatte viel unter den kleinen Nagern leiden müssen. Jeden Morgen, wenn die Frau vor die Tür schaute, hatten die Katzen ihr eine tote Maus auf die Türschwelle gelegt. Sie freute sich über diese Freundschaftsgabe, denn es war die einzige, die ihr auf der Insel dargeboten wurde.

Es wurden übrigens in diesem Jahr in der weiteren Umgebung des Amsinckschen Hauses eine ungewöhnlich große Zahl von Katzen geboren, alle etwa um die gleiche Zeit und alle von überdurchschnittlicher Größe und Schönheit. Keine von ihnen konnte ihren Vater, den Schleswiger Kater Hakalele, verleugnen. Sie alle hatten kräftige Barthaare, einen breiten Kopf und langes, seidiges Haar. Und sie alle waren gute Jäger. Sie waren ein stetes Ärgernis für Arnold Amsinck und einige andere Bauern der Gegend, denn die jagten gerne Hasen, Enten und Rebhühner. Oder was es sonst noch an jagdbarem Wild auf der Insel gab. Bei Amsinck mag den Zorn auch noch geschürt haben, daß ihn die Katzen, ihrer Familienähnlichkeit wegen, stets und immer wieder an den mißglückten Besuch des Herzogs erinnerten. Es war ja wohl auch nicht ganz falsch, daß ein Teil seines Ärgers mit dem hohen Herrn durch dessen Kater Hakalele verursacht wurde. So nahm er gerne die Begründung der anderen Jäger auf, die diese immer und zu allen Zeiten gegen die reizenden Katzen ins Feld führen: daß nämlich die Katzen junge Hasen, Enten- und Rebhuhnküken fängen und damit den Bestand jagdbaren Wildes frevelhaft verringerten.

Amsinck mag Trauer und Einsamkeit seiner Frau verspürt haben. Jedenfalls duldete er lange Zeit die Anwesenheit der verhaßten Katzen in seinem Hause. Zwar sah er nicht viel von ihnen. Denn sobald er von seinen Ausritten zurückkehrte, räumten die klugen Tiere freiwillig das Haus und verzogen sich auf den Dachboden, sicher auch der Hundemeute wegen. Zwar war er der Meinung, Katzen seien unnütze Esser. Doch ließ er seine Frau gewähren. Eines Tages aber brachte ein kleines Unglück das Faß zum Überlaufen. Katzen sind bekanntlich reinliche Tiere. Als aber an einem besonders windigen und kalten Tage einmal alle Fenster und Türen verschlossen waren, lag doch bei der Rückkehr des Kaufmannes ein kleines, entsetzlich stinkendes Häuflein in der Ecke der Wohnstube. Da sagte Amsinck: „Die Katzen müssen weg!" Selbst die Tränen seiner Frau änderten seinen Entschluß nicht. Immerhin ließ er zu, daß am anderen Ende der Insel, in der Pellwormharde, eine Tagelöhnerfamilie beauftragt wurde, gegen gutes Geld die Katzen zu versorgen. Auch den anderen Katzen der Gegend wurden die Nachstellungen durch Amsincks Hunde irgendwann zu viel. So suchten sie sich anderswo neue Herren.

Nun hatten die drei Katzen und nun hatten auch die anderen Nachkommen Hakaleles in dem Amsinck gehörenden Land auch die Mäuse an den Deichen gefangen. Die gruben sich nämlich gerne in das Erdreich ein lustiges Netz von Gängen und Höhlen. Amsincks Deiche mochten zwar höher sein und besser gebaut als die anderen Deiche der Insel. Aber die Grasnarbe war an vielen kleinen Stellen durch Mäusefraß zerstört, die Oberfläche der Deiche löchrig wie ein holländischer Käse. Dort, wo die Mäuse gewühlt hatten, konnte das Meer die Deiche angreifen. Als in der Nacht vom 11. auf den 12. Oktober 1634 eine verheerende Sturmflut gegen die Insel tobte, da brachen neben allen anderen deshalb auch Amsincks schöne, neue, hohe Deiche. Als der Kaufmann am nächsten Morgen den Schaden überblickte, war die ganze Insel zerschlagen, das stolze Strand in mehrere Stücke zerrissen. So überraschend war die Sturmflut gekommen, daß die meisten Einwohner im Schlaf überrascht wurden und sich nicht mehr retten konnten. Mehr als 6000 Menschen waren ertrunken, fast zwei Drittel aller Einwohner der Insel. Über 50 000 Stück Vieh lag verendet auf dem von Schlamm und Salzwasser verwüsteten Land. Ungeschützt lag es jetzt da. Hunderte

Das Haus des Hamburgers verfiel mehr und mehr.

von Häusern waren zerstört. Die Einwohner, die überlebten, hatten fast alles verloren, hatten nichts gerettet außer ihrem nackten Leben. Verzweiflung überkam die Strander, denn sie hatten nicht das Geld, die Deiche neu zu bauen.

Amsinck hatte ebenfalls schwere Verluste erlitten, doch machte das zerstörte Marschland nur einen kleinen Teil seines Vermögens aus. Auch war er nicht ein Mensch, der klagte und verzagte, wenn ihm einmal etwas danebenging. Amsinck war reich geworden, weil er nicht so schnell vor Schwierigkeiten aufgab. Gut, dieses erste Geschäft hatte nicht geklappt, seine Deiche waren gebrochen. Aber noch hatte er Geld, viel Geld. Mit Geld, so glaubte er, könne man alles erreichen. Das war seine Überzeugung als Kaufmann. Und so begann er, den Einwohnern der umliegenden Dörfer Bupte, Volgsbüll, Bupsee und Königsbüll nach und nach ihr ganzes verwüstetes Land abzukaufen, für billiges Geld. Amsinck kaufte und kaufte. Schließlich nannte er rund 4000 Hektar sein eigen. Das war ein Stück Land so groß, daß man es noch nicht einmal an drei Tagen umreiten konnte. „Ich bin der reichste Mann weit und breit“, sagte er sich, „wenn ich dieses Land eingedeicht habe!“ Das war zweifellos richtig. Selbst die zehn größten Bauern von Eiderstedt oder Dithmarschen hätten zusammen nicht so viel Land besessen wie er. Und er träumte davon, daß auch die Ritter von der Ostküste mit ihren schönen Gütern ihm ihre Hochachtung würden nicht verweigern können. Denn sein Land würde allerbester Marschboden sein, fruchtbar und ertragreich. Wenn, ja wenn es erst einmal eingedeicht war. „Das wäre doch gelacht“, dachte er bei sich, „wenn ich mit meinem vielen Geld das nicht schaffen würde.“ Er war seiner Sache ganz sicher. Schließlich war er ja ein vorsichtiger hanseatischer Kaufmann. Jeden Schritt plante er sorgfältig. Seine holländischen Baumeister waren die besten Deichbauer der Welt. Und so stellte er die ersten 100 000 Taler bereit.

Unverdrossen machte er sich ans Werk. In jedem Frühjahr begann er. Den ganzen Sommer waren die Arbeiter mit dem Sturzkarren unterwegs, die neuen Deiche aufzuschütten. In jedem Spätherbst wurde das Werk vollendet. In jedem Winter, in jedem Frühjahr aber kam das Meer und zerstörte die Arbeit des vergangenen Jahres. So ging das Jahr um Jahr. Weiteres Geld stellte er bereit. Mehr und mehr Arbeiter schufteten für ihn. Aber immer wieder zerstörte das Meer, was Menschenhand geschaffen. Schlimmer noch: das Meer fraß sich in sein Land hinein. Kleiner und kleiner wurde das Eiland um sein Haus. Amsincks Frau starb an gebrochenem Herzen. Der Kaufmann aber kämpfte verbissen weiter, fünfzehn Jahre lang. Da war sein großes Vermögen verbraucht. Die letzten acht Jahre seines Lebens war Amsinck nur noch ein armer, gebrochener Mann. Er lebte auf der winzigen Hallig in seinem einst so stolzen Haus, das immer mehr verfiel. Ende Januar des Jahres 1656 starb er, einsam und verbittert. Sein Name ist fast vergessen. Die Strander nämlich, nachtragend noch über den Tod hinaus, nannten die Hallig nicht nach ihm. Sie nannten sie „Hamburger Hallig“ nach dem Ort, von dem er einst aufbrach, mit seinem vielen Geld und seiner rastlosen Energie, dem Meer fruchtbares Land zu entreißen.

Die Einwohner der Pellwormharde und der Nordstrandharde, beide Inseln einst Teil der großen Insel Strand, waren glücklicher. Nach und nach konnten sie durch Deiche ein Stück Land nach dem anderen dauerhaft sichern. Katzen gibt es auf beiden Inseln übrigens viele. Die Pellwormer und Nordstrander lassen sie gewähren. Selbst wenn sie, was keineswegs bewiesen ist, gelegentlich einen jungen Hasen oder ein Rebhuhnküken fangen und verzehren.

Die sechste Geschichte erzählt
Ricklef Volquardsen

Die sechste Geschichte erzählt Ricklef Volquardsen. Ricklef Volquardsen war eine feinsinnige Natur. Er liebte das Schöne. Es gab sogar Nachbarn, die behaupteten steif und fest, Ricklef lese. „So Sachen, die sich reimen!" erklärte Rasmus, der Hausschlachter. Sicher war, daß er viermal im Jahr aus der Hauptstadt eine Zeitschrift bekam. Da waren die neuesten Moden drin. Die studierte Ricklef gewissenhaft. Ricklef war nämlich Hausschneider. Den Stoff webten seine Kunden selbst. Aber das Zuschneiden und Anpassen: das war Ricklefs Sache. Und natürlich das Nähen. Nicht, daß sich die Dorfbewohner nach Ricklefs Modevorschlägen gerichtet hätten: der neue Anzug sollte immer genauso sein wie der alte. Aber immerhin war Ricklef modisch stets auf dem laufenden. Das war er sich und seinem Ruf schuldig. Sogar in Eiderstedt hatte er Kunden, darunter Pastoren und Küster. Bei einem von ihnen hatte er eine Geschichte gehört, also eine Geschichte war das, so richtig was fürs Herz. Die war genau das richtige, beim Schulwen erzählt zu werden.

Der Spielmann von Westerhever

Es muß um das Jahr 1760 gewesen sein, da ereignete sich im Mai in Westerhever, einem kleinen Ort in Eiderstedt, ein vielbetrauerter Unglücksfall. Ein in der ganzen Gegend bekannter und beliebter alter Spielmann, dessen Namen aber niemand kannte, stürzte sich südlich der Kirche in die Nordsee. Ein Zimmermannsgeselle, der an einer nahen Schleuse arbeitete, sprang ihm nach, um ihn zu retten. Beide ertranken. Der Zimmermannsgeselle, aus Österreich gebürtig und eben vierundzwanzig Jahre alt, wurde von den Gesellen seiner Zunft mit großer Feierlichkeit abgeholt und beerdigt. Wegen des alten Spielmannes aber fragte der Pastor von Westerhever, Carl Jessen hat er geheißen, bei seinem Vorgesetzten an, dem Propsten Detlef Adolph Möllenhoff. Wissen wollte er, ob man dem Spielmann wegen seiner Todesart ein ehrliches Begräbnis geben könne. Das war eine schwierige Entscheidung, die der Pastor nicht alleine treffen wollte. Denn Selbstmördern wurde von der Kirche lange davor und lange danach ein solches in der Regel verweigert. Der Pastor aber gönnte dem alten Spielmann dieses recht offensichtlich. Darum fügte er seiner Anfrage mit ganz ungewöhnlicher Anteilnahme eine kurze Lebensgeschichte des alten Mannes bei, soweit sie ihm, dem Geistlichen, bekannt geworden war.

Etwa sechzig Jahre früher, so schilderte der Pastor, also kurz nach dem Jahre 1700, war der seltsame Spielmann zum ersten Mal mit anderen fremden Musikanten ins Eiderstedtische gekommen. Bei den drei Hochzeitstagen eines großen Bauern in Poppenbüll hatten sie die Musik gemacht. Dabei hatte er sich, wie man erzählte, in ein sehr schönes junges Mädchen verliebt, des Pfennigmeisters Tochter. Einige Monate später war er allein wiedergekommen. Den Leuten hatte er umsonst aufgespielt. Auch hatte er sich viel auf dem Hof des Pfennigmeisters zu schaffen gemacht und dabei mit seinem Spielen und Singen das Herz des Mädchens gewonnen. Als aber dies ihr Vater entdeckte, war der sehr zornig geworden. Von einer Heirat hatte er nichts wissen wollen. Grob hatte er den Spielmann angefahren, er werde seine Tochter niemals einem Unehrlichen geben. Spielleute zählten in jener Zeit nämlich, wie Gaukler, Schauspieler und Abdecker, wie Henker gar, nicht zu den „Ehrlichen“, mit denen man Umgang hatte und die man gerne in seine Familie aufnahm. Nein, hatte er wütend geschimpft, er habe kein Verlangen, Spielmannskinder als Enkel zu haben. Danach war eines Tages der fremde Spielmann aus der Gegend verschwunden. Jahre hatte man nichts von ihm gehört. Es mochte sein, daß er sich zu Kriegsdiensten in den Polacken- oder Nordischen Kriegen verdingt hatte. Vielleicht hatte er sich auch anderweitig in fremden Ländern herumgetrieben, wie dies nun einmal bei Wandermusikanten der Brauch war. Das junge Mädchen mußte indessen dem Willen des Vaters gehorchen und einen reichen Bauern in Westerhever heiraten. Sie war immer ein stilles, in sich gekehrtes Kind gewesen. Kaum zwei Jahre später trug man sie zu Grabe.

Man hatte im Dorf diese alte Geschichte längst vergessen. Da erschien eines Tages, etwa zehn Jahre später, der fremde Spielmann wieder in Poppenbüll. Er begehrte, sich hier niederzulassen. Doch lehnte die Obrigkeit diesen Antrag rundweg ab. Denn der fremde Spielmann verweigerte über seine Person, Herkunft, Heimat und sonstige Verhältnisse schlichtweg jede Auskunft. Daraufhin hielt er sich im benachbarten Westerhever auf. Nachts schlief er im Stufhusener Schleusenhause, tagsüber aber konnte man ihn am Außendeich oder auf dem Vorlande beobachten. Dort hörte ihn eines Tages der selige Pastor Mathias Dögen auf der Geige und der Sackpfeife musizieren. Der war davon so angetan, daß er dem armen, heimatlosen Kerl einen Platz zum Ansiedeln anwies nach dessen Wünschen. Der Spielmann wählte einen schmalen Landstreifen, direkt am Außendeich, südlich des Rosenhofes, der der Kirche von Westerhever gehörte. Von dort aus hatte er einen Blick über das weite Meer nach Südwesten und die Kirchspielswarft und den kleinen Friedhof des Dorfes nach Nordosten. Hier baute sich der Spielmann mit eigenen Händen

Hier baute sich der Spielmann eine kleine, saubere Hütte.

aus angeschwemmtem Holz eine saubere, kleine Hütte, wie man sie hierzulande noch nie gesehen hatte. Über seine Herkunft und Heimat verweigerte er auch weiterhin jede Auskunft. In dieser Hütte lebte er seither fast fünfzig Jahre mutterseelenallein. Gar manche Frau in Eiderstedt hätte mit ihm wohl Hütte und Bett teilen mögen. Aber er heiratete nicht und hatte folglich weder Kinder noch Anhang, noch schloß er Freundschaft mit irgendwem.

Den Leuten in Westerhever war er immer als ein zwar stiller, aber sehr freundlicher Mann erschienen, von eigenartigem Reiz. Er war nämlich von zierlicher Gestalt, hatte schwarze Haare und schlanke, feine Hände. Den Eindruck der Fremdartigkeit verstärkte auch seine hochdeutsche Sprache. Denn jedermann in der Gegend sprach plattdeutsch, weshalb ihn die einfachen Menschen nur schwer verstanden. In seinem Beruf aber war er allgemein beliebt. Bei allen Kindstaufen, Hochzeiten und Erntefesten der ganzen Gegend mußte er aufspielen und verdiente damit ein gutes Stück Geld. Die jungen Leute mochten seine fremdländischen Weisen so gern, daß der Tanz nur halb soviel Spaß machte, wenn er nicht aufspielte. Im Winter verdiente er sich einiges mit Schneiderei für die reichen Bauern der Gegend. Seine Jacken waren von eigenartigem Schnitt, auf den seine Kunden sehr stolz waren, wenn sie nach Husum oder Friedrichstadt fuhren. Daneben bebaute er seinen Garten, der sich von allen anderen der Gegend unterschied. Aus der Fremde nämlich hatte er viele kleine Leinensäckchen mitgebracht mit den unterschiedlichsten Samen, aus denen er viele schöne Blumen zog, wie man sie sonst nirgendwo in Eiderstedt sah. Auch einige Obstbäume zog er aus Samen, Äpfel, Birnen und Pflaumen. Die pflanzte er im Schutze von Wildrosenhecken an, welche den scharfen Westwind von ihnen fernhielten. Die Blumen waren unregelmäßig nach keiner erkennbaren Ordnung über das ganze Grundstück verteilt, anders, als die Bäuerinnen es sonst in ihren Bauerngärten zu halten pflegten. Musizierte er für sich allein, so war es ein Genuß, ihm zuzuhören. Denn Geige und Waldhorn spielte er wie kein zweiter. Den Leierkasten hingegen verachtete er. Auf der Sackpfeife mit den zwei Flöten spielte er, wie niemand vor oder nach ihm dies jemals vermochte.

Obwohl ihn sein Beruf mit vielen Leuten zusammenbrachte, hatte er mit niemandem Umgang. Den reichen Besitzern der Haubarge ging er aus dem Wege. Den Gottesdienst besuchte er gelegentlich, saß dann aber stets auf der letzten Bank unter der Empore, kam als letzter und ging wieder als erster, kaum, daß der Gottesdienst geendet. Waren aber einmal der Staller oder der Amtmann von Husum bei einem der reichen Bauern zu Besuch, oder kam der Propst zum Pastor von Westerhever zur Visite, so versteckte er sich und wollte den hohen Herrschaften nicht aufspielen. Manche von ihnen aber gingen zu seiner Hütte, das zierliche Häuschen und die seltenen Blumen zu bewundern und von fern seiner Musik zu lauschen. Außer seiner Musik und den Blumen liebte er die Vögel. Viele von ihnen nisteten in den Wildrosenhecken. Er streute ihnen Futter, so daß sie sich ständig vor seiner Hütte einfanden und ohne Scheu um ihn herumhüpften. Am liebsten war ihm die Drossel, mit der man ihn fast menschlich reden hörte.

Seine besonderen Freunde aber waren die Kinder. Täglich saßen einige von ihnen vor seiner Hütte. Aus Westerhever, aus Neukrug, ja sogar aus Poppenbüll kamen sie zu ihm. Sie spielten, bis er sein Haus verließ und sich mit ihnen beschäftigte. Hatten sie Hunger, so gab er ihnen aus groben irdenen Töpfen zu essen, eine einfache Suppe oder auch ein Stück Brot, das ihnen besser schmeckte als alles, was sie sonst zu essen bekamen. Er erzählte ihnen allerhand Geschichten, auch alte Märchen, vom gehörnten Siegfried oder der klugen Magd oder ähnliches. Auch mit lustigen Schwänken erfreute er sie. Und ging es zum Herbst zu, so schenkte er ihnen die Samen jener Blumen, die sie im Sommer am meisten erfreut hatten. Er trug ihnen auf, sie zu Hause zu säen und sich und ihre Eltern damit zu erfreuen. Auch die schönsten Lieder sang er ihnen vor, bis sie ihm diese nachsangen. Viele Erwachsene gingen häufiger als notwendig an seinem Hause vorbei und lauschten dem Gesang der Kinder, die fröhlich im Garten des alten Mannes spielten.

So lebte er wohl fünfzig Jahre. Die Kinder von einst waren inzwischen Erwachsene geworden, hatten geheiratet und Kinder bekommen. Und auch die kamen oft zu ihm, auch die erfreute er mit seinen Geschichten und seiner Musik. In den letzten Jahren hingegen wurde er gebrechlich, so daß er zu Hochzeiten und Tanzfesten nicht mehr aufspielen konnte. Den Winter über verließ er seine Hütte kaum. Die Kinder versorgten ihn, sammelten für ihn den trockenen Schafdung zum Heizen, brachten auch wohl einen Korb voll Grünkohl oder eine Handvoll Kartoffeln. Als aber der Frühling kam, konnte man ihn wieder oft vor den Deichen auf dem Vorland sehen. Auch die Kinder versammelte er wieder jeden Tag um sich. In den ersten Maitagen ist er einigen sehr unruhig erschienen. Das Meer schien ihn zu ängstigen, der scharfe Wind ihn zu bedrängen. Man hat auch gesehen, wie er die zitternden Hände rang. Laut redete er mit sich selbst, mehrfach betete er vor sich her den Spruch aus den Propheten Jesaias „Aber das zerstoßene Rohr wird Er nicht brechen, und den glimmenden Docht wird Er nicht auslöschen." Der Pastor schloß seinen wohlwollenden Bericht: „Es ist dieser Greis zeitlebens ein grundgutherziger Mensch gewesen, der keiner Seele was zuleide getan. Was ihn jetzt, an die fünfundachtzig Jahre alt, noch ins Wasser getrieben hat – Böses kann es nicht gewessen sein – weiß Gott allein, der auch weiß, was ihn vor Zeiten aus der Heimat gerissen und welches Schicksal und Herzeleid er in jüngeren Jahren ausgestanden hat!"

Bis nun die Antwort des Propsten nach Westerhever kam, lag die Leiche des alten Spielmannes in seiner stillen Hütte. Dorthin hatte man sie gebracht, als man sie aus dem Wasser gezogen hatte. Die müden Augen waren geschlossen, und auf dem alten Gesicht lag ein friedlicher Ausdruck. Als am anderen Morgen die Kinder, wie dies ihre Gewohnheit war, wieder zur Hütte kamen und der Alte

Die Vögel hüpften ohne Scheu um ihn herum.

Täglich saßen einige Kinder vor seiner Hütte und warteten auf ihn.

fort und fort schlummerte, als sie schließlich merkten, daß er nicht wieder unter sie treten werde, da sind sie in ein lautes Weinen ausgebrochen, und die Vögel in den alten Obstbäumen und Wildrosenhecken haben eingestimmt in die Trauer um den lieben alten Freund. Am nächsten Morgen aber sind die Kinder wiedergekommen. Anfangs haben sie geweint. Dann aber haben sie zu spielen begonnen, erst still, dann etwas lauter, bis eins ein Lied zu singen begann, das der Alte am liebsten von ihnen gehört hätte. Das haben sie mit kindlichem Eifer zu Ende gesungen und dann fröhlich weitergespielt.

Des Pastors Wunsch ist in Erfüllung gegangen. Der Propst, ja gar der Superintendent in Schleswig haben eingewilligt, daß man dem alten Spielmann ein ehrliches Begräbnis verschaffe. In der Stille sollte er beigesetzt werden an der Kirchhofsmauer der Kirchwarft von Westerhever. Waren es die Wehklagen der Kinder, waren es die Erinnerungen der Erwachsenen an ihre eigene Kindheit, in der sie auch einst an dem alten Mann gehangen? So viele Leute folgten seinem Sarge, daß man lange keine so ehrenvolle Bestattung im Kirchspiel erlebte. Auf dem Wagen des Bauern vom Rosenhof langte der Sarg, gefolgt von einer großen Menge Leidtragender, auf dem Westerhever-Kirchhofe an. Man hätte glauben mögen, einer der angesehenen Großbauern werde zu Grabe getragen und nicht ein Fremder, ein armer alter Spielmann.

Die Hütte des alten Spielmannes zerfiel bald, und der Garten verwilderte. Aber noch lange Zeit kamen die Kinder regelmäßig zum Spielen hierher. Sie taten sich gütlich an den Früchten eines alten Apfelbaumes und einer Birne, die einsam am Deich zwischen wuchernden Büschen überlebten. Sie brachen auch die Blüten einer alten Rose, die wuchs und wuchs, als gelte es die Erinnerung wachzuhalten. Dann kamen neue Kinder aus neuen Geschlechtern, die auch hier zu spielen pflegten, ohne noch etwas vom alten Spielmann zu wissen. Da aber hatte schon längst ein Deicharbeiter sich auf dem Unterbau des alten Spielmann-Hauses sein kleines Heim gebaut. Nur manchmal noch steht ein Kind auf dem Friedhof von Westerhever und betrachtet versonnen den einfachen Grabstein. Auf den hatte der Pastor, da er den Namen nicht kannte, einen Vogel meißeln lassen zur Erinnerung an den Freund der Kinder und Vögel.

Die siebte Geschichte erzählt
Haye Harksen

Die siebte Geschichte erzählt Haye Harksen. Haye Harksen legte stets Wert auf gepflegte Kleidung. Darum war er auch einer der besten Kunden bei Ricklef, dem Hausschneider. Alle fünf oder acht Jahre mußte Ricklef ihm einen neuen Anzug machen. Schließlich wußte Haye, was er seinem Amt schuldig war. Haye war nämlich der Küster der Kirchengemeinde. Nun mag jemand glauben, Küster seien nichts Besonderes. Den hätte Haye eines Besseren belehren können. Wer sorgte dafür, daß der Gottesdienst reibungslos ablief? Der Küster, natürlich. Nicht anders war das bei Taufen, Einsegnungen, Verlobungen, Hochzeiten und Beerdigungen. Alles mußte seine Richtigkeit haben. Und Küster Haye Harksen sorgte dafür. Punktum. Vier Pastoren hatte Haye schon erlebt. Die ersten drei waren irgendwann weitergezogen zu einer reicheren Gemeinde. Nur Haye war geblieben, als der ruhende Pol. Aber er war nicht nur Handlanger der Herren Pastoren. Beileibe nicht. Er hatte seine eigene Meinung. Das Neue Testament kannte er in- und auswendig. Vielleicht war es ganz gut, daß der Herr Pastor nicht wußte, was sein Küster Haye Harksen so dachte. Obwohl Haye das ziemlich gleichgültig gewesen wäre. Haye erzählte eine Geschichte, die dem Pastor vielleicht nicht so ganz gefallen hätte. Na, wenn schon!

Das Grab im Garten

Vor Jahren wohnte in dem friesischen Dorf Dörpum ein Bauer, der hieß Christian Volquardsen. Christian hatte einen schönen, großen Obstgarten. Der war sein ganzer Stolz. Einmal hatte er einen seltenen, kleinen Apfelbaum entdeckt. Den kaufte er. In der einen Ecke seines großen Gartens begann er, ein rechtes Loch zu graben. Denn die Wurzeln des jungen Baumes sollten genug Platz haben.

Als Christian Volquardsen so grub, da stieß sein Spaten plötzlich auf ein morsches Brett. Das war lang und ziemlich breit. Darunter entdeckte er einen Totenschädel und menschliche Gebeine. Darüber erschrak der Bauer natürlich sehr. Eilig rief er die Obrigkeit. Der Gemeindevorsteher Krag kam und es kam auch der Pastor Lorenz Haustedt. Sogar der Totengräber Jens Hinrich Köthe schlurfte herbei. Vielleicht gab es ja für ihn etwas zu tun. Und alle Nachbarn standen um die offene Grube. Die Knochen wurden sorgfältig untersucht. Jeder gab seine Meinung zum besten. Doch dann sagte Pastor Haustedt: „Der liegt schon lange hier. Vielleicht ist es ja ein armer schwedischer Soldat, der 1713 erschlagen wurde. Oder einer der russischen Kosaken, die 1814 unser Land heimsuchten." Und er fügte hinzu: „Jedenfalls ist es kein Einheimischer. Den nämlich hätten meine Vorgänger gewiß auf dem Friedhof beerdigt." Gemeindevorsteher Matthias Krag stimmte ihm zu. So sprach der Pastor ein kurzes Gebet über dem offenen Grab. Dann schüttete Christian Volquardsen das Loch wieder zu. Den Obstbaum aber pflanzte er an einer anderen Stelle ein.

Nur eine alte Frau schüttelte über die wilden Mutmaßungen den Kopf. Telsche hieß sie und war wohl schon über achtzig Jahre alt. Aber niemand fragte sie nach ihrer Meinung. Sie galt nämlich als etwas sonderbar. Mit Menschen hatte sie wenig Umgang. Mit den Tieren aber sprach sie wie mit ihresgleichen. Und kam ein Bettler zu ihr, so ging er nie davon ohne einen Teller Suppe oder ein tröstendes Wort. Als sich nun die Aufregung über den grausigen

Telsche sagte: „Ich glaube, du hast Jens Momsen ausgebuddelt!“

Fund gelegt hatte, als auch die Nachbarn wieder an ihre Arbeit gegangen waren, da nahm sie den Bauern beiseite. Sie sagte: „Ich glaube, du hast Jens Momsen ausgebuddelt!" Der Bauer fragte erstaunt: „Wer war denn Jens Momsen?"

Telsche antwortete: „Jens Momsen war Bauer und Gastwirt hier in Dörpum. Ihm gehörte dieser Hof. Von seiner Witwe haben deine Vorfahren Hof und Land gekauft. Ich habe Jens Momsen nicht mehr selbst gekannt. Er muß so um das Jahr 1785 gestorben sein. Aber mein Vater und meine Großmutter haben oft von ihm erzählt. Er war in der Gegend ein geachteter und angesehener Mann. Momsen hatte seinen eigenen Kopf. Darum wollte er als Christ auf seine Weise selig werden. Die Pastoren und die Obrigkeit verfolgten ihn und seine Freunde. Die ‚Bordelumer Rotte' wurden sie abfällig genannt. Aber auch er hatte mit den Pastoren und der Obrigkeit nichts im Sinn. Als er starb, verweigerten sie dem Verstorbenen das christliche Begräbnis. So begruben ihn seine Freunde eben in der einen Ecke seines Grundstückes. Wenn es aber eine Gerechtigkeit gibt, so ist Jens Momsen selig geworden und jetzt im Himmel. Er war nämlich ein guter Mensch!"

Nun war Christian Volquardsen nicht nur ein guter Bauer. Er war auch ein kluger Mann. Er wußte, daß die alte Telsche auf ihre Art weise war. Sie kannte vielerlei Dinge, von denen andere Menschen noch nie etwas gehört hatten. Darum lachte er nicht über Telsches Erzählung. Er ging vielmehr am anderen Tag zu Pastor Haustedt ins Bordelumer Pastorat. Erst sprach er über dies und das. Das machen die Bauern hierzulande, bevor sie zu den eigentlich wichtigen Dingen kommen. Dann schließlich fragte er: „Herr Pastor, was hat das mit der Bordelumer Rotte auf sich?" Pastor Haustedt war erstaunt über diese Frage. Aber bereitwilllig gab er dem Bauern Auskunft. Aus der Kirchenlade kramte er gar alte, vergilbte Papiere hervor. Die gab er Christian Volquardsen zu lesen. Der Bauer las und las. Und schließlich fand er folgende Geschichte:

Vor vielen, vielen Jahren, es war um das Jahr 1725, da

Es waren einmal zwei friesische Jungen, die hatte jedermann gern.

lebten in Bargum und Bordelum zwei Jungen. Die hießen Franz Marcus und Peter. Jedermann in der Gegend hatte sie gern. Denn sie waren höflich, zuvorkommend und hilfsbereit. Das lag natürlich auch daran, daß ihre Väter und Mütter höflich, zuvorkommend und hilfsbereit waren. Denn man sagt ja schließlich: Wie der Herr, so's Gescherr. Ein anderes Sprichwort hingegen schien nicht zu stimmen. Das verwunderte die einen und erfreute die anderen. Dieses Sprichwort lautet: Pastors Kinder, Schlachters Vieh – geraten selten oder nie! Die Väter der beiden Jungen waren nämlich die Pastoren Barsoenius und Lorentzen der beiden Kirchengemeinden Bargum und Bordelum.

Franz Marcus Barsoenius und Peter Lorentzen spielten gerne zusammen. Die beiden Dörfer Bargum und Bordelum liegen nämlich nicht weit auseinander. Wenn sie auch Pastorenkinder waren: Engel waren sie deshalb doch auch wiederum nicht. So heckten sie, wie alle Jungen, manche Streiche aus. Über die konnten die Erwachsenen nicht immer lachen. Mit einer Ausnahme: Kirchspiel-Gevollmächtigter der Gemeinde Bordelum war der Bauer Detlef Duysen. Mit dem hatte Pastor Lorentzen, Peters Vater, manchen Kummer. Duysen nämlich war ein starrköpfiger Besserwisser. Peinlich achtete er darauf, daß es keine Veränderungen im Gottesdienst gab. Alles Neue war nach seiner Meinung schlecht und verderblich, zumindest gefährlich. Pastor Lorentzen aber war ein fortschrittlicher Pastor. So gerieten die beiden oft aneinander. Es gab manche Gemeindemitglieder, die Detlef Duysen einfach eitel und eingebildet nannten. Darum gönnten sie ihm von ganzem Herzen die folgende Bloßstellung:

Detlef Duysens ganzer Stolz war seine Hühnerzucht. Seine Tiere waren, so behauptete er, die edelsten in der ganzen Gegend. Eines Sonntags wollte er nach dem Gottesdienst Nachbarn seine Hühner zeigen. Als er aber die Tür des Hühnerstalls öffnete, da torkeltem ihm seine Hühner entgegen. Franz Marcus und Peter hatten nämlich Brotstücke in Schnaps getaucht und den Hühnern heimlich hingestreut. Die Biester hatten die Brocken gierig gefressen. Und nun waren sie sturzbetrunken. Das ganze Dorf lachte über Detlef Duysen. Denn er selbst ging vielen Dorfbewohnern auf die Nerven mit seiner Rechthaberei. Natürlich blieb nicht verborgen, wer diesen Streich verübt hatte. Deshalb war Detlef Duysen der einzige, der die beiden Jungen nicht leiden konnte.

Als Franz Marcus und Peter größer wurden, wollten sie, wie ihre Väter, auch Pastoren werden. Das hat man ja oft, daß die Kinder den Beruf des Vaters ergreifen. Schlachterskinder werden oft Schlachter, Bauernkinder werden oft Bauern, Pastorenkinder werden oft Pastor. Ja, sogar Königskinder werden oft König. Das kann daran liegen, daß den Kindern nichts anderes einfällt. Das kann auch daran liegen, daß sie Angst haben vor einem fremden Beruf. Aber oft lieben Kinder einfach ihre Väter und wollen ihnen nacheifern. Das traf wohl auf Franz Marcus und Peter zu. Die Väter waren mit dem Berufswunsch der beiden Jungen einverstanden. So zogen diese auf die Schule, wo man Pastor lernen kann. Der eine ging auf die Hochschule nach Kiel, der andere auf die von Jena.

Die beiden Friesenjungen Franz Marcus Barsoenius und Peter Lorentzen lernten auf der Hochschule alles, was man braucht, ein guter Pastor zu werden. Jeder Beruf hat seine handwerklichen Seiten. Jeder Beruf hat auch seine kleinen Tricks. Was muß, zum Beispiel, einer lernen, der Schafe hüten will, ein zukünftiger Schäfer also? Er muß lernen, die Herde zusammenzuhalten. Das ist gar nicht so einfach. Denn Schafe weiden gerne auf fremden Wiesen. Das Gras auf der anderen Seite des Grabens ist ja bekanntlich immer das grünste. Schafe sind auch neugierig. Paßt der Schäfer nicht auf, so kann er sie nachher lange suchen. Und Schafe sind dumm. Sie wissen nicht, daß es Wölfe und Füchse gibt. Die tun erst freundlich. Und dann fressen sie die Schafe auf. Überall lauern Gefahren. Und sei es nur der Bock von der Nachbarherde. Darum muß der zukünftige Hirte lernen, seine Herde zusammenzuhalten. Natürlich muß er noch sehr viel mehr lernen. Er muß den Schafen, zum Beispiel, auch das Fell scheren können, ohne ihnen wehzutun.

Kann man die Ausbildung eines zukünftigen Schäfers mit der eines zukünftigen Pastors vergleichen? Aber natürlich doch! Die Kirche zieht diesen Vergleich ja auch. Das lateinische Wort „pastor“ heißt nämlich auf deutsch „Hirte“. Als Seelenhirten möchten die Pastoren die Herde ihrer Kirchengemeinde hüten. Und das, so hörten Franz Marcus und Peter von ihren Lehrern, sei ganz schön schwer. Es gebe auch geistliche Wölfe, gegen die man die Herde verteidigen müsse. Die verkündeten falsche Lehren. Damit könnten sie in der Herde Verwirrung anstiften und großes Unheil. Franz Marcus und Peter wurden gewarnt vor Katholiken, Wiedertäufern, David-Joriten, Mennoniten, Janssenisten und Calvinisten. Um nur die Schlimmsten zu nennen. Richtig sei nur der Glaube, den Martin Luther verkündet habe.

Es gab Lehrer an der Hochschule, die erinnerten die Jungen an ihren Erzfeind Detlef Duysen. Die wurden zumeist „die Orthodoxen“ genannt. Nichts wollten sie geändert haben an dem, was Luther einmal verkündet hatte. Obwohl doch Luther schon zweihundert Jahre tot war und sich manches geändert hatte seither. Andere Lehrer hatten Ähnlichkeiten mit ihren Vätern. Die waren Anhänger des Frankfurter Pastors Philipp Jacob Spener. „Pietisten“ nannten sie sich. Die sagten: „Eines Tages wird Jesus auferstehen und das Gezänk der Priester entscheiden!“

Als Franz Marcus Barsoenius und Peter Lorentzen im Jahre 1733 nach Hause zurückkehrten, waren sie überzeugte Anhänger Speners. Aber auch von den Quäkern, einer englischen Religionsgemeinschaft, übernahmen sie einige Gedanken. Andere Vorstellungen entwickelten sie selbst. So bastelten sie sich ihren eigenen Glauben zusammen, wie aus einem Baukasten. Das tun wohl alle Pastoren, auch wenn sie das nicht zugeben, schon mit Rücksicht auf die Obrigkeit.

Das Studium und der Aufenthalt in der Fremde hatten den Blick der beiden jungen Friesen geschärft. Im Kirchenleben ihrer Heimatgemeinde entdeckten sie viel Heuchelei, Hochmut und Dünkel. Für die meisten das Wichtigste am Gottesdienst war der Klatsch hinterher vor der Kirchentür. Da wurden die letzten Neuigkeiten ausgetauscht. Wer war wieder betrunken gewesen, hatte seine Frau verprügelt, die Ehe gebrochen? Wer erwartete ein Kind und von wem? Das war nicht das wahre Christentum, an das die beiden glaubten.

Nun waren Barsoenius und Lorentzen noch jung. Sie hatten darum kaum Aussicht, gleich eine Pastorenstelle zu bekommen. Aber sie waren ungeduldig. So begannen sie, die Wahrheit – oder das, was sie dafür hielten – in den Häusern zu verkünden. Sie verkündeten in Bargum und Bordelum. Sie verkündeten auch in den Häusern von Dörpum, Büttjebüll, Ockholm, Fahretoft und auf den Halligen. Es war ein neuer Ton, den sie anschlugen. Nur der Pastor darf Gottes Wort lehren? Barsoenius und Lorentzen sagten: „Gott kann auch unmittelbar zu den Menschen sprechen! Wer ihn hört, ist erleuchtet! Wer erleuchtet ist, ist frei von Sünde! Er braucht weder Pastor noch Kirche, um als wahrer Christ zu leben!“ Bisher hatte in den Gemeinden gegolten: Die Frau hat in der Kirche zu schweigen! Barsoenius und Lorentzen aber lehrten: „Wer erleuchtet ist, darf predigen, ob Mann oder Frau!“ Das war neu. Das war nach Meinung der Strenggläubigen aufrührerisch. Der Kirchspiel-Gevollmächtigte Detlef Duysen und seine Anhänger beobachteten das Wirken der beiden jungen Theologen mit Abscheu und Mißtrauen.

Der Gott, von dem die Amtskirche sprach, war ein strenger Gott. Er lachte nicht. Er vergab nicht. Der Gott Detlef Duysens war ein freudloser Gott. Barsoenius und Lorentzen aber sprachen von einem freundlichen und verzeihenden Gott. Ihr Gott sprach unmittelbar zu ihnen. Es waren vor allem junge Menschen, die sich Barsoenius und Lorentzen anschlossen. Und es waren vor allem Frauen. Sie lachten und scherzten miteinander. Sie fühlten sich geborgen in Seiner Obhut. Sie teilten, was sie hatten, gaben den Armen, so viel sie konnten. Mehr noch: Sie hatten

Gütergemeinschaft: Was mein ist, das ist auch dein! Sie waren eine christliche Kommune.

Darin unterschieden sich Barsoenius und Lorentzen mit ihren Freunden nicht von anderen pietistischen Gemeinden, etwa jenen der Mährischen Brüder in Oldesloe. Aber es gab eine Eigenart, die sie abhob: sie gingen sehr zärtlich miteinander um. Sie streichelten einander. Sie küßten einander. Und daraus drehte ihnen die Obrigkeit schließlich einen Strick.

Der Strick war zunächst nur ein seidiges Haar, in dem sich Franz Marcus Barsoenius verfing. Der Bargumer Pastorensohn war glücklich. Denn seinen ersten Anhänger fand er im eigenen Elternhaus. Der Vater hatte eine Hilfe angenommen. Von der Hallig Langeneß kam das junge Mädchen, Christiane Ketel Jacobs hieß es. Christiane, wenig jünger als Franz Marcus, hörte ihm gerne zu. Ja, wenn sie ihn ansah, dann fing sie manchmal an zu zittern. Denn sie hatte sich in Franz Marcus verliebt. Auch Franz Marcus fand, Christiane sei eigentlich ein hübsches Mädchen. Insbesondere ihre blonden langen Haare waren so weich und schön. Christinane war nur zu gerne bereit, Franz Marcus zu glauben. Eines Tages sprach er wieder von der „Erleuchtung", während sie vor Sehnsucht zitterte. Da sagte sie: „Ich glaube, ich bin auch erleuchtet!" Darüber war Franz Marcus natürlich glücklich.

Nun sind, wie allgemein bekannt, die Mädchen von den Halligen besonders aufgeweckt. So fragte Christiane: „Nun sind wir also frei von Sünde?" „Ja", bestätigte Franz Marcus. „Und wenn ich Sehnsucht nach dir habe, so ist das keine Sünde?" „Nein, das ist keine Sünde!" sagte Franz Marcus. „Und wenn ich dich ganz lieb haben möchte, ich meine, äh, so richtig, dann ist das auch keine Sünde?" Auf diesen Gedanken war Franz Marcus noch nicht gekommen. Er war eben noch sehr jung. Nach angestrengtem Nachdenken und Abwägen aller Lehrsätze bestätigte er aber: „Da wir beide erleuchtet sind und darum frei von Sünde, so ist auch das keine Sünde!" Das war eine Lehre nach Christianes Geschmack! So hatten sie denn, wie die

Richter später sagten, „vertrauten Umgang" miteinander. Sie teilten Kammer und Bett und fanden das wunderschön.

Nun war Bargum ein sehr kleines Dorf. Darum blieb diese enge Verbindung natürlich den Mitbürgern nicht verborgen. Dummerweise aber gab es ein königliches Gesetz. Das galt auch für Friesland und Bargum. Dieses Gesetz bestimmte: Braut und Bräutigam dürfen nicht unter einem Dach schlafen. Geschweige denn in einer Kammer. Von einem Bett war in dem Gesetz übrigens nicht die Rede. So heirateten Franz Marcus und Christiane schnell in aller Stille.

Auch Peter Lorentzen in Bordelum war glücklich. Zwar fand er seine ersten Anhänger nicht im eigenen Hause, wohl aber in der eigenen Familie. Seines Vaters verstorbener Bruder war Hardesvogt gewesen. Dessen Töchter Lucia und Anna Dorothea waren also Peters Cousinen. Die hörten ihm gerne zu. Es dauerte gar nicht lange, da war auch Lucia „erleuchtet". Auch Peter und Lucia hatten wohl „vertrauten Umgang" miteinander. Jedenfalls war Lucia sehr tatkräftig und Peter eine große Hilfe.

Bald aber fielen tiefe Schatten auf das Glück der beiden kleinen pietistischen Gemeinden. Peter Lorentzens Vater Aegidius starb. Zu seinem Nachfolger wählten die Mitglieder der Kirchengemeinde mit großer Mehrheit seinen Sohn Peter. Das war einerseits erfreulich. Andererseits war der Gevollmächtigte Detlef Duysen, Peters alter Feind, über diese Wahl mehr als wütend. Ein Neuerer als Oberhaupt seiner Gemeinde? Das durfte nicht sein. Unglücklicherweise war Detlef Duysen nicht nur ein einflußreicher Mann. Er war auch des hinterlistigen Ränkespiels kundig. Er suchte und fand einen gerissenen Advokaten. Georg Claeden hieß der und wohnte in Flensburg. Die beiden heckten einen Beschwerdebrief aus: Peter Lorentzen, der junge Pastor, vertrete nicht den wahren christlichen Glauben. Und außerdem, man stelle sich nur vor, habe er von der Kanzel verkündet, auch ein Weib möge und könne öffentlich lehren. Nicht nur das: Lucia Lorentzen, eine enge Verwandte des Pastors, habe das auch getan! Seinen zweiten Feind, den jungen Franz Marcus Barsoenius, schwärzte er auch gleich mit an. Obwohl der in Bargum saß und Duysen dort gar nichts zu sagen hatte.

Diese Beschwerde schickte Duysen nicht an den Propsten in Flensburg, nicht an den Superintendenten in Schleswig, sondern direkt an den König nach Kopenhagen. Aber der König sprach ein Machtwort: Peter Lorentzen bleibt im Amt. Basta! Die Wahl sei rechtens gewesen und gegen ihn nichts einzuwenden. Das war ein Sieg auf der ganzen Linie. Doch der junge pietistische Pastor konnte sich nur kurze Zeit seines Amtes und seines Erfolges erfreuen. Ganz plötzlich starb er, gerade siebenundzwanzig Jahre alt.

In Bordelum wurde bald darauf ein anderer Pastor gewählt. Johannes Wolfgang Hansen hieß er und stand den wenigen Pietisten in seiner Gemeinde zumindest duldend gegenüber. Die wurden von Lucia Lorentzen zusammengehalten. Aber Lucia war zwar eine kluge junge Frau, jedoch keine Theologin. In jener Zeit konnten Frauen nämlich noch nicht studieren. Zielstrebig machte sie sich auf die Suche nach einem Nachfolger für ihren Vetter Peter. Ihre erste Wahl fiel auf einen Ernst Fischer aus Lübeck. Der kam nach Bordelum und gab vor, Abgesandter einer anderen pietistischen Gruppe zu sein, der Mährischen Brüder in Oldesloe. Aber er war ein Schwindler, ein Kesselflicker, der bald darauf verschwand. Unverdrossen suchte Lucia weiter. Und siehe da, sie wurde ganz in der Nähe fündig, in Bredstedt nämlich.

Bredstedt liegt, wie jedermann weiß, direkt vor den Toren von Bordelum. In Bredstedt lebte der Kanzleirat Christian Detlef Claussen, Landschreiber und Stiftvogt und damit der höchste Beamte der Gegend. Der ließ seine sechs Kinder von einem Privatlehrer unterrichten. Denn die Dorfschulen im Lande waren herzlich schlecht. Dieser Privatlehrer war damals im Jahre 1738 ein gewisser David Andreas Bär. Bär hatte mit Barsoenius in Kiel Theologie studiert. Eines Tages nun hatte Lucia Lorentzen in Bredstedt zu tun. Dabei besuchte sie den Kanzleirat Claussen.

Die Familien kannten sich nämlich seit Jahren. Bei dieser Gelegenheit lernten sich Lucia Lorentzen und David Andreas Bär kennen.

Mit großem persönlichem und geistigem Einsatz gewann Lucia den Lehrer für die kleine Bordelumer Pietistengemeinde. Es dauerte gar nicht so lange, da war auch Bär „erleuchtet". Mehr noch: Unter dem Einfluß Lucias übernahm er bald die Führung des vorlorenen Häufleins. Er verließ seine sichere Stelle in Bredstedt. Er schlug gar eine ihm angebotene kleine Pastorenstelle aus. Seinen Lebensunterhalt versuchte er als Koffermacher zu verdienen. Er zog nach Bordelum und begann, seine Lehre zu verkünden. Die war eine Mischung aus Gedanken Speners, der Quäker und des Wiedertäufers David Joris. Lucia und ihre Bordelumer Freunde folgten ihm bedingungslos.

Nun haben die Bordelumer ein ausgeprägtes Selbstbewußtsein. So erschien es ihnen durchaus denkbar, daß Christus, sollte er einst auferstehen, zu ihnen in ihr kleines Dorf kam. Warum sollte er auch nicht? Gab es irgendwo einen vergleichbar klugen und anziehenden Lehrer des wahren Christentums? Irgendwann stellte einer aus der Gruppe sich und den anderen die Frage: „Sollte unser Andreas etwa der wiedergeborene Christus sein?" Einige Wochen später war es keine Frage mehr. Die Bordelumer Pietisten verkündeten landauf, landab: „Unser David Andreas Bär, Kandidat der Theologie aus Frankenhausen in Thüringen, ist der Heiland, der Führer der Seelen, ein Prophet, von Gott gesandt!" Wie es sich für einen rechten Propheten gehört, ließ sich Bär daraufhin einen wallenden Bart wachsen.

Das mußte für alle Strenggläubigen, das mußte auch für die Herren Pastoren ein Ärgernis sein. Hatten Lucia und ihre Freunde recht? Dann war das Ansehen dahin, das die Pastoren und Kirchenvorsteher bisher gehabt hatten. Hatten Lucia und ihre Freunde unrecht? Dann war Bär ein Schwindler. Leichten Herzens entschieden sie sich für die Lesart, Bär sei ein Erzgauner und Betrüger. Es gab aber noch ein zweites Ärgernis. Die Anhänger Bärs wurden eingebildet und anmaßend. Sie waren sich ihrer Sache sicher, zu sicher. Da war etwa Andreas Magnussen, der Dienstknecht Pastor Hansens, des Lesens und Schreibens unkundig und gerade dreiundzwanzig Jahre alt. Der sagte seinem Dienstherrn ins Gesicht: Er, Andreas, sei erleuchtet und ohne Sünde, der Herr Pastor aber lebe noch in Sünde und Ungewißheit.

Die Strenggläubigen antworteten mit Verwünschungen. Detlef Duysen und seine Freunde verfluchten die Abtrünnigen gar. So blieben die der Kirche fern. Nach ihrer Lehre konnten sie einen Gottesdienst ja auch in einer Wohnung oder auf freiem Felde halten. Abschätzig sprachen die Strenggläubigen von Bär und seinen Anhängern als der „Bordelumer Rotte". Eine Rotte, eine Bande, waren die Bordelumer Pietisten wohl nur in einem Sinne: Sie hielten zusammen wie Pech und Schwefel. Einer stand für den anderen ein. Einer teilte mit dem anderen, was er besaß. Rund vierzig Anhänger hatte Bär inzwischen in den Dörfern Bordelum, Dörpum, Büttjebüll und Fahretoft. Barsoenius in Bargum wurde die ganze Sache langsam unheimlich. Er entzog sich der Freundschaft Bärs. Aber sein Versuch, Abstand zu gewinnen, kam zu spät.

Das dritte Ärgernis schließlich brach Andreas David Bär das Genick. Und Franz Marcus Barsoenius gleich mit. Der war wohl auch an diesem Ärgernis nicht ganz unschuldig. Lucia Lorentzen war mit Barsoenius und seiner Frau Christiane befreundet. Die beiden hatten vorgelebt, daß Brüder und Schwestern einander begehren durften, ohne daß es Sünde sei. Bär muß eine anziehende Person gewesen sein. Jedenfalls hatten auch er und Lucia bald „vertrauten Umgang". Nur hatten Barsoenius und seine Christiane schnell geheiratet. Lucia und Bär dachten aber nicht daran. Sich vom Pastor in der Kirche zusammengeben zu lassen? Damit hätten sie die Befugnis der Amtskirche anerkannt.

Es kam, wie es kommen mußte: Die Amtskirche rüstete zum Kampf. Die Pastoren von Bargum und Bordelum erstatteten bei der Obrigkeit Anzeige. Eilig setzte die einen Untersuchungsausschuß ein. Barsoenius und Bär wurden nach Flensburg zum Verhör geladen. Barsoenius erschien. Er verteidigte sich geschickt. Er brachte die Lehrsätze der Pietisten vor. Die aber hatten auch in der Amtskirche Anhänger. So wurde er nur ermahnt, nicht vom rechten Glauben abzuweichen. Dann schickte man ihn nach Hause.

Kollege Bär indessen verspürte keine rechte Lust, sich verhören zu lassen. Darum setzte er sich aus Bordelum ab. Er ging nach Friedrichstadt an der Eider, der Heimstatt der Duldsamkeit. Begleitet wurde er von Lucia Lorentzen und Antje Jessens. Das war ziemlich dumm. Denn einmal war das Widerstand gegen die Obrigkeit. Und zum anderen wollte der Untersuchungsausschuß unbedingt wissen, was sich in Bordelum abspielte. Da Bär keine Auskunft geben wollte, wurden drei Flensburger Pastoren an die Westküste geschickt. Die sollten Bärs Anhänger vernehmen. Die aber waren Laien, einfache Leute. Vereinzelt waren sie noch nicht einmal des Lesens und Schreibens kundig. Aber Angst vor der Obrigkeit hatten sie darum doch nicht. Voller Bekennermut standen sie den hohen Herren Rede und Antwort.

Hatten Bär und Lucia Lorentzen wie Mann und Frau zusammengelebt? Niemand wollte das bestätigen. Aber Maria Petersen aus Dörpum erklärte voller Gewißheit: „Wenn Gott es sagt, ist es keine Sünde, wenn Brüder und Schwestern miteinander schlafen. Der Beischlaf ist keine Sünde!“ Auch Andreas Magnussen bestätigte: Wenn Gott es sagen würde, könnten Brüder und Schwestern beieinander schlafen! Er gab auch zu, Useke, Paul Martensens Frau, geküßt zu haben und von ihr geküßt worden zu sein. Karin Broders aus Bordelum bekundete, wenn Brüder und Schwestern beieinander schliefen und Gottes Wille darin erkannten, so wäre es gut. Ähnlich sagten auch Johannes Schmidt und Lucia Lorentzens jüngere Schwester Anna Dorothea aus, beide aus Bordelum.

Was war das? Entsetzen erfaßte die biederen Pastoren. Denn Bärs Anhänger sprachen nicht vom Beischlaf eines Bruders mit einer Schwester. Sie sprachen immer in der Mehrzahl, von „Brüdern“ und „Schwestern“. Konnte

Andreas Magnussen war Pastor Hansens Dienstknecht.

Mit einem Fuhrwerk ließ Momsen den Bär nach Dörpum holen.

auch ein Bruder mit mehreren Schwestern, eine Schwester mit mehreren Brüdern „vertrauten Umgang“ pflegen? „Aber ja doch“, sagten die Befragten unschuldig. „Das ist ja Sodom und Gomorrha!“ rief der dänische Pastor Jacob Juhl aus. Auch Pastor Christian Claudius verschlug es die Sprache. Es kam nämlich heraus, daß Bär nicht nur mit Lucia „vertrauten Umgang“ hatte, sondern auch mit ihrer Schwester Anna Dorothea, mit Useke Martensen und Antje Pauls. Lucia Lorentzen ihrerseits trieb es außerdem mit Andreas Magnussen, zu dem sich auch Useke Martensen hingezogen fühlte. Es herrschte eben Gleichberechtigung in der Gruppe.

Auch Andreas David Bär entging schließlich dem gestrengen Verhör nicht. Er war zu unvorsichtig. Kaum waren die drei Pastoren aus Bordelum verschwunden, kehrte er aus Friedrichstadt zurück. Dummerweise war Paul Martensen seine Frau Useke gerade zum zweiten Mal davongelaufen. Wütend machte er sich auf die Suche. Aber er fand nicht seine Frau, sondern unvermutet David Bär. Martensen war so aufgebracht, daß er den erst einmal verprügelte. Dann sperrte er ihn bei sich zu Hause ein. Davon erfuhr Detlef Duysen, der Kirchspiel-Gevollmächtigte. Eilig erschien er mit dem Vorladungsschreiben für Bär. Vorsichtshalber packten Duysen und seine Anhänger Bär auf einen Wagen und schafften ihn nach Flensburg.

Der Untersuchungsausschuß trat erneut zusammen. Bär antwortete auf alle Fragen verworren. Hatte er mit Lucia Lorentzen sich fleischlich vermischt? Er habe wohl bei ihr im Bett gelegen, aber nicht fleischlich mit ihr vermischt. Aber Lucia habe doch selbst gestanden, von ihm geschwängert worden zu sein! Jetzt verstehe er erst die Frage, antwortete Bär, das sei ein Geheimnis, das erst später gelüftet werde. Es sei geistiger, nicht leiblicher Beischlaf gewesen. Hatte er sich für den Messias ausgegeben? Nein, sagte Bär, das habe er nie getan. Aber wenn die Herren glaubten, er sei der Messias, so hätten sie selbst gut davon. Wüßten sie, was rechte Propheten wären, so würden sie auch ihn erkennen. Während der Untersuchungsausschuß noch beriet, entkam Bär aus Flensburger Gewahrsam. Mit Lucia Lorentzen und Useke Martensen zog er über Hamburg und Lübeck „ins Reich“, also nach Deutschland.

Bär war den untersuchenden Geistlichen unheimlich. Welche Maßnahmen waren zu ergreifen, diesen Sündenpfuhl auszutrocknen? Streng mußte durchgegriffen werden, sollten Moral und Ordnung in Bordelum wieder hergestellt werden. Entsprechend berichteten die Flensburger an ihre vorgesetzte Behörde nach Schleswig, die wiederum nach Kopenhagen. Im Frühjahr 1739 erging das Urteil: Bär wurde zu einer Zuchthausstrafe in Glückstadt verurteilt, Barsoenius zur Überraschung aller auch. Mitgefangen – mitgehangen!

Seit Mitte Juni 1739 war Barsoenius im Zuchthaus. Aber dem König, als einem rechten Landesvater, erschien diese Strafe doch zu hart. Darum verfügte er: Barsoenius ist gegen Bürgschaft freizulassen. Drei Fahretofter, alle Anhänger des Bargumers, stellten 200 Reichstaler bereit, für sie eine ungeheure Summe. Ihr Name verdient, festgehalten zu werden: Christian und Lorenz Martensen sowie Peter Mangelsen ließen den Freund auch in der Not nicht in Stich. Bald darauf wurde seine Haft ausgesetzt, endgültig. Aber jede Hoffnung auf ein Pastorenamt war dahin. Barsoenius ging nach Fahretoft, später nach Föhr. Mühsam ernährte er seine Familie mit einem Krämerladen. Im Jahre 1763 verzog er nach Stedesand. Dort starb er 1785, von seinen Mitbürgern hochgeschätzt.

Ein Jahr nach dem Urteil fingen die Häscher David Andreas Bär. Er wurde ins Glückstädter Zuchthaus eingeliefert. Er war ein schwieriger Gefangener. Seinen Lehren schwor er nicht ab. Nach nur zweieinhalb Jahren im Zuchthaus war er ein kranker, gebrochener Mann. Gerade zweiunddreißig Jahre alt, wurde er aus dem Zuchthaus entlassen, am ganzen Körper gelähmt. Jens Momsen, einer seiner Anhänger, holte ihn mit einem Fuhrwerk nach Dörpum. Er nahm ihn in sein Haus auf und pflegte ihn, als ein rechter Samariter.

Der Kirchspiel-Gevollmächtigte Detlef Duysen war in

seinem Haß unversöhnlich. Er klagte Jens Momsen bei der Obrigkeit an. Der habe gegen den Willen des Königs verstoßen, als er David Bär nach Dörpum holte. Jedes Armengeld für den kranken ehemaligen „Propheten“ verweigerte er. Duysens Klage blieb folgenlos. Drei Monate nach seiner Entlassung aus dem Zuchthaus, Anfang März des Jahres 1743, starb David Andreas Bär im Hause Jens Momsens. Aber seine Lehren wirkten im geheimen fort. Zehn Jahre später, im Jahre 1753, und erneut im Jahre 1770 kam es zu Unruhen zwischen Anhängern der abschätzig genannten Bordelumer Rotte und Vertretern der Amtskirche. Auch in Bargum waren die Lehren Franz Marcus Barsoenius' nicht vergessen. Im Jahre 1767, siebenundzwanzig Jahre, nachdem dieser das Dorf hatte verlassen müssen, kam es zu einem Aufstand pietistischer Mitglieder der Kirchengemeinde. Die wollten, wie es in einem Bericht heißt, bei der Wahl des Kirchenvorstandes „democratische“ Wahlverfahren durchsetzen. Vergebens.

Die Bordelumer und Bargumer sind ein unruhiges Volk geblieben. Auch ihr Selbstbewußtsein hat unter den Vorfällen nicht gelitten. Immer noch glauben viele in beiden Dörfern, auserwählt zu sein. Darum meinen sie auch ganz selbstverständlich, eine Quelle, die auf ihrem Gelände entspringt, könne Wunder tun. Ebenso selbstverständlich ist ihnen, daß der Stollberg, zwischen ihren Dörfern gelegen, einmal der Mittelpunkt der Welt war. Und sollte einmal einer kommen und erklären, dort, wo sie wohnten, sei der Ort des sagenumwobenen Atlantis, von dem schon die alten Griechen sprechen: Die Bordelumer und Bargumer würde das gar nicht verwundern.

Die achte Geschichte erzählt
Sievert Hemsen

Die achte Geschichte erzählt Sievert Hemsen. Sievert Hemsen war ein Mann von Bildung. Er las für sein Leben gern. Er gehörte sogar zu den Mitgliedern einer Lesegesellschaft. Einmal im Monat bekam er ein Buch. Innen im Umschlag stand sein Name. Und vor und hinter ihm waren lauter Rechtsanwälte, Pastoren, Ärzte und Kaufleute aufgeführt. Aber darauf bildete Sievert sich nichts ein. Er war nämlich Handwerker, Zimmermann genaugenommen. Er war ein guter Zimmermann und sich seines Wertes bewußt. In ganz Friesland suchte man ihn, wenn ein neuer Dachstuhl errichtet werden mußte. Die Herkunft eines Menschen, sagte Sievert immer, sagt nichts über seinen Wert aus. Es kommt darauf an, was man aus seinen Fähigkeiten macht. In Ockholm, dem kleinen Hafendorf, hatte er eine Geschichte gehört. Die hatte sich ihm eingeprägt. Die wollte er beim Schulwen erzählen. Vielleicht hatte er auch im Sinn, die jungen Leute im Dorf zu ermuntern. Bei Sievert wußte man das nie so genau.

Licht und Schatten in Ockholm

Es war um das Jahr 1750, da nahm der Bauer Andreas Johannsen in Ockholm, dem kleinen Dorf an der friesischen Westküste, ein Dienstmädchen an. Seine junge Frau Elke nämlich wollte vom Kindbett nicht so recht genesen und bedurfte einer tatkräftigen Hilfe im Haushalt und in der Landwirtschaft. Oesche hieß das Dienstmädchen, achtzehn oder neunzehn Jahre mochte sie alt sein, und kräftig war sie in der Tat. Nie wurde ihr eine Arbeit zuviel, fröhlich war sie morgens, mittags und abends (und vielleicht auch nachts, aber darüber wurde nichts berichtet). Sie kam nicht aus dem Dorfe, sondern irgendwo von der Geest, manche sagten aus Bordelum oder Bargum. Einige behaupteten sogar, sie habe zur Bordelumer Rotte gehört. Aber der Herr Pastor, darauf angesprochen, sagte, das sei alles dummes Zeug. Oesche sei ein liebes, freundliches, gottesfürchtiges Kind. Das mit dem lieb und freundlich stimmte wohl sicher. Aber ein Kind war Oesche nun eigentlich nicht mehr. Auch wenn der Herr Pastor es nicht wahrnahm: sie war eine junge, schöne Frau, schlank, mit blondem Haar, das sie, fast wie ein Junge, kurzgeschnitten trug. Ihre Bluse aus weißem Leinen und ihr baumwollener bunter Rock waren stets makellos sauber, und für jeden hatte sie ein freundliches Wort. Kurz, jedermann im Dorfe hatte sie gern.

Als darum Elke, des Andreas Johannsens Frau, gesund geworden war dank Oesches Hilfe, sagte Andreas mit Bedauern: „Oesche, mein Deern, meine Hofstelle ist nur klein. Ich habe höchstens für einen Tag in der Woche Arbeit, wenn die Wäsche gewaschen oder wenn geschlachtet und eingemacht wird!“ „Bauer Andreas“, antwortete Oesche, „dann beschäftige mich doch einen Tag in der Woche oder wenn du mich brauchst. Aber pro Tag möchte ich dann vier Schillinge haben und Essen und Trinken frei, anstatt eines Couranttalers im Monat!“ Da Oesche schnell arbeiten konnte und Andreas mit ihr zufrieden war, willigte er ein. Als dieser Vertrag geschlossen war, ging Oesche

Oesche war eine junge, schöne Frau.

zum Pastor und fragte auch den, ob sie für ihn einen Tag in der Woche arbeiten könne. Von ihm verlangte sie aber nur drei Schillinge pro Tag und freies Essen und Trinken, obwohl sie wußte, daß der Pastor sehr sparsam war und das Essen nicht so gut. Die restlichen Tage der Woche verkaufte Oesche dann an fünf weitere Bauern, nämlich an Jens Jacobsen, Iver Feddersen, Peter Paysen, Drees Laurentsen und Boy Jensen. Von denen forderte sie wieder pro Tag vier Schilling und freie Verpflegung. So kam sie im Monat auf fast hundertundzwanzig Schillinge, statt auf achtundvierzig, wie bisher. Aber das hatte sich Oesche schon lange ausgeknobelt. Denn sie hatte vorausgesehen, daß Andreas Johannsen sie nicht würde dauernd beschäftigen können. Rechnen mochte Oesche gerne. Und was man gerne macht, das lernt man ja bekanntlich auch leicht.

So blieb Oesche in Ockholm, arbeitete von früh bis spät, war immer fröhlich und richtete sich gemütlich in dem kleinen strohgedeckten Häuschen ein, das sie für billiges Geld von Boy Jensen gemietet hatte. Es lag etwas abseits, am Rande der Süderwarft zu den Marschwiesen hin und hatte nur zwei kleine Zimmer und eine noch kleinere Küche. Aber Oesche genügte das. Denn den Tag über war sie ja ohnehin auf einem der Höfe. Wenn es aber spät wurde oder das Wetter gar zu garstig war, übernachtete sie dort im Heu über dem Kuhstall. Da war es schön weich und warm, und man hatte immer Gesellschaft. Sei es von den Katzen, den Kühen unten im Stall oder von sonst jemandem, der ihr auf dem Heuboden die Zeit vertrieb. Sogar mit den Mäusen redete sie, vor denen hatte sie nämlich ebensowenig Angst wie vor den Fledermäusen, die unter den Balken schliefen, wenn sie nachts nicht auf Insektenjagd gingen. Oesche hatte, kurz gesagt, sowieso vor nichts und niemandem Angst.

Ockholm war ein Bauern- und Fischerdorf mit einem kleinen Hafen. Einige der Männer fuhren sogar richtig zur See, nicht nur im Watt Schollen oder Krabben zu fangen, sondern auf richtigen großen Segelschiffen bis nach Indien, Amerika oder gar bis Holland. Einer dieser Seeleute hieß Olaf Greve. Er war Bootsmann auf einem holländischen Segler, wie viele andere Friesen von der Küste und den Inseln und den Halligen neben ihm. Olaf war ein großer, schwerer, etwas wortkarger Mann, jedoch sanftmütig und herzensgut. Nur selten kam er heim in das kleine Ockholm. Seine Mutter lebte in einer kleinen Stube auf der Kirchwarft. Wenn Olaf nach Hause kam, gewöhnte er sich an, Oesche in ihrer kleinen Hütte zu besuchen. Er fühlte sich wohl da. Wenn er an Land war, kam auch Oesche jeden Abend nach Hause und übernachtete nie bei ihren Arbeitgebern, auch wenn es noch so stürmte oder regnete. Dann saßen sie abends zusammen und erzählten sich was, tranken Tee und lernten sich immer näher kennen.

Einige Monate, nachdem Olaf Ockholm wieder einmal verlassen hatte, um mit seinem Schiff nach Amerika zu segeln, sagte Oesche so ganz nebenbei zu Andreas Johannsen, Jens Jacobsen, Iver Feddersen, Peter Paysen, Drees Laurentsen und Boy Jensen, daß sie ein Kind erwarte. Sie erzählte es jedem der Bauern natürlich alleine, nicht allen zur gleichen Zeit. Da erschraken die Bauern sehr. Vermutlich dachten sie, Oesche werde in Zukunft nicht mehr für sie arbeiten können. Oesche war ihnen nämlich geradezu unentbehrlich geworden. Aber da konnte Oesche sie beruhigen. Als sie dann auch noch hörten, daß Olaf Greve der Vater von Oesches Kind war, freuten sie sich sehr. Denn sie kannten Olaf Greve natürlich und hielten ihn für eine liebe, treue, etwas einfältige Seele. Peter Paysen meinte: „Der wird dir bestimmt ein guter Mann!“ Inken Paysen, Peters Frau, sagte sogar: „Wie freut mich das für die liebe, treue Oesche, daß sie so einen netten Mann bekommt!“ Peter Paysen nickte zustimmend. Daß Oesche lieb war, konnte er bestätigen. Ob sie treu war, wußte er nicht, dafür kannte er sie zu wenig. Weil sich nun die Bauern, bei denen Oesche arbeitete, so sehr für sie freuten, wollten alle ihr ein Geschenk machen. Dem kommenden Kind sollte es doch an nichts ermangeln. Da sie nun gerade keine Windeln, Kinderhemden oder ähnliches zur Hand hatten, angelten sie tief in ihren Taschen nach der Geldbörse. Mit spitzen Fingern griffen sie hinein und überreichten Oesche, natürlich jeder für sich allein, einige silberne Speziestaler. Sie sahen dabei darauf, daß ihre Frauen gerade nicht da waren. Denn sie waren verlegen wegen ihrer Rührung. Andreas, Peter und Iver gaben je drei, Jens und Drees gar fünf Taler. Boy Jensen aber, den sie bat, Taufpate des kommenden Kindes zu sein, war so bewegt, daß er nicht nur fünf Speziestaler zückte. Er legte als Patengeschenk noch seine silberne Taschenuhr dazu mit einer silbernen langen Kette, die von der linken Tasche der Weste zur rechten reichte. Seiner Frau aber sagte er, er müsse die Uhr beim Ausmisten oder Pflügen verloren haben. Auch der Pastor war erfreut, als Oesche ihm von ihrer bevorstehenden Niederkunft berichtete. Es störte ihn gar nicht, daß Oesche und Olaf noch nicht verheiratet waren. Denn man heiratete früher in Friesland ohnehin immer erst, wenn ein Kind erwartet wurde, und manchmal auch dann nicht. Fünf Schillinge schenkte er Oesche, und Oesche freute sich mehr darüber als über die fünf Speziestaler der anderen. Sie wußte genau, daß der Pastor nur wenig Geld verdiente. Ockholm war nämlich eine arme Kirchengemeinde. Der Pastor versprach Oesche außerdem, Trauung und Taufe für sie und Olaf umsonst zu machen.

Wie leicht auszurechnen ist, besaß Oesche jetzt vierundzwanzig Speziestaler und fünf Schillinge. Dazu aber kamen noch rund fünfzig Speziestaler, die Oesche in den letzten Jahren gespart hatte. Denn sie war sehr sparsam gewesen, und Essen und Trinken hatte sie ja bei ihren Arbeitgebern. Als Olaf ein gutes Jahr später von seiner Reise nach Hause kam, konnte ihn Oesche leichten Herzens um seine Hand bitten, einen strammen Jungen namens Boy Jensen auf dem Arm. Das ist gar nicht ungewöhnlich in Friesland. Es ist ja auch nicht so recht einzusehen, warum immer der Mann den Anfang bei allen schwierigen Sachen machen muß. Hochzeit und Kindtaufe feierten sie gleichzeitig. Der Pastor war von seinen eigenen Worten so gerührt, daß er Tränen in den Augen hatte und seine Stimme immer umzukippen drohte. Oesches Arbeitgeber, die sechs Bauern, waren mit ihren Frauen natürlich auch zur Hochzeit geladen worden. Das Hochzeitsfest endete damit, daß sich die sechs fürchterlich betranken und sich anschließend prügelten. Es war, mit anderen Worten, ein gelungenes Fest, von dem man noch lange in Ockholm sprach.

Man sagt, ein Unglück kommt selten allein. Was nun Oesches Ehe mit Olaf angeht, so ist festzustellen, daß in diesem Fall auch das Glück nicht alleine kam. Das zweite Glück war, so traurig das auch ist, der Tod eines alten Mannes. Der alte Mann hieß Iver Petersen und war der Aufsichtsmann fast aller Bauern in Ockholm gewesen. Einmal am Tage war er über die Felder gegangen, war mit seinem langen Klootstock über die Gräben gesprungen und hatte nach dem Vieh gesehen. Das war eine verantwortungsvolle Aufgabe. Waren Ochsen und Schafe gesund? War genug Gras auf den Weiden? Hatten die Tiere zu trinken? Das mußte er jeden Tag gewissenhaft prüfen. Immer wieder kam es auch vor, daß das Vieh durch die Gräben lief und auf fremder Weide graste. Das mochte kein Bauer, insbesondere, wenn das fremde Vieh auf seiner Weide lief. Dann mußte Iver das Vieh zurücktreiben auf die eigene Koppel. Das war manchmal beschwerlich, denn Rinder und Schafe konnten über alle Maßen störrisch sein. Für seine Arbeit erhielt der Aufsichtsmann übrigens kein Geld. Aber er durfte auf jeder Weide, je nach der Größe, ein oder mehrere Schafe mitgrasen lassen. Sein Einkommen bezog er aus dem Verkauf der Wolle, der Schlachtschafe und Lämmer und des Schafskäses, der in der ganzen Gegend berühmt war wegen seines Geschmackes.

Dieser Iver Petersen also ging kurz nach der Hochzeit Oesches und Olafs mit dem Tode ab. Olaf, Oesches rechtmäßig angetrauter Mann, hatte sich entschlossen, nicht mehr zur See zu fahren. Vielmehr wollte er sich an Land eine Arbeit suchen. Schließlich hatte er ja nun eine ganz neue Verantwortung als Vater eines so kleinen Jungen. Natürlich wollte er auch gerne bei seiner jungen und hübschen Frau Oesche bleiben, was man ja auch gut verstehen kann.

Auch Oesche war sehr damit zufrieden, daß sich Olaf nicht mehr irgendwo in der Welt herumtrieb, denn man weiß ja, wie das so in den großen Hafenstädten zugeht. Oesche kannte zwar nur den kleinen Hafen von Ockholm, aber sie hatte doch genug gehört. Vielleicht hatte Olaf auch seinen Mund nicht halten können. Darum sagte sie zu Olaf: „Sollten wir nicht versuchen, daß du Nachfolger von Iver Petersen als Aufsichtsmann wirst?“ Olaf meinte, dafür brauche man doch Geld, vor allem für die Schafe. Als Seemann hatte er aber nicht viel sparen können, was natürlich Oesches Verdacht nährte. Doch Oesche sagte: „Schafe bekommen wir auf Kredit. Mit den Bauern will ich wohl reden. Wenn du dich um das Vieh kümmerst, dann will ich die Rechnung machen mit Einkaufen, Verkaufen und so. Und auch den Schafskäse will ich wohl machen. Damit kann man bestimmt auch Geld verdienen!“ Denn Oesche rechnete ja besonders gerne, wie schon bemerkt wurde. Oesche ging auch richtig zu den großen Bauern, zuerst natürlich zu ihren sechs Arbeitgebern und dann zu den anderen. Alle waren froh darüber, daß sie in Olaf einen so guten, neuen Aufsichtsmann erhielten. Unklar ist, ob sie Olaf auch gewählt hätten, wenn er nicht mit Oesche verheiratet gewesen wäre. Aber der Erfolg eines tüchtigen Mannes hängt ja oft von der Klugheit seiner Frau ab. Auch wenn die meisten Männer das nie zugeben würden.

Olaf war wirklich tüchtig. Er hütete das Vieh, brachte die Hecktore in Ordnung, sprang, so groß er auch war, geschickt mit seinem Klootstock über die breitesten Gräben. Das Vieh gedieh unter seiner Aufsicht, die Bauern hatten ihre Freude daran und brauchten weniger zu tun als jemals zuvor. Besonders hegte und pflegte Olaf natürlich seine und Oesches Schafe. Er freute sich, wenn die Lämmer kamen und sich ihre Herde schon wieder um zehn oder zwanzig Tiere vergrößerte. Wenn die Zeit zum Scheren der Wolle kam, trieb er die Schafe zusammen und überließ im übrigen Oesche alles, was mit Rechnen oder Geld zu tun hatte. Tatsächlich hatte Oesche die Schafe auf Kredit bekommen. Sechs Prozent mußte sie zahlen bei einem Viehhändler. Wenn sie also hundert Schafe bekam, so mußte sie im nächsten Jahr sechs gesunde Tiere abgeben. Das war leicht zu merken. Aber Oesche ärgerte sich, daß sie für fremde Menschen arbeitete. So sorgte sie dafür, daß Olaf und sie ihre Schulden so schnell wie möglich los wurden. Das war schon nach zwei Jahren der Fall.

In diesen ersten Jahren ihrer Ehe war Oesche unermüdlich. Es kam sogar vor, daß sie Olaf, der nun doch wirklich fleißig war, stärker antrieb, als ihm dies vielleicht angenehm war. Oesche war zwar freundlich zu jedermann. Aber das bedeutete doch nicht, daß sie nicht wütend werden konnte. Sie hatte ihre Wut im Umgang mit fremden Arbeitgebern nur wohlweislich in Zaum gehalten. So sahen denn eines Tages die Ockholmer verblüfft, daß Oesche Olaf zornig mit einer Zaunlatte verfolgte. Olaf konnte sich nur retten, indem er kurzerhand die klobigen Holzschuhe von den Füßen schleuderte und barfuß davonlief. Aber kurze Zeit später schon hatten sich beide wieder versöhnt und gingen fröhlich Arm in Arm durch das Dorf zurück zu ihrer kleinen Hütte.

In diesen Jahren empfing Oesche von Zeit zu Zeit geheimnisvollen Besuch, über den sich die Ockholmer nicht wenig wunderten. Olaf sah den Besuch nur selten, denn er war tagsüber meistens unterwegs. Ein alter Trödeljude war es, Isaak Mendelsohn hieß er. Mehrmals im Jahr besuchte er die einzelnen Bauernhäuser. Aus einem unergründlichen Koffer bot er Kurzwaren zum Verkauf an, Nähnadeln und Knöpfe, Zwirn und Haken, bunte Bänder, ja, schöne Tonderner Spitzen. Die Frauen auf den Höfen kauften gerne bei ihm, denn seine Auswahl war groß und seine Preise anständig. Außerdem war das nächste Geschäft, in dem man dergleichen kaufen konnte, in Husum. Und dahin kamen die Bauersfrauen vielleicht einmal im Jahr oder auch nicht. Aber Isaak war ein alter, etwas schmieriger Mann mit einem dunklen, abgetragenen Kaftan, einer schwarzen Kappe und Ringellöckchen. Darum ließen die Bäuerinnen ihn niemals ins Haus, sondern fertigten ihn an der Tür ab. Oesche aber lud Isaak stets zu sich

Das Vieh gedieh unter Olafs Aufsicht.

Von Zeit zu Zeit empfing Oesche geheimnisvollen Besuch.

in die Stube. Sie bewirtete ihn gar mit einer Tasse Kaffee, Butterbrot und Käse oder was sie sonst im Hause hatte. Isaak vergalt ihr ihre Freundlichkeit mit treuer Anhänglichkeit und manchem guten Rat. Er war ein Schutzjude, aus Friedrichstadt kam er, wo Religionsfreiheit herrschte und er sicher war vor Verfolgung und Spott. Viel von der Welt hatte er gesehen, und in Geschäften kannte er sich aus wie kaum ein zweiter. „Kommen Se nach Friedrichstadt, werte Frau Greve, nach Friedrichstadt sollten Se kommen! Da sind gute Geschäfte zu machen!“ pflegte er zu sagen. Und dann rechnete er Oesche auf Heller und Pfennig vor, wie groß die Möglichkeiten eines Gewinnes für eine tüchtige Person an diesem Ort der Verheißung seien.

Isaak war es auch, der Oesche auf ein ganz neues Geschäft brachte, an das sie noch nicht gedacht hatte. Irgendwann hatte Oesche ihn gefragt, was man denn mit dem Geld machen könne, das sie ungenutzt im Strumpf hatte. Und Isaak führte sie ein in die Geheimnisse des Finanzwesens, sprach von Wertverlust, Inflation, Zinsen und Terminen, rechnete ihr gar vor, wie man sein Vermögen vermehren könne, ohne selbst zu arbeiten. Da Oesche kein Papier im Hause hatte – Papier war nämlich knapp in jener Zeit – nahm er ein Stück verkohltes Holz und rechnete ihr auf der weißen Außenwand des Hauses vor. Oesche rechnete mit ihm, rechnete auch für sich nach, wenn er fortgegangen war auf seiner Runde über die Höfe Frieslands. Schließlich war die weiße Wand des Hauses über und über mit Zahlen bedeckt, deren Zweck niemand kannte außer Oesche. Und wenn nicht von Zeit zu Zeit Regen und Sturm die Schriftzeichen gelöscht hätten, so wäre Oesche der Platz zum Rechnen wohl schnell arg knapp geworden. Woraus zu entnehmen ist, daß sogar Regen und Sturm, von denen es in Friesland ja leider mehr als genug gibt, gelegentlich ihr Gutes haben.

Für Oesche waren die Gespräche mit Isaak Mendelsohn stets lehrreich und anregend. Nach wenigen Besuchen beherrschte sie geläufig Zins- und Zinseszinsrechnung, wußte auch Speziestaler in Couranttaler und Mark Lübsch in holländische Gulden umzurechnen. Und das war gut so. Denn als der kleine Boy gerade sieben Jahre alt war, starb Olaf ganz plötzlich. Hinweggerafft wurde er von einer rätselhaften Krankheit, wie viele neben ihm in Ockholm und den umliegenden Dörfern. Die Bauern meinten, Oesche werde sicher über kurz oder lang einen neuen Mann finden bei ihrer Schönheit, ihrer Tüchtigkeit und, natürlich, ihrem Geld. Darum waren sie auch bereit, ihr die Aufsicht über das Vieh zu lassen. Aber Oesche verkaufte kurzerhand alle ihre Schafe, mehrere hundert waren es inzwischen geworden, und verlegte sich auf den Handel mit Geld. Schon in der Vergangenheit hatten die Ockholmer bei ihr gelegentlich eine kleine Anleihe aufgenommen, wenn sie gerade einmal knapp an Geld waren. Denn Sparkassen oder Banken gab es zu jener Zeit im Lande noch nicht. Jetzt, nach Olafs Tod, ging sie über die Höfe und sagte ganz förmlich: „Wenn Sie Geld brauchen, so will ich es Ihnen wohl leihen!" Ihre Speziestaler zu sechzig Schillingen, von denen sie mehrere hundert besaß, wechselte sie mit Hilfe Isaak Mendelsohns in Couranttaler zu achtundvierzig Schillingen um. Für drei Monate lieh sie das Geld jeweils her, gegen Sicherheit oder guten Leumund. Für achtundvierzig Schillinge mußte der Schuldner dann fünfzig Schillinge zurückzahlen. Die Ockholmer meinte, zwei Prozent, das sei nicht viel. Es kamen gar einige reiche Bauern und vertrauten ihr ihr Geld an. Denen gab sie neunundvierzig Schillinge statt achtundvierzig, einen Schilling aber behielt sie für sich für ihre Mühe. Isaak Mendelsohn brachte ihr eines Tages ein kleines Heft und einen Silberstift. In diesem Heft vermerkte sie sorgfältig ausgeliehene Summen, Termin und Fälligkeit der Gelder. Sie zeigte dieses Heft niemandem, selbst Isaak Mendelsohn nicht, obwohl der eine Vorstellung über Oesches Geschäftsumfang hatte.

Oesche heiratete nicht wieder. Natürlich fehlte es nicht an Bewerbern, und natürlich auch lebte sie nicht wie eine Nonne. Die Ockholmer munkelten zwar manches. Sie hüteten sich aber, etwas laut zu sagen in der Öffentlichkeit. Denn fast alle hatten Geld bei ihr geborgt. Auch erörterte niemand die regelmäßigen Besuche, die Isaak Mendelsohn Oesche abstattete. In den ersten Jahren drehten sich die Unterhaltungen der beiden naturgemäß um Geldgeschäfte und ähnliches. Dann aber wurde immer häufiger ein anderer Gegenstand erörtert. Was sollte aus Oesches Sohn Boy werden? Der wuchs im Laufe der Jahre zu einem munteren Jungen heran. Wie nicht anders zu erwarten, wurde er seinem verstorbenen Vater Olaf immer ähnlicher. Er hatte dessen breite Schultern und große Hände geerbt, aber auch das bedächtig-sanfte Wesen. Von seiner Mutter hatte er zweifellos den Witz und seine Fähigkeit, zu rechnen. Isaak war es, der eines Tages die Sprache auf ein Steckenpferd des Jungen brachte und meinte, daraus könne man, vielleicht, vielleicht, wer weiß, einen Beruf machen.

Boy hatte in der Dorfschule bei dem Lehrer Peter Greve, einem entfernten Verwandten seines Vaters, schon ganz schön prenten, also schönschreiben, und rechnen gelernt. Eines Tages nun machte er eine aufregende Entdeckung. Wenn nämlich Isaak und seine Mutter, wie so oft, vor der weißen Mauer ihres Hauses standen und redeten und redeten, dann warf die Sonne messerscharf ihr Bild als Schatten auf die weiße Fläche. Als Isaak wieder einmal auf einem alten Stuhl vor der Mauer saß und die wärmende Sonne genoß, zeichnete Boy aus Schabernack dessen Seitenansicht mit schwarzer Kohle auf die weiße Fläche. Das war ganz einfach. Er brauchte ja nur den Umrissen des Schattens zu folgen. Und da seine Mutter daneben saß, zeichnete er die gleich mit. Aus dieser Zufallsentdeckung machte Boy ein richtiges Spiel. Bald zierten alle Scheunentore, ja, sogar die Mauer der Schule und der Kirche, lebensgroße Profilbildnisse der Jungen und Mädchen des Dorfes. Ihnen folgten, aus der Erinnerung oder aus genauer Betrachtung, weitere treffende Zeichnungen mit den Bildern des Lehrers, des Küsters, ja, sogar des Herrn Pastor. Die Mehrzahl der Ockholmer erfreute sich der leicht komisch übertreibenden Bildnisse. Da aber keine Wand im Dorf vor Boys Zeichenkünsten sicher war, ermahnte schließlich Lehrer Greve den Jungen, derartigen Unfug zu unterlassen.

Aus dem kleinen Boy wurde ein großer Boy.

Je älter Boy wurde, um so geringer wurde seine Erinnerung an seinen Vater Olaf. Aber in einer kleinen Kiste bewahrte er ein Kleinod auf, das er für keinen Preis der Welt fortgegeben hätte. Es war dies eine kleine Fayencedose, die der Vater einst von einer Reise mitgebracht hatte. Es war einmal chinesisches Tigerfett darin gewesen, ein schmerzstillendes Mittel, zuverlässig, sobald man es auf die schmerzenden Körperteile rieb. Die Salbe war inzwischen verbraucht. Doch konnte man, wenn man seine Nase in das Döschen steckte, noch einen leichten Duft des geheimnisvollen Heilmittels erahnen. Geschmückt war diese Dose in der Art der geschickten chinesischen Maler mit zwei kleinen Bildern. Das eine zeigte einen chinesischen Arzt oder Würdenträger. Boy vermutete, daß es ein Arzt oder Würdenträger sein müsse, denn er konnte die geheimnisvollen Schriftzeichen nicht entziffern, und der Lehrer konnte es auch nicht, zu Boys Verwunderung. Das andere Bildnis war das einer schönen Chinesin. Beide Bildnisse waren Seitenansichten und so fein gezeichnet, daß Boy eine Lupe brauchte, die Feinheit und Köstlichkeit der Malerei recht würdigen zu können. „Wenn man doch auch so fein und so klein zeichnen könnte!“ seufzte Boy. Da ihm nun der Lehrer verboten hatte, Bildnisse in Lebensgröße zu zeichnen, begann er, seine Schattenrißbildnisse klein und immer kleiner zu fertigen. Denn wenn er auch große Hände hatte, so waren diese doch sicher und seine Augen scharf. Isaak Mendelsohn erwies sich auch in diesem Fall wieder als nützlich. Aus Friedrichstadt brachte er ein Stück chinesische Tusche und einen kleinen Farbkasten mit. Auch Papier trieb er auf, von alten Umschlägen oder unbeschriebene kleine Stückchen von alten Briefen. Die waren für niemanden mehr von Nutzen, außer für Boy. Einen feinen Pinsel hatte der sich gemacht aus den dünnen Haaren an der Spitze der Kuhohren. Und damit zeichnete er liebevolle kleine Bildnisse, die jedermann im Dorf entzückten und erfreuten.

Kurz bevor Boy konfirmiert werden sollte – er war inzwischen fünfzehn Jahre alt geworden – kam Isaak Mendelsohn wieder einmal auf einer seiner Wanderungen nach Ockholm. Er ließ sich von Boy die neuesten Zeichnungen zeigen, schickte den Jungen unter einem Vorwand aus dem Hause und sagte dann zu Oesche: „Es möchte wohl sein, liebste Freundin, daß der Junge könnte sein Glück machen als Glasmaler in der großen Stadt Altona. Talent mag er schon haben, Ihr Boy, geübt müßte er werden bei einem guten Meister!“ Und wie es der Zufall so wollte, hatte Isaak schon mit einem Altonaer Meister gesprochen. Der war bereit, Boy als Lehrling anzunehmen, nur auf Isaaks Empfehlung hin. Sieben Jahre müsse er lernen, für dreißig Speziestaler Lehrgeld jährlich bei freier Kost und Wohnung. „Wenn Sie haben Schwierigkeiten“, fuhr Isaak fort, „so wird es mir sein eine Freude, einer alten Freundin das Geld vorzuschießen, bis der Junge mag es zurückzahlen zu mäßigem Zins!“ Aber Oesche lächelte, holte zwei Gläser aus dem kleinen Eckschrank, die Flasche mit dem wertvollen alten Genever dazu. Und so tranken sie denn, die junge Witwe Oesche Greve aus Ockholm und der alte Jude Isaak Mendelsohn aus Friedrichstadt, auf das Wohl und die Zukunft ihres Sohnes und Pfleglings Boy Jensen Greve.

Zu Ostern 1771 wurde Boy Jensen Greve konfirmiert. In den vergangenen Jahren, in denen der kleine Boy zu einem großen stattlichen Boy heranwuchs und seinem Vater in Gestalt und Aussehen immer ähnlicher wurde, hatte Oesche die alten Hosen und Jacken des verstorbenen Olaf für den Jungen mehr schlecht als recht zurechtgeschneidert. Jetzt, zur Konfirmation, folgte sie dem Rat ihres alten Freundes Isaak. Der sagte: „Einen schönen Anzug soll er schon haben, der junge Boy, und einige gute Hemden aus feinem Leinen dazu. Sagen Sie nicht, werte Frau Greve, was soll sein?! Ist er tüchtig, wird er seinen Weg auch machen in alten Klamotten! In Altona, wenn er will gelten für voll, muß er propper gekleidet sein. Glauben Sie mir, so wahr ich Isaak Mendelsohn heiße: einem gut gekleideten Herrn – und ein Herr wird er sein, der Boy, eines Tages – zahlt man glatt zwei Schillinge mehr für die gleiche Sach!“

So trat also der junge Boy in makellosem weißem Leinenhemd und nagelneuer Hose und Jacke vor den Tisch des Herrn. Den Konfirmationsspruch hatte Isaak ausgesucht, aus dem Neuen Testament natürlich, das er ebenso kannte wie seinen Talmud oder den Koran. Matthäus 19, Vers 30 war es, und der Spruch lautete: „Die Letzten werden die Ersten sein!“ Dem Pastor erschien er recht unpassend für den Sohn eines verstorbenen Seemannes. Aber er schickte sich, denn Oesche half seiner Bereitschaft mit einem Geschenk für die Ockholmer Kirche nach. Eine Sanduhr stiftete sie, kunstvoll aus Eisen geschmiedet. Die zeigte an, wenn wieder eine viertel Stunde der Predigt des Herrn Pastor verflossen war. Die zu beobachten und jeweils umzudrehen war das begehrte Vorrecht des jeweils ältesten Konfirmanden. Der Herr Pastor war sich nicht ganz darüber im klaren, ob nicht eine versteckte Bosheit hinter diesem Geschenk steckte. Denn wenn er einmal zu predigen begann, wurde er stets vom Strom seiner Worte davongerissen. So waren seine Predigten oft länger als eine Stunde. Wenn er sich an seinen eigenen Worten selbst gar zu sehr berauschte, konnte die Predigt aber auch bis zu zwei Stunden dauern. Trotzdem aber freute er sich über das Geschenk. Und die Kirchgänger von Ockholm waren ebenfalls erfreut. Denn wenn die Sanduhr während der Predigt gedreht wurde, gab sie einen leicht quietschenden Ton von sich, eine stets wiederkehrende Mahnung an den Pastor, sich kurz zu fassen.

Schon vor Pfingsten verließ Boy das heimatliche Ockholm, in seinem guten dunkelblauen Anzug, in Stiefeln, die vor Fett glänzten. Auf dem Rücken trug er den alten Seesack seines Vaters, in dem seine wenigen Habseligkeiten verstaut waren. Darunter war auch sein größter Schatz, das kleine Döschen, in dem einmal das Tigerfett aus dem fernen China seinen Weg ins kleine Ockholm gefunden hatte. Begleitet wurde er von Isaak Mendelsohn. Der ließ es sich nicht nehmen, trotz seines Alters seinen Pflegling auf dem Wege in die weite Welt zumindest ein Stück Weges zu begleiten. Und dann vergaß man ihn in Ockholm. Boys frühere Spielgefährten wurden erwachsen, heirateten, fuhren zur See oder übernahmen die Höfe ihrer Väter. Auch Oesche wurde älter. Sie lebte weiter in ihrem kleinen weißen Häuschen, das sie längst gekauft hatte, bewacht und geschützt durch einige Gänse und einen graugefleckten Wolfsspitz. Sie verlieh ihr Geld weiter gegen mäßige Zinsen. Die Unruhen der Napoleonischen Kriege, die fremdartigen spanischen Soldaten, die in Ockholm und anderswo den Schmuggel verhindern sollten, ja, sogar der Staatsbankerott Dänemarks im Jahre 1813 berührten sie nicht. Papiergeld nahm sie nicht an. Nur die silbernen Reichstaler verlieh sie und forderte sie auch zurück. Eines Tages blieb Isaak Mendelsohn aus. Wahrscheinlich war er gestorben. Er war die letzten Jahre ohnehin nur Oesches wegen nach Ockholm gekommen. Geschäfte machte er kaum noch, auch wenn er immer ein kleines Köfferchen mit seinen Kurzwaren mit sich führte. Aber das tat er wohl eigentlich mehr, um seine Stellung als Schutzjude nicht zu verlieren. Und dann gab es auf einmal, nach vielen, vielen Jahren, eine große Aufregung in Ockholm. Das hatte an sich nichts zu bedeuten. Denn es geschah wenig genug im Dorf. Auf einmal aber fragte der Müller den Schuster, der eine Bauer den anderen: „Kannst du dich noch erinnern an den jungen Boy Jensen Greve?“ Und der alte Boy Jensen, der Pate von Boy, der einsam auf seinem großen Hofe auf der großen Süderwarft lebte, sagte: „Ich hab's ja gesagt: aus dem wird noch mal was!“

Ausgelöst hatte die Aufregung der alte Lehrer Peter Greve, der Boy einst unterrichtet hatte, in Schreiben, Rechnen, Lesen und, natürlich, auch im Katechismus. Der war in Bredstedt zum Jahrmarkt gewesen. Einige Sachen für seinen kleinen Haushalt hatte er gekauft. Außerdem hatte er sich erfreut am Trubel des Marktes. Dem Puppenspieler hatte er zugeschaut. Den Seiltänzer hatte er schaudernd bewundert, der das schräge Seil heraufgewandert war, als gehe er auf ebener Erde. Einen Räucheraal hatte er sich sogar genehmigt zur Feier dieses besonderen Tages. Dann, fast im Fortgehen, hatte er den Stand mit den billigen Kupferstichen entdeckt. Er hatte die Bilder durchgeblättert. Vielleicht war ja das eine oder andere für seinen Unterricht verwertbar. Und dabei hatte er die Kupferstiche mit den Bildern König Friedrichs VI. von Dänemark und der Königin Marie Friederike Sophie gefunden. Nun war er gewiß ein treuer Untertan seines Königs. Schon aus diesem Grunde hätte er vielleicht die beiden Stiche gekauft. Aber er entdeckte am Rande der Bildnisse, in zierlicher kleiner Schrift gestochen, etwas anderes, das ihn überraschte, verwunderte, erfreute zugleich. Da stand nämlich zweifelsfrei geschrieben: „Boy Jensen Greve fecit". Andere Umstehende bestätigten das. Er hatte seinen Augen nicht so recht getraut, und auch die Brille tat es nicht mehr. Nun mochte es viele Greves im großen dänischen Gesamtstaat geben. Immerhin bestand der ja aus Dänemark, Island, Grönland und den Herzogtümern Schleswig und Holstein. Aber daß jemand Boy Jensen Greve hieß, außer seinem alten Schüler, das kam ihm nun doch fast unmöglich vor. Und sollte es, gegen alle Gesetze der Wahrscheinlichkeit, doch einen zweiten Boy Jensen Greve geben: daß der dann auch so gut zeichnen konnte wie sein alter Schüler, war gar nicht denkbar. Der Ockholmer Boy Jensen Greve, von dem man fast vierzig Jahre nichts gehört hatte, mußte die Bildnisse gemalt haben, es konnte nicht anders sein!

Es waren zwei schöne Kupferstichbildnisse, die der alte Lehrer stolz in Ockholm herumzeigte. Der König war dargestellt als Jüngling mit Kinnbart in großer Uniform, einen Orden auf der linken Brust. Der Küster meinte zwar, er sehe ein bißchen schafig aus, aber das fand der Lehrer gar nicht. Gegen das Bildnis der Königin wußte aber selbst der Küster nichts zu sagen. Sie war eben eine wirkliche Königin mit hohem Spitzenkragen und allerlei Tüdelüt im Haar. So ganz für sich dachte der alte Lehrer, der Ausschnitt ihres Kleides sei für eine Königin aber eigentlich reichlich tief.

Aber wenn Boy Jensen Greve den König und die Königin gemalt hatte, dann mußte er doch auch im Schloß Amalienburg gewesen sein. Dann hatte er doch bestimmt auch mit dem König und der Königin geschnackt. Vielleicht hatte er ja sogar erzählt, daß er aus Ockholm kam! So viel Besuch hatte Oesche schon lange nicht mehr gehabt. Ja, hatte Oesche bestätigt, ihr Boy hatte den König und die Königin gesehen, hatte auch mit ihnen gesprochen. Seine Bildnisse waren so berühmt, daß sogar ein Professor in Kopenhagen, Gerhard Ludwig Lahde hieß er, danach Kupferstiche herstellte und im ganzen dänischen Reich verkaufte. Auch in Norwegen und Schweden, in Berlin und Altona hatte ihr Boy viele Aufträge ausgeführt. Sogar den Statthalter in Schleswig, Landgraf Carl von Hessen, hatte er gezeichnet. Je mehr Oesche voller Stolz erzählte, um so ungläubiger wurden die Mienen der Zuhörer. Als sie dann auch noch erzählte, er reise im eigenen Wagen mit zwei eigenen Pferden vornehm von Stadt zu Stadt, da sagte einer halblaut: „Dann hat er wohl auch sein eigenes Schloß und ist gar Graf!" Als Oesche merkte, daß ihr niemand mehr glaubte, verstummte sie und ärgerte sich, daß sie überhaupt etwas gesagt hatte.

Dann starb Oesche eines sanften Todes. Sie schlief am Abend ein und weigerte sich einfach, am nächsten Morgen wieder aufzuwachen. Ganz zuletzt hatte sie auch keine rechte Lust mehr gehabt zu leben. Ihr alter Freund Isaak Mendelsohn fehlte ihr sehr. Ganz ernsthaft hatte sie den Herrn Pastor gefragt, ob Juden und Christen wohl in den gleichen Himmel kämen. Der kluge, alte Pastor, der den Sinn ihrer Frage gefühlsmäßig erfaßte, hatte ihre Frage uneingeschränkt bejaht. So zog sie voller Zuversicht von dannen. Es war eine „große Leiche", wie man in Friesland sagt. Viele hundert Trauernde folgten ihrem Sarg, der an einer windgeschützten, sonnigen Ecke des Ockholmer Friedhofes begraben wurde. Oesche hatte nichts dem Zufall überlassen und diesen Platz noch zu Lebzeiten selbst ausgesucht. Die Jahre und Jahrzehnte vergingen, und wie ihr Sohn Boy geriet auch Oesche Greve bei den meisten Ockholmern langsam in Vergessenheit. Dabei hatte alles, was sie erzählt hatte, gestimmt.

Viele Jahrzehnte später nämlich plagte den alten Lehrer Johannes Petersen die Neugierde. Er war der Nachfolger vom Nachfolger des Lehrers Peter Greve, der einst den kleinen Boy unterrichtet hatte. Lehrer Petersen nämlich beschäftigte sich mit der Geschichte seines Dorfes. Darum ging er in einer entfernten Stadt eines Tages in ein Museum und fragte, ob man dort den Maler Boy Jensen Greve aus Ockholm kenne. Die Museumsleute waren sehr freundlich zu dem alten Schulmeister. Bereitwillig gaben sie ihm Auskunft. Und dann führten sie ihn an ein großes Bücherbord. Da standen lauter Nachschlagebücher, in denen waren alle berühmten Maler und Bildhauer der ganzen Welt aus allen Jahrhunderten aufgeführt. Es gab Nachschlagewerke in Dänisch, Französisch und Deutsch. In allen blätterte Johannes Petersen gewissenhaft. Und in allen war Boy Jensen Greve, der kleine Junge aus Ockholm, der einst mit dem alten Isaak das Dorf verlassen hatte, als ein berühmter Maler aufgeführt.

Was hätten wohl Oesche Greve und Isaak Mendelsohn dazu gesagt, daß ihr Sohn und Pflegling Boy eines Tages ein berühmter Mann wurde? Wahrscheinlich dies: Aus einem kleinen Jungen, den alle auf dem Dorfe als Schietbütel kennen, kann trotzdem ein bedeutender Mann werden. Auch, wenn niemand im Dorfe es glaubt. Und zweitens dieses: Wenn Kinder etwas machen, was Erwachsene stört, zum Beispiel mit Kreide Gesichter auf Scheunentore zu malen, so soll man sie ruhig gewähren lassen. Man weiß nie, wozu das gut ist.

Die neunte Geschichte erzählt
Nane Ipsen

Die neunte Geschichte erzählt Nane Ipsen. Nane Ipsen kam von einer der Inseln vor der Küste des Landes. Daß sie jetzt im Dorf lebte, lag an Tams, ihrem Mann. Sie hatte seinem Werben damals nicht widerstehen können. Das konnte sie auch heute noch nicht. Eigentlich war nicht viel los mit ihm. Zumindest meinten das die Nachbarn. Aber Nane liebte Tams so, wie er war: verbummelt, verspielt, voller Einfälle und Unfug. Es war nie langweilig mit ihm. Er war mal auf der Universität gewesen. Aber das war wohl nichts für ihn. So war er ins Dorf zurückgekehrt. Jetzt war er Aufsichtsmann für die reichen Bauern der Marsch. Einmal am Tage mußte er nach dem Vieh sehen. Das machte er ordentlich. Obwohl er die Arbeit auch nicht erfunden hatte. Nane war sparsam. Denn ihre Eltern auf der Insel waren arm gewesen. Sie trug immer noch die alten Kleider, die sie mit in die Ehe gebracht hatte. An besonderen Tagen trug sie feine Spitzen, ganz schmale zwar, aber immerhin. Besondere Tage waren etwa der Jahrestag, an dem Tams sie zum ersten Mal geküßt hatte. Oder Ostern und Weihnachten. Sie liebte diese kleinen Kunstwerke aus feinsten Fäden. Darum erzählte sie beim Schulwen auch eine Geschichte, die mit Spitzen zu tun hatte.

Das arme Klöppelmädchen

In einem kleinen Dörfchen namens Gallehus in der Nähe der Stadt Tondern lebte einmal ein armes Klöppelmädchen, das hieß Jytte. Es hatte Vater und Mutter während der Pest verloren. Für einen reichen Tonderner Kaufmann klöppelte es feinste Spitzen. Damit ernährte es sich mühsam.

Das Häuschen, in dem Jytte lebte, stand am Rande des Dorfes und war nur klein. Es bestand aus zwei Kammern. In der Schlafkammer lag auf einer einfachen Holzpritsche ein Strohsack. In der Wohnkammer stand ein wackeliger Tisch mit einem alten Holzstuhl. Wände und Fußböden der Hütte waren aus Lehm, das Dach über dem Boden aus Stroh. Die Kammern waren immer feucht und wollten nie so recht warm werden. Dem Handelsherrn war das nur recht. Denn war die Luft zu trocken, so brachen die feinen Leinenfäden, aus denen die Spitzen hergestellt wurden. Das geschah manchmal, wenn der Sommer besonders trocken war. Dann schimpfte der Kaufmann gleich mit Jytte. Er sagte: „Du bist ein ungeschicktes Ding. Du verdirbst mir meine feinen Fäden, die ich extra aus Brabant kommen lasse. Ich sollte dir keine Arbeit mehr geben!“ Und er zog ihr den einen oder anderen Schilling von dem mühsam erarbeiteten Lohn ab.

Jytte grämte das sehr. In Wirklichkeit war sie nämlich eine außerordentlich geschickte Klöpplerin. Ihr ganzer Stolz war, nur wirklich gute Spitzen abzuliefern. Der Tonderner Kaufmann wußte natürlich auch, daß Jytte seine beste Klöpplerin war. Deshalb gab er ihr immer die feinsten Fäden. Denn ihre schönen Spitzen waren bei den vornehmen Damen in den großen Städten wie Kopenhagen oder St. Petersburg sehr gesucht. Mit Jyttes Arbeit verdiente der Handelsherr ein feines Vermögen von vielen hundert Talern, und jedes Jahr wurden es mehr. Der Kaufmann beschäftigte neben Jytte noch sechstausend weitere Klöpplerinnen. Eine andere Verdienstmöglichkeit gab es in der Gegend nicht. Darum mußte Jytte weiter für den Händler arbeiten. Aber manchmal weinte sie sehr, weil der Kaufmann so böse zu ihr war. Viele Hausierer, die mit Spitzen über Land zogen, sagten: „Verkauf deine Spitzen doch an uns!“ Doch das ging nicht. Denn Jytte hatte nur ein einziges Muster gelernt, eine Spitze mit Eichenblättern. Und dieses Muster gehörte nach einer Entscheidung des Königs allein dem Handelsherrn.

Jytte war ein schlankes Mädchen mit einem schönen Gesicht unter strohblonden Haaren. Sie hatte schmale, feine Hände, auch wenn die durch die viele Arbeit etwas rauh waren. Alle anderen Frauen im Dorf waren neidisch auf sie. „Sie ist ein eitles kleines Ding!“ sagten sie. Obwohl das gar nicht stimmte. Einmal hatte Jytte schwer zu schleppen. Holz und Steckrüben hatte sie billig im nächsten Dorf Mögeltondern gekauft. Da ließ ein freundlicher Bauer sie ein Stück auf seinem Wagen mitfahren. Die Bäuerin aber schimpfte mit ihrem Mann. Zu ihren Nachbarinnen sagte sie: „Das freche Ding macht meinem Mann schöne Augen. Es hat wohl überhaupt kein Schamgefühl! Es möchte mir, einer ehrbaren Frau, wohl gar den Mann wegnehmen!“ So ist das eben, wenn man keinen Vater und keine Mutter mehr hat. Wenn man alleine ist, hacken alle auf einem rum, und man kann sich nicht wehren.

Natürlich war Jytte traurig, daß die neidischen Nachbarinnen schlecht über sie sprachen. Trotzdem war sie meistens fröhlich und guter Dinge. „Wie glücklich kann ich sein“, sagte sie zu sich selbst, „daß ich mein eigen Geld verdienen kann und niemandem zur Last fallen muß!“ Und so sang sie leise vor sich hin, wenn sie am Fenster saß und klöppelte. Sie freute sich über die Vögel auf dem Dache und in den Bäumen. Auch bewunderte sie den groben Löwenzahn und die schlichten Gänseblümchen in ihrem kleinen Garten. Denn andere Blumen wollten nicht wachsen auf dem sandigen Grund. Wenn sie aber die anderen Mädchen und Jungen am Dorfbrunnen gemeinsam spielen und tanzen sah, dann fühlte sie sich doch recht einsam. Die Jungen hätten gerne mit ihr getanzt. Aber die Mädchen sagten: „Jytte gehört zu den unehrlichen Leuten. Mit der

Jyttes kleines Häuschen stand am Rande des Dorfes.

wollen wir nichts zu tun haben. Das schickt sich nicht!" Denn Jyttes Vater war Totengräber gewesen. Die galten ebenso als unehrlich wie Henker, Schornsteinfeger und Stadtdiener. Nun mußte es natürlich auch Totengräber, Henker, Schornsteinfeger und Stadtdiener geben. Jytte konnte ja auch nichts dafür, daß ihr Vater diesen Beruf gehabt hatte. Aber selbst in einem so kleinen Dorf wie Gallehus brauchten die Kleinbauern und Tagelöhner und ihre Frauen jemanden, auf den sie herabblicken konnten.

Eines Abends nun hörte Jytte etwas auf ihrem Dachboden rumpeln. Es klang, als gingen kleine Füße über die groben Bretter. Es raschelte im Stroh, und Jytte meinte einen Augenblick gar, eine leise Stimme zu hören. „Das ist wohl Nachbars Katze!" dachte sie. Eben wollte sie sich auf ihrem Strohlager unter der dünnen Decke umdrehen. Aber gerade in diesem Augenblick kam Nachbars Katze durch das offene Fenster in ihr Schlafzimmer gewandert, das Tapsen auf dem Dachboden indessen ging weiter. „Sollte sich Nis Puk bei mir eingenistet haben?" dachte Jytte.

Die meisten Bewohner des Dorfes hatten Angst vor Nis Puk. Der war nämlich ein Kobold, ein Hausgeist, dem man nicht so leicht etwas recht machen konnte. Nis Puk ließ sich ungerne stören und schon gar nicht ärgern. Wurde er böse, so trieb er nichts als Schabernack. Er goß Wasser in die warme Milch. Er melkte nachts heimlich die Kühe. Er verjagte die Hühner, so daß sie ihre Eier nicht ins Nest legten. Er verlegte das Werkzeug. Brauchte man es, so fand man es nicht. Er verdarb gar die Ernte, kurz, er konnte Hausstand und Landwirtschaft so durcheinanderbringen, daß Sorgen und Kummer die Hausbewohner drückten und mancher um Haus und Hof kam.

Jytte aber hatte keine Angst vor Nis Puk. Sie wußte, daß er ein lieber, kleiner Kerl war, wenn man ihn gut behandelte. Sie wußte auch, daß er sich sehr sorgte um das Wohlergehen seiner Wirtsleute. Jytte freute sich sehr, als sie glaubte, Spuren von Nis Puk entdeckt zu haben. Sie fand es schön, daß jemand bei ihr wohnen wollte – und sei es nur ein Hausgeist. Darum stellte sie jeden Abend ein kleines

Schälchen mit Buchweizengrütze und warmer Milch auf den Boden. Auch ein kleines Stück Butter vergaß sie nicht. War das Schälchen am nächsten Morgen leer, so war sie glücklich und froh. Der Pastor sagte zwar, das sei alles Heidenkram und die Milch und die Buchweizengrütze fräßen die Katzen und Ratten. Jytte jedoch glaubte ganz fest daran, daß Nis Puk ihr Gast war. Einmal, in der Dämmerung, meinte sie ihn sogar zu sehen. Er saß auf den Bodenbrettern und schaute zu ihr herunter, während sie am Klöppelbrett arbeitete. Ein schokoladenfarbenes Wams hatte er an und eine weinrote Weste aus feinem Samt. Dazu trug er Kniebundhosen und Schnallenschuhe. Einen Hut mit drei Spitzen saß auf seinem Kopf, wie ihn auch der Herr Amtmann hatte. Seine braunen Haare waren zu einem Zopf geflochten. Den trugen auch die feinen Edelleute, die beim Grafen Schack im Schloß von Mögeltondern aus- und eingingen. Er war nicht viel größer als ihr Unterarm, aber wohlgestaltet mit einem freundlichen Gesicht und wachen Augen.

Als sich Jytte daran gewöhnt hatte, daß Nis Puk ihr Gast war, begann sie mit ihm zu sprechen. Es störte sie nicht, daß sie ihn nicht sah. Denn sie war ganz sicher, daß er auf dem Dachboden saß und alles hörte, was sie sagte. Sie erzählte ihm, was ihr in den Sinn kam, ihre kleinen Nöte ebenso wie ihre Freuden. Sie sprach von Vater und Mutter und wie schön es gewesen war, als sie ein Kind war. Sie erzählte auch von dem unfreundlichen Handelsherrn in Tondern. Sie berichtete dem Kobold von ihrem Kummer, daß sie immer allein sei, und Nis Puk hörte geduldig zu. Jytte tat es gut, jemanden zu haben, der ihr zuhörte. Einmal kam überraschend eine Nachbarin hinzu, wie sie eben mit Nis Puk redete. Die fragte: „Mit wem redest du denn?“ Da sagte Jytte schnell: „Ich rede mit der Katze der Nachbarin!“ Denn niemand im Dorf sollte wissen, daß sie Nis Puk bei sich wohnen hatte. Am Abend saß die Nachbarin mit den anderen Frauen zum Klatsch zusammen. Erst redeten sie schlecht über den Hardesvogt und den Amtmann. Dann zogen sie über den Pastor und den neuen

Als Kinder hatten Hans und Jytte zusammen gespielt.

Hilfslehrer her. Schließlich sagte die Nachbarin: „Jytte wird von Tag zu Tag wunderlicher. Jetzt redet sie schon mit den Katzen und erzählt denen lange Geschichten!“ Aber das hörte Jytte nicht, Gott sei Dank!

Jytte war glücklich wie schon lange nicht mehr. So glücklich war sie sonst nur, wenn sie heimlich einen schnellen Blick auf den jungen Flickschustergesellen Hans werfen konnte. Denn Hans war ihr Schatz. Nur wußte er leider nichts davon. Er saß in der offenen Werkstatt seines Tonderner Meisters Holbeck. Vom frühen Morgen bis zum späten Abend besohlte er die zierlichen Schuhe vornehmer Tonderner Kaufmannsfrauen wie die kräftigen Stiefel der Handelsherrn, Bauern und Hausierer. Seit Jahren hatte Jytte kein einziges Wort mit ihm gewechselt. Und sie sah ihn auch nur einmal im Monat, wenn sie ihre Spitzen bei dem Spitzenhändler ablieferte. Auf dem Heimweg machte sie stets den kleinen Umweg an Meister Holbecks Haus vorbei. Wenn sie dann an der Schusterwerkstatt vorbeihuschte und einen kurzen Blick auf Hans warf, klopfte ihr Herz immer wie toll.

Als Kinder hatten Hans und Jytte zusammen gespielt. Er hatte sie immer beschützt. Denn die größeren Jungens wollten sie immer an den blonden Zöpfen ziehen. Die Mädchen aber hatten sich geweigert, sie mitspielen zu lassen. „Sie ist doch bloß die Tochter des Totengräbers“, hatten sie gesagt, „sie stinkt bestimmt nach verfaultem Fleisch!“ Aber das hatte gar nicht gestimmt. Jyttes Mutter schrubbte sie nämlich jeden Abend vom Kopf bis zu den Füßen ab. Nun war Hans nicht nur der stärkste Junge. Er hatte auch immer die besten Einfälle für neue Spiele. Darum hatte Jytte mitspielen dürfen. Hans hatte einfach gesagt: „Wenn Jytte nicht mitspielen darf, spiele ich auch nicht mit!“ Dann aber war Hans vier Jahre zu dem Tonderner Schuster in die Lehre gegangen. Lohn bekam er nicht, aber Essen und Trinken und eine kleine Dachkammer zum Schlafen. Damit war er auch zufrieden. Denn seine Mutter war eine arme Witwe. Er lag ihr nicht auf der Tasche und erlernte außerdem ein ehrbares Handwerk.

Jytte war also glücklich mit Nis Puk. Damit er sich auch richtig wohlfühle, stellte sie zu der Buchweizengrütze ein kleines Tellerchen mit feinem Mehl. Schließlich war Nis Puk ja ein vornehmer Herr. Und vornehme Herren mußten sich doch die Haare pudern können. Für seinen geflochtenen Zopf klöppelte sie aus feinem Garn einen geschmackvollen Haarbeutel. Nis Puk schien zunächst Bedenken gegen Jyttes Geschenk zu haben. Sie mußte ihrem unsichtbaren Gast mehrere Tage gut zureden. Sie würde sich freuen, wenn er ihr Geschenk annehme, sagte sie ihm. Endlich, am vierten Tag, waren Mehl und Haarbeutel verschwunden.

Jytte erzählte Nis Puk auch von Hans, ihrem Liebsten. Und daß sie fürchte, er habe sie in der reichen Handelsstadt Tondern längst vergessen. Denn es gab doch so viele schmucke Mädchen da, so sehr viel hübscher als sie. Aber da täuschte sich Jytte. Denn glaubte Jytte, Hans habe sie vergessen, so war Hans sehr besorgt, Jytte denke gewiß nicht mehr an ihn. Er war ganz sicher, über kurz oder lang werde irgendein reicher Bauer sie als seine Frau heimführen. Hans dachte oft an Jytte. Er ahnte nicht, daß sie einmal im Monat an seiner Werkstatt vorbeihuschte, nur, um einen schnellen, verstohlenen Blick auf ihn zu werfen. In sein Heimatdorf Gallehus kam Hans sehr selten. Denn er arbeitete sechs Tage in der Woche, jeden Tag zwölf Stunden und mehr. Dafür bekam er jetzt neben Wohnung und Essen jeden Monat einige wenige Schillinge. An den freien Sonntagen aber war er so müde, daß er nach dem Gang zur Kirche zurück ins Bett fiel. Er war froh darüber, wenigstens an einem Tag in der Woche richtig ausschlafen zu können.

Eines Tages brach in Tondern und den umliegenden Dörfern, also auch in Gallehus, eine tückische Krankheit aus. Viele Menschen starben. Auch Hans mußte seine alte Mutter auf ihrem letzten Gang zum Friedhof begleiten. Es waren nur wenige Dorfbewohner, die dem Sarg zum Grabe folgten. Denn Hans' Mutter war ja nur die arme Witwe eines armen Tagelöhners gewesen. Sie hatte die letzten Jahre recht gedarbt, auch wenn Hans sie mit seinem geringen Verdienst nach besten Kräften unterstützt hatte. Jytte hatte Hans' Mutter gerne gehabt. Doch sie hatte zu fleißig an ihrem Klöppelkissen sitzen müssen, das eigene bescheidene Auskommen zu finden. So hatte sie die alte Frau nur selten besuchen können. Auf der Beerdigung sahen Hans und Jytte sich wieder. Als die Mutter begraben war, begleitete Hans Jytte nach Hause. Als Jytte ihn fragte, ob er bald einmal wiederkommen werde, sagte er „Ja!" Und sie verabredeten sich auf halbem Wege zwischen Tondern und Gallehus.

So trafen sich Hans und Jytte fast jeden Sonntag. Schüchtern gingen sie nebeneinander her. Manchmal stockte auch das Gespräch und sie schwiegen. Aber sie fanden es schön, so nebeneinander herzugehen. Zu niemandem sprachen sie davon. Nur Nis Puk weihte Jytte in ihr Geheimnis ein. Die Frauen im Dorfe aber wunderten sich, daß Jytte vom Morgen bis zum Abend sang und vergnügt war. Sie sagten: „Sollte Jytte einen Liebsten im Dorf haben, einen Bauern vielleicht?" Da sie selbst noch ledige Töchter hatten, wurden sie immer böser und immer mißtrauischer. Aber sie entdeckten nichts.

Kurz darauf raffte die tückische Krankheit auch den Meister Holbeck und seine Frau dahin, bei denen Hans in Brot und Arbeit stand. Da war guter Rat teuer. Hans hätte die Schusterwerkstatt gerne übernommen, denn er war ja schon Geselle. Aber er hatte nicht das Geld dafür. Und außerdem mußte er vorher Bürger der Stadt Tondern werden. Auch das kostete Geld. Wer nämlich in Tondern sein Brot als Handwerker verdienen wollte, mußte den Bürgereid schwören. Erst dann wurde er zu den Handwerkszünften zugelassen.

„Schade um den Jungen", sagte der Apothekenprovisor Lorenzen, „der hätte einen guten Schustermeister abgegeben." „Aber er kann doch Meister werden!" meinte der Advokat Grauer. Der ließ seine Schuhe und die hübschen Stiefeletten seiner Frau immer nur von Hans ausbessern. „Hat er denn Geld?" wollte der Herr Apothekenprovisor wissen. Sie sprachen darüber am sonntäglichen Stammtisch in Hans Petersen Angels Weinhandlung. Auch der Hardesvogt Raben und der Pastor Knutzen saßen dabei. „Das würde ich dem Hans gönnen", sagte der Hardesvogt, „er ist ein braver Bursche, schade daß er kein Vermögen hat!" Der Pastor aber war eine gute Seele und mußte immer gleich weitererzählen, was er gehört hatte. Darum ging er zu Hans und berichtete ihm, was die anderen hochgestellten Persönlichkeiten über ihn gesagt hatten. Da war Hans glücklich und traurig zugleich. Glücklich war er natürlich, daß die ehrenwerten Bürger der Stadt ihm solch ein Amt gönnten. Traurig war er, weil er nicht genug Geld hatte, Werkstatt und Bürgerrecht zu kaufen. „Schade, daß auch die Meisterin gestorben ist", hatte der Advokat Grauer gesagt, „sonst hätte Hans die ja heiraten und dadurch Meister werden können!" Aber daran hätte Hans sowieso nicht gedacht. Denn er hatte nur Jytte im Sinn. Er war unglücklich, daß Jytte und er nicht zusammenkommen konnten, weil er so arm war.

Aber er erzählte Jytte natürlich, was der Pastor zu ihm gesagt hatte. Und die freute sich mit ihm und war mit ihm traurig. Denn auch sie hatte nur wenige Schillinge gespart, zu wenig, Werkstatt und Bürgerrecht zu erwerben. Am Abend schüttete Jytte Nis Puk ihr Herz aus. Sie erzählte ihm, wie es um Hans stand und daß sie ihn doch ganz doll lieb habe, sie aber nicht heiraten könnten, weil sie doch so arm seien.

Da erbarmte sich Nis Puk ihrer. Plötzlich hatte Jytte das dringende Bedürfnis, einen Spaziergang durch die Felder und Wiesen zu machen. Da kam ihr in rasender Fahrt ein Pferdegespann entgegen. Um nicht umgefahren zu werden, sprang Jytte in den trockenen Graben neben dem Wege. Dabei stolperte sie. Als sie nachsah, worüber sie gestrauchelt war, entdeckte sie, fast ganz im Sand vergraben, etwas Gelbes, Längliches. Das glänzte, als sei es aus purem Gold. Ein Horn war es, das Jytte mit ihren Händen ausgrub. Eigenartige Zeichen bedeckten es, die Jytte nicht lesen konnte. „Da hat der Nachtwächter doch sein altes Messinghorn verloren", dachte Jytte. Sie wollte es schon

Die neidischen Nachbarinnen sprachen schlecht über Jytte.

wieder fortwerfen. Aber wie unter einem Bann nahm sie das Horn dann doch mit nach Hause.

Das Horn des Nachtwächters war es aber nicht. Denn am Abend hörte sie ihn die Stunde blasen. Sie reinigte es sorgfältig. Da sie neugierig war, ging sie erst zum Hilfslehrer. Als der die Zeichen nicht lesen konnte, fragte sie den Pastor. Aber auch der wußte nicht, was die Zeichen bedeuteten. Wenige Tage später traf der Pastor den Grafen in Mögeltondern. Dem erzählte er von dem seltsamen, geheimnisvollen Fund. Der Graf war ein neugieriger Mann. Darum schickte er seinen Verwalter mit dem leichten Jagdwagen, das Mädchen zu holen. Der fuhr in seiner schmucken Dienstkleidung nach Gallehus und fragte nach Jytte. Da sagten die neidischen Frauen: „Seht ihr, so mußte es ja kommen. Jetzt wird sie von der Polizei geholt, weil sie etwas gestohlen hat!"

Jytte war etwas ängstlich, als sie mit dem Verwalter nach Mögeltondern kam. Denn sie hatte das Schloß bisher immer nur von außen bewundert. In der großen Wohnhalle warteten schon der Graf und der Pastor. Sie waren sehr freundlich zu ihr. Da fiel Jytte ein Stein vom Herzen, wie man sich denken kann. Als der Graf das Horn sah, sagte er überrascht: „Aber das ist ja reines Gold! Hat das denn keiner gemerkt?" Der Pastor und der Verwalter, ja, sogar Jytte schämten sich sehr, daß sie so dumm gewesen waren. Jytte mußte dem Grafen und dem Pastor in das Arbeitszimmer folgen. In dem waren die Wände von unten bis oben voller Bücher. Die beiden Männer blätterten in irgendwelchen Schriften. „Es sind wohl heidnische Runen auf dem Horn", sagte der Graf. Und dann mußte Jytte ihm ganz genau beschreiben, wo sie das Horn gefunden hatte. Der Graf schickte gleich einige Arbeiter zu der Stelle. Die fanden aber nur ein verrostetes Hufeisen und einige alte Kalbsknochen, die ein Hund da vergraben hatte. Ein zweites Mal noch wurde Jytte ins Schloß des Grafen geholt. Der hatte nämlich einigen gelehrten Herren in der Hauptstadt von Jyttes Fund geschrieben. Und gleich kamen die angesaust, weil sie das Horn mit seinen seltsamen Zeichen stu-

Im Graben, neben einem alten Pflug, fand Jytte etwas Gelbes.

dieren wollten. Auch der Advokat Grauer war dazugebeten worden. Der galt in der Gegend als Fachmann für vaterländische Altertümer. Die gelehrten Herren wackelten bedeutungsvoll mit dem Kopf. Lauthals stritten sie sich darüber, was die Zeichen wohl zu bedeuten hätten.

Einig waren sich aber alle, daß der Fund ein „aufsehenerregendes Ereignis" sei. Einer der Fremden meinte sogar, er werde der Finderin gewiß eine rechte Belohnung bringen. Aber daran glaubte Jytte nicht so recht. Der Advokat Grauer, der wie alle Advokaten immer das letzte Wort haben mußte, sagte: „Das ist bestimmt ein Horn, mit dem man die Dämonen rufen kann. Etwa den sagenhaften Nis Puk!" Da mußte Jytte laut lachen. Sie glaubte zwar, daß Nis Puk ihr geholfen hatte, das Horn zu finden. Sie wußte aber, daß man darauf nicht blasen konnte. Sie hatte es schließlich versucht. Der Advokat warf ihr einen giftigen Blick zu. Er meinte nämlich, Jytte wolle sich über ihn lustig machen. Böse sagte er: „Dummes, unwissendes Ding!" Bei seiner Behauptung blieb er auch, als er später ein dickes Buch über das Gallehus-Horn schrieb.

Viele Tage später schickte der Hardesvogt Raben seinen Gerichtsdiener zu Jytte. Da sagten die bösen Frauen in Gallehus wiederum: „Seht ihr, jetzt muß Jytte doch ins Gefängnis, weil sie was gestohlen hat!" Aber das hörte Jytte nicht, Gott sei Dank! Auch der Hardesvogt war sehr freundlich. „Du bist ein wahres Glückskind", sagte er zu ihr, „der König selbst schickt dir hundert Taler, weil du das Horn gefunden hast. Es ist jetzt in der Hauptstadt und wird von den gelehrten Herren genau untersucht!" Und ehe Jytte es sich versah, hatte der Hardesvogt ihr einen Beutel mit Talern in die Hand gedrückt.

Da freute sich Jytte sehr und eilte gleich zu Hans. „Stell dir vor", sagte sie, „jetzt kannst du die Werkstatt deines verstorbenen Meisters kaufen und das Bürgerrecht dazu!" Aber Hans sagte, er könne doch nicht von Jytte einfach hundert Taler annehmen. Nein, das werde er auf keinen Fall tun. Je mehr Jytte ihn bat, um so störrischer weigerte sich Hans. Schließlich begann Jytte verzweifelt zu weinen.

Da kam der Hardesvogt vorbei und sah Jytte schluchzen. Das verwunderte ihn sehr. Eigentlich hatte er gedacht, Jytte würde vor Freude springen und tanzen. Als Jytte ihm ihr Leid erzählte, während Hans verstockt dabeistand, überlegte der Hardesvogt. Nach einiger Zeit legte er seinen Kopf schief und sagte: „Hans kann für deine hundert Taler keine Sicherheit bieten. Deshalb will er das Geld nicht nehmen!“ „Genau!“ sagte Hans. Jytte schniefte und wollte gerade wieder zu heulen anfangen. Da fuhr der Hardesvogt fort: „Aber wenn die hundert Taler nun eine Mitgift wären, die du mit in die Ehe bringst, dann könnte es wohl angehen. Hans könnte damit Bürger werden und die Werkstatt kaufen!“ Er war eben ein kluger Mann und hatte gleich gesehen, wie es um die beiden stand.

Da schauten sich die Verliebten an. Aber sie waren beide noch bockig. „Würde Hans dich denn heiraten, wenn du hundert Taler mit in die Ehe brächtest?“ fragte der Hardesvogt. „Ich weiß doch nicht“, sagte Jytte, „schließlich bin ich die Tochter eines Totengräbers!“ Aber Hans warf schnell ein: „Ich würde Jytte auch heiraten, wenn sie bettelarm wäre. Ich möchte aber nicht, daß sie denkt, ich heirate sie nur wegen der hundert Taler!“ „Du Dummer“, schimpfte da Jytte, „damit kannst du doch Meister werden und so viel verdienen, daß wir glücklich davon leben können!“ Und so geschah es. In ihrem Häuschen in Tondern richteten sie sich gemütlich ein. Nis Puk erhielt eine behagliche, sonnige Ecke auf dem Dachboden. Jeden Abend bekam er ein Schüsselchen mit Buchweizengrütze und ein Stück Butter. Denn es war doch ganz selbstverständlich, daß Nis Puk mit ihnen nach Tondern zog. Obwohl er Großstädte eigentlich gar nicht leiden konnte.

Die zehnte Geschichte erzählt
Levke Brodersen

Die zehnte Geschichte erzählt Levke Brodersen. Levke Brodersen war Nane Ipsens beste Freundin. Sie waren beide etwa gleich alt. Levke mußte Nane wirklich sehr gern haben. Denn sie neidete Nane ihren Mann Tams kein bißchen. Levke war nämlich Witwe. Obwohl sie noch so jung war. Vor wenigen Jahren hatte sie einen kurzen Brief bekommen. Darin hatte gestanden, daß Olaf, ihr Mann, an gelbem Fieber gestorben war. Olaf war Seemann gewesen. Jetzt lag er auf dem Friedhof der Insel St. Thomas, irgendwo in Westindien. Ihr Verstand sagte ihr: Mein Mann Olaf ist tot. Aber ihr Gefühl weigerte sich, das hinzunehmen. Was immer in dem Brief gestanden hatte: in ihren Gefühlen und Gedanken war Olaf immer noch lebendig. Darum hörte sie auch nicht auf die Werbungen. Sie mochte Bende Bendsen, den Deichvogt. Sie konnte auch Ingwer, Iver Melfsens Sohn, gut leiden. Beide wären gute Ehemänner gewesen. Aber noch war Olaf zu gegenwärtig. Die Geschichte, die sie erzählte, war eigentlich ihre eigene. Schade nur, daß sie kein gutes Ende hatte. Aber so und nicht anders war sie in ihrer Heimat erzählt worden.

Die treue Schwester

In einem kleinen, strohgedeckten Haus auf einer der ungeschützten Halligen vor der Westküste des Landes lebte einmal ein kleines Mädchen, das hieß Silke. Ihr Vater war Seemann, wie fast alle Männer auf den Halligen. Jedes Frühjahr segelte er mit den anderen Männern nach Amsterdam. Das ist eine Stadt in Holland. Dort nahmen sie Arbeit auf einem Walfänger an. Den ganzen Sommer und Herbst jagten sie im Nordmeer die großen Wale und Robben. Erst im Spätherbst kamen sie wieder nach Hause zurück. Darum lebten Silke und ihre Mutter den größten Teil des Jahres allein in dem kleinen Häuschen auf der kleinen Halligwarft.

Wenn der Vater fort war, versorgte Silkes Mutter die bescheidene Landwirtschaft. Silke half ihr dabei, so gut das ein kleines fünfjähriges Mädchen eben konnte. Zweimal am Tage trieb sie die Kuh Liese und die Schafe zum Hause. Dort melkte die Mutter Kuh und Milchschafe. Von der Kuhmilch wurde der Rahm abgeschöpft. Daraus wurde Butter bereitet. Aus der Schafmilch aber machte die Mutter einen wohlschmeckenden Käse. Silke half, den fertigen Käse mit Salz einzureiben. Sie wendete ihn auch, wenn er an der frischen Luft trocknete. Die Mutter mähte mehrmals im Sommer das kräftige Gras. War das zu Heu getrocknet, so half Silke, es zusammenzutragen. In großen weißen Laken schleppten sie es dann zum Hause. Schließlich wollte die Kuh Liese ja auch im Winter etwas zu fressen haben. Damit sie im Winter nicht froren, sammelten Silke und ihre Mutter die getrockneten Kuhfladen und den Schafdung. Damit konnte man gut heizen. Holz oder Kohle gab es nämlich nicht auf den Halligen. Gab es einmal nichts zu helfen, so spielte Silke natürlich. Das mochte sie genauso gerne wie alle anderen Kinder. Sie langweilte sich nie. Denn sie hatte viele Spielgefährten. Am liebsten waren ihr die kleinen Lämmer. Einige folgten ihr auf Schritt und Tritt. Das waren jene, die Silke und ihre Mutter mit der Flasche aufgezogen hatten. Mit der jungen, grauen Katze spielte sie Fangen und Verstecken. Aber die Katze hatte nicht immer Zeit. Sie mußte nämlich die Mäuse jagen. Und das war eine Arbeit, die sie sehr ernst nahm. Dann spielte Silke eben mit der kleinen Puppe, die ihr die Mutter aus Stroh geflochten hatte.

Es war also sehr schön auf der Hallig und gar nicht langweilig. Trotzdem wartete Silke voll Sehnsucht auf die Rückkehr des Vaters. Das war eine Freude, wenn das kleine Schmackschiff am Landungssteg der Hallig anlegte. Silke lief ihrem Vater dann ganz schnell entgegen. So heftig warf sie sich ihm in die Arme, daß er beinahe umfiel. Und dann gingen sie gemeinsam zu ihrem Haus. Der Vater ging links. Die Mutter ging rechts. Silke ging in der Mitte und hielt beide ganz fest an den Händen. Wenn der Vater dann seine große Seekiste auspackte, gab es stets Überraschungen. Denn der Vater brachte seiner kleinen Tochter immer etwas mit. Einmal war das eine richtige Holzpuppe, mit feingeschnittenem Gesicht. Da hatte Silke zwei schöne Puppen. Die der Mutter, die diese aus Stroh geflochten hatte. Und die vom Vater. Die hatte sogar richtige kleine Schuhe, ein buntes Kleidchen und blonde Haare. Im nächsten Jahr entdeckte Silke in der Seekiste ein feines Kleid aus Brokat. Darunter lagen hübsche Schuhe mit richtigen Silberschnallen. Die Schuhe waren noch etwas zu groß. Aber Silke freute sich schon auf den Tag, wo ihr die Schuhe passen würden. Immer wieder nahm sie die schönen Schuhe aus der Kleiderkiste und betrachtete sie. An die Mutter hatte der Vater natürlich auch gedacht. Einen Erdbiertopf aus Fayence packte er aus. Ganz zuletzt blieb noch ein ganz kleines Päckchen in des Vaters Seekiste. Als die Mutter es auswickelte, war darin eine feine Brosche, aus Silberdraht kunstvoll zusammengefügt. Der Winter war oft bitter kalt, und die Westwinde stürmten manchmal ganz schön schlimm. Trotzdem war dies für Silke die schönste Zeit im Jahr. Weil eben nicht nur die Mutter, sondern auch der Vater zu Hause waren. Schade nur, daß er in jedem Frühjahr wieder fortmußte. Denn auf der Hallig konnte er den Lebensunterhalt für sich und seine Familie nicht verdienen.

Kurz bevor der Vater wieder nach Holland reisen mußte, feierte Silke ihren sechsten Geburtstag. Da sagte der Vater: „Silke muß jetzt bald lesen und schreiben und rechnen lernen!“ Eigentlich fand Silke, das sei gar nicht nötig. Denn sie konnte schon das „i“ und das „o“ schreiben. Und bis zehn zählen konnte sie sogar vorwärts und rückwärts. Der Vater aber fuhr fort: „Ich werde mal zu unserem Nachbarn Ingwer gehen. Vielleicht will der ja seinen kleinen Jens auch mit unterrichten lassen!“ Als Silke das hörte, rief sie: „Oh ja, das wäre fein!“ Jens war ein Jahr älter als Silke. Es mag ja sein, daß auf dem Festland Jungen nicht so gerne mit Mädchen spielen. Auf der Hallig aber waren Jens und Silke die einzigen Kinder. Und bevor ein Junge mit niemandem spielt, spielt er lieber mit einem Mädchen. Jedenfalls galt das für Jens. Aber das war selten genug gewesen. Die Warften mit den beiden Häusern lagen nämlich ziemlich weit auseinander. Als die Kinder noch ganz klein waren, war der Weg für sie zu weit. Jens Vater meinte, „das ist ein guter Gedanke!“ So segelten die beiden Männer mit ihrem Boot zu dem kleinen Hafen Ockholm auf dem Festland und gingen zum Pastor. Sie fragten: „Kennen Sie nicht einen tüchtigen jungen Hilfslehrer? Silke und Jens sollen nämlich schreiben und lesen und rechnen lernen!“ Der Pastor sagte: „Und den Katechismus!“ Dagegen hatten die beiden Seeleute nichts einzuwenden. Ob der Katechismus von praktischem Nutzen war, konnten die Kinder ja selbst feststellen. Die Väter hatten da gewisse Zweifel. Aber die behielten sie natürlich für sich.

So kam im Sommer ein junger Hilfslehrer auf die Hallig. Er war siebzehn Jahre alt. Aus Bargum kam er und hieß Christian Carstens. Der unterrichtete die beiden Kinder. Eine Woche lernten sie in Jens' Elternhaus, die nächste Woche bei Silke. Eine richtige Schule gab es nämlich auf der Hallig nicht. Auch keinen Lehrer, der das ganze Jahr über unterrichtete. Aber das war nicht nur auf dieser Hallig so. Auf den anderen Halligen und in den kleinen Dörfern des Festlandes war es nicht anders. Die Kinder moch-

Der Vater sagte: „Silke muß jetzt lesen und schreiben lernen!“

ten Christian gerne leiden. Er war freundlich. Und er war geduldig. Wenn Jens oder Silke mal nicht gleich verstanden, warum „Meer“ und „mehr“ verschieden geschrieben werden mußte, wurde er nicht gleich ärgerlich. Er gab sich auch große Mühe, zu erklären, warum „Ypsilon“ am Anfang nicht mit „Ü“ geschrieben wurde, obwohl man es so aussprach. Außerdem mochte er auch gerne spielen. Er wußte viele Spiele, die die Kinder noch nicht kannten. Topfschlagen zum Beispiel. Oder Ringlaufen. Oder Blinde Kuh. Nur Versteckspielen ging nicht auf der Hallig. Denn es gab kaum Büsche und Bäume. Ohne Büsche und Bäume kann man aber nicht richtig Versteck spielen.

Es war eine schöne Zeit für die Kinder. Nach dem Unterricht liefen sie gemeinsam über die Hallig. Sie hielten sich dabei an den Händen und waren ein Herz und eine Seele. Jens sagte: „Du bist meine Schwester!“ Silke fand es wunderschön, daß sie auf einmal einen großen Bruder hatte. Der haute den Schafbock, wenn dieser Silke stoßen wollte. Vor den Gänsen hatte er auch keine Angst. Die konnten nämlich ganz schön giftig zischen, wenn Silke den Gösseln versehentlich zu nahe kam.

Die Jahre vergingen. Silke und Jens schrieben schon eine schöne Handschrift. Sie hatten erst das kleine, dann auch das große Einmaleins gelernt. Auch konnten sie bruchrechnen. Sie wußten, wo Grönland lag und wer der König von Dänemark war. Sogar wieviel Schillinge auf einen Reichstaler gingen und wie man diesen in Hamburgisch Courant umrechnete, wußten sie jetzt. Selbst der Katechismus hatte ihnen Spaß gemacht. Christian Carstens war, wie man sieht, ein guter Lehrer gewesen. Dann ging Jens für einige Wochen zum Pastor nach Ockholm. Als er zurückkehrte, war er eingesegnet. Feierlich war er als Christ in die Gemeinschaft der Erwachsenen aufgenommen worden. Sein Vater hatte ihm zu diesem wichtigen Tage einen schönen Kompaß mit eingebauter Sonnenuhr geschenkt. Silkes Vater hingegen hatte aus Segeltuch einen nickelnagelneuen Seesack genäht. Daß der wasserdicht war, dafür verbürgte er sich. Schließlich war er ja gelernter Segelmacher.

Jens sagte: „Im nächsten Frühjahr fahre ich zur See!"

Als Silke und Jens sich wiedersahen, sagte Jens: „Im nächsten Frühjahr fahre ich auch zur See, wie mein Vater. Ich habe schon mit dem Glücklichen Matthias von der Insel Föhr gesprochen. Der nimmt mich als Schiffsjunge mit auf Walfang im Nordmeer." Der Glückliche Matthias hieß in Wirklichkeit Matthias Petersen. Er war Kapitän auf einem Walfänger. Man sagte von ihm, er habe mehr Glück beim Walfang gehabt als jeder andere Kapitän vor ihm. Insgesamt fing er dreihundertdreiundsiebenzig Walfische. Alle Seeleute wollten gerne mit dem Glücklichen Matthias auf Walfang gehen. Denn die ganze Besatzung war am Gewinn beteiligt, vom Kapitän bis zum letzten Schiffsjungen. Man konnte also bei ihm gutes Geld verdienen. Und außerdem hatte er sein Schiff stets wieder heil nach Hause gebracht. Das war nicht immer so. Die Jagd auf den Wal war nämlich ziemlich gefährlich. In einem Jahr waren einmal vierundvierzig Föhrer Seeleute beim Walfang ertrunken. Aber nicht nur die Wale waren gefährlich. Paßte der Kapitän nicht auf, konnte das Schiff vom Eis eingeschlossen werden. Und das war so stark, daß es das stärkste Schiff zerdrückte, wie eine Pappschachtel.

Als Silke das hörte, war sie doch etwas traurig. Es war nämlich schön gewesen mit Jens. Und sie hatte eigentlich gehofft, es werde immer so weitergehen. Natürlich wußte sie, daß auch Jens sein Auskommen auf der Hallig nicht finden konnte. Aber sie hatte den Gedanken daran beharrlich unterdrückt. Andererseits freute sie sich für Jens. Denn mit dem Glücklichen Matthias fahren zu dürfen war eine große Ehre. Und außerdem würde Jens nichts geschehen. Das war ihr wichtig.

Als sich im folgenden Frühjahr alle Männer nach Amsterdam einschifften, verließ auch Jens die Hallig. Ausgerüstet war er mit wetterfester Kleidung und viel wollener, warmer Unterwäsche. Auch derbe Stiefel hatte sein Vater ihm gekauft. Das alles – und eine Bibel – hatte er in dem Seesack verstaut. Ganz vorne in der Bibel lag ein kleines Bild. Silke hatte es für ihn gemalt. Es zeigte Silkes Haus auf der Warft. Um die Ecke des Hauses schaute Silke und winkte. Aber das sah man nur, wenn man es wußte. Silke stand am Bootssteg und winkte Jens nach. Jens rief ihr von Bord aus zu: „Ich bringe dir auch was Feines mit!" Aber Silke hörte nur daraus: „Ich komme zu dir zurück!" Da mußte sie auf einmal weinen. Aber das tat sie heimlich. Sie schämte sich nämlich etwas. Sie war ja auch erst vierzehn Jahre alt.

Der Sommer wurde Silke furchtbar lang. Und auch der Herbst wollte gar nicht enden. Eines Tages sprach sich in Windeseile herum, daß die Seeleute der Nachbarhallig schon aus Holland zurück waren. Zwei Tage später legte auch das Schmackschiff mit Jens und Ingwer und Silkes Vater am Bootssteg der Hallig an. Auch Silke stand unter den wartenden Frauen. Vor lauter Freude fiel sie Jens einfach um den Hals. Es war ihr ganz gleichgültig, daß die anderen Halligleute zuschauten. Dann erst begrüßte sie ihren Vater. Jens hatte sich einen richtigen Bart wachsen lassen. Er war auch gar kein Junge mehr, sondern ein stattlicher junger Mann. Feierlich überreichte er Silke ein Mangelbrett. Das war kunstvoll mit Kerbschnitzereien verziert. Und dann holte er aus den unergründlichen Tiefen seines Seesackes noch einen feinen Steckkamm heraus, geschnitzt aus den Barten eines Wales. „Alles selbstgemacht!" verkündete er stolz. In diesem Winter waren Jens und Silke fast jeden Tag zusammen. Die Erwachsenen warfen sich bedeutungsvolle Blicke zu. Es war auch wirklich ein zu schönes Bild, wenn die beiden Hand in Hand über die Hallig gingen.

Zwei weitere Sommer fuhr Jens auf Walfang und kehrte im Spätherbst auf die Hallig zurück. Als er im darauffolgenden Frühjahr abreisen sollte, sagte er zu Silke: „Wenn ich Steuermann bin, darf ich dich dann etwas fragen?" Silke antwortete: „Warum fragtst du mich nicht jetzt schon?" Denn Silke war schließlich nicht dumm. Da nahm Jens seinen ganzen Mut zusammen und fragte: „Wenn ich Steuermann bin, willst du dann meine Frau werden?" Silke sagte einfach „Ja!" Mehr zu sagen war ja auch gar nicht nötig. Sie küßten sich zum Abschied. Jens war ganz verdutzt. Er hatte sich das viel schwerer vorgestellt. Männer sind eben manchmal furchtbar dumm. Vor allem bei wichtigen Dingen. Silke sagte: „Ich werde jeden Abend eine Kerze in mein Fenster stellen, damit du den Weg zu mir besser findest!“ Das fand Jens sehr schön. Und er malte sich schon aus, wie er bei seiner Rückkehr auf das Licht im Fenster zueilen werde. Die Leute aber freuten sich mit Jens. Sahen sie abends das Licht, dann wußten sie, daß Jens und Silke sich lieb hatten und aufeinander warteten.

In Amsterdam beschloß Jens, nicht mehr auf Walfang zu fahren. Der Kapitän eines Ostindien-Fahrers, ein Friese wie Jens, bot ihm die Stelle eines Untersteuermanns an. Nun konnte er im Winter nicht zur Hallig zurückkehren wie die Walfänger. Aber er konnte mehr verdienen und schneller vorankommen. Darum nahm Jens das Angebot an. Was er sich überlegt hatte, schrieb er Silke. Und die war mit seinem Entschluß ganz zufrieden. Denn Silke hatte insgeheim immer Angst um Jens gehabt. Wale waren schließlich größer als das Haus, in dem sie wohnte, und auch länger. Silke hatte zwar noch nie einen Wal gesehen, aber Jens und ihr Vater hatten es oft genug erzählt. Jens schrieb von jedem neuen Hafen, den sein Schiff ansegelte. Einmal schrieb er aus Kapstadt an der Südspitze von Afrika. In diesem Brief teilte er Silke eine aufregende Entdeckung mit: „Das Sternbild des Orion“, schrieb er, „kann man von der südlichen Erdkugel genauso gut sehen wie von der nördlichen Erdkugel. Jedes Mal, wenn ich den Orion sehe, denke ich an Dich. Wenn Du auch zum Orion hinaufblickst, so werden sich dort unsere Blicke treffen und wir werden uns sehr nahe sein!“ Das war ein schöner Gedanke, fand Silke. Und so blickte sie in jeder klaren Nacht zum Orion hinauf, Jens tat dasselbe. Sie fühlten sich eng verbunden, auch wenn sie viele tausend Meilen voneinander entfernt waren.

Drei Jahre lang schrieb Jens aus jedem Hafen. Er schilderte, wo er gewesen war und was er erlebt hatte. Aus Batavia, aus Hongkong, aus Singapur, aus Dakar, Venedig, Porto und Santander kamen seine Briefe. Dann teilte er Silke mit, er werde in Amsterdam das Schiff verlassen. Im Winter wolle er die Steuermannsschule auf der Insel Föhr besuchen. Darüber freute sich Silke sehr. In Süderende auf Föhr lebte der Pastor Richard Petersen. Der war früher selbst zur See gefahren. Jetzt unterrichtete er die jungen Seeleute in allem, was sie als zukünftige Steuerleute und Kapitäne brauchten. Seefahrer aus ganz Friesland besuchten seinen Unterricht. Er war nämlich nicht nur ein guter Lehrer. Er verlangte außerdem kein Geld von seinen Schülern. Dafür aber forderte er, daß diese ihr Wissen an andere Seeleute ebenfalls kostenlos weitergaben. Und das taten die auch. So gab es schließlich allein auf Föhr einhundertundzehn Kapitäne, die Schiffe führten, und außerdem vierundsiebenzig Steuerleute.

Sehnsuchtsvoll wartete Silke auf die Heimkehr ihres Liebsten. Wann immer sich ein Schiff der Hallig näherte, eilte sie zum Landungssteg. Jeden Abend stellte sie, wie in den vergangenen Jahren, eine brennende Kerze in ihr Fenster. Aber Jens kam nicht. Er kam nicht im Herbst und nicht im Winter. Er kam auch nicht im folgenden Frühjahr, Sommer oder Herbst. Auch seine Briefe blieben aus. Er hatte sein Schiff in Amsterdam verlassen, das erfuhr Silke. Wo er aber geblieben war, was aus ihm wurde, wußte niemand zu berichten, so viele Seeleute Silke auch fragte. Jens war verschollen.

Jahr um Jahr wartete Silke. Als zehn Jahre vergangen waren, sagten die Halligleute: „Jens' Schiff muß untergegangen sein, er lebt gewiß nicht mehr!" Aber Silke weigerte sich, das zu glauben. Andere Männer hätten Silke gerne zur Frau genommen. Es waren einfache Seeleute wie Kapitäne. Aber Silke wurde nicht schwankend in ihrer Hoffnung. Sie war ganz sicher, eines Tages werde Jens in der Tür stehen und alles werde gut. Nacht für Nacht brannte das kleine Licht im Fenster ihres Hauses. Nach zwanzig Jahren schüttelten die Halligbewohner den Kopf. Nach vierzig Jahren sagten sie: „Seht dort die alte Silke, sie ist ganz wunderlich im Kopf!" Eines Nachts aber blieb in Silkes Haus das Fenster dunkel. Da riefen alle Nachbarn: „Jens

Die Leute sagten: „Seht dort die alte Silke!“

ist nach Hause gekommen!" Sie eilten zu Silkes Haus, ihn willkommen zu heißen. Als sie das Haus betraten, fanden sie die alte Silke tot im Lehnstuhl sitzen. Der stand vor dem Fenster, wie all die Jahre und Jahrzehnte. Das Licht aber war niedergebrannt und erloschen.

Die elfte Geschichte erzählt
Sönke Tychsen

Die elfte Geschichte erzählt Sönke Tychsen. Sönke Tychsen bedauerte, nicht vor achtzig Jahren gelebt zu haben. Nicht, daß er mit seiner Frau Ose nicht glücklich gewesen wäre. Sie hatten ihr Auskommen. Wenn es manchmal auch knapp war. Denn Sönke Tychsen war Besenbinder und Tagelöhner. Der Bedarf an Besen war aber leider nicht sehr groß. Vor achtzig Jahren: da wäre er bestimmt Schmuggler gewesen. Sönke kannte alle Geschichten, die so erzählt wurden. Zum Beispiel die von dem großen Nickels Paysen. Der hatte durch Schmuggel viel Geld verdient. Seine Nachkommen saßen heute noch auf einem mächtigen Hof in der Nachbarschaft. Oder die von Joachim Lexow aus Tönning. Aber der hatte das ganze Geld aus dem Schmuggelgeschäft in wenigen Jahren wieder durchgebracht. Das wäre Sönke nicht geschehen. Dafür hätte seine Frau Ose schon gesorgt. Schade, dachte Sönke, daß kein Krieg war mit Schmuggel und so. Denn etwas reicher wäre er gerne gewesen. Aber selbstverständlich hatte er sich für das Schulwen eine Schmuggelgeschichte zurechtgelegt. Das war er seinen Träumen schuldig.

Der Fischer mit den vier Töchtern

Eben vor den Toren der Stadt Husum liegt das kleine Dorf Schobüll. Dort lebte einmal ein Fischer, der hieß Peter Jacob. Er wohnte in einer kleinen Hütte und hatte ein Boot, zwei Netze, drei Hemden und vier Töchter. Die vier Mädchen waren Peter Jacobs ganzer Stolz. Sah man sie aus der Ferne, so hätte man sie für Jungen halten können. Ihr blondes Haar trugen sie kurz geschoren. Aber darunter blitzten blaue, lustige Augen aus einem feingeschnittenen Gesicht. Gekleidet waren sie in grobe Baumwollhemden und Latzhosen. Die hatte der Vater eigenhändig aus festem Segeltuch geschneidert. Doch konnten auch die Latzhosen nicht verbergen, daß in ihnen ein biegsamer, schmaler Körper steckte, der die ersten Zeichen der Weiblichkeit ahnen ließ. Im Sommer liefen die Mädchen barfuß. Im Winter aber trugen sie Holzschuhe, wie jedermann in der Gegend. Sie konnten gut arbeiten und waren ihrem Vater eine unentbehrliche Hilfe.

Das älteste der vier Mädchen hieß Maren. Maren war still und sanftmütig. Keinem Tier und natürlich auch keinem Menschen konnte sie etwas zuleide tun. Mit den Tieren sprach sie, wie wenn sie Menschen wären. Und die Tiere antworteten ihr auf ihre Weise. Bekamen die Schafe der reichen Bauern Lämmer, nahm manchmal eines sein Lamm nicht an. Dann brachten die Bauern das Lamm zu Maren. Die zog es mit der Flasche auf. Alle diese Lämmer hielten Maren für ihre Mutter. Sie rannten hinter ihr her oder kamen, wenn Maren sie rief. Die zweite Tochter hieß Gyde. Gyde war eine gute Hausfrau. Als die Mutter der vier Mädchen vor Jahren gestorben war, hatte Gyde ganz selbstverständlich deren Arbeit übernommen. Das kleine strohgedeckte Haus hielt sie peinlich sauber. Sie wusch auch die Hemden und Hosen von Vater und Schwestern und flickte sie, wenn einmal ein Riß darin war. Auf dem kleinen steinernen Herd kochte sie, was immer es zu kochen gab, Muscheln, Fisch oder Krabben, oder, selten genug, ein Stück Fleisch. Auch paßte sie auf, daß Meike und

Meike und Ada, die Jüngsten, waren richtige Schlingel.

Ada immer ordentlich gewaschen und gekämmt waren. Meike und Ada waren die beiden jüngsten Töchter. Sie meinten, Gyde sei zu gewissenhaft. Meike und Ada gingen noch zur Schule. Sie fanden Gydes Sorgfalt höchst überflüssig. Sie waren nämlich richtige Schlingel, immer zu Streichen aufgelegt und unzertrennlich. War die Schule aus, strolchten sie durch die Gegend. Oder sie kümmerten sich um ihr eigenes kleines Reich. Das war der kleine Garten hinter dem Haus. Sie liebten Pflanzen und zogen Kohl und anderes Gemüse. Und in einer Ecke des Gartens hegten und pflegten sie einige schöne Blumen, wie es früher auch ihre Mutter getan hatte.

Allen vier Mädchen, Maren, Gyde, Meike und Ada, war eines gemeinsam: Sie wußten im Watt zwischen Sylt und Tönning so gut Bescheid wie sonst keiner. Mit Segeln und Booten konnten sie umgehen, als hätten sie ihr Leben lang nichts anderes getan. Was, nebenbei, auch stimmte. Das war dem Vater Peter Jacob sehr recht. Wenn er mit seinem kleinen Boot unterwegs war, begleitete ihn oft eines der Mädchen. Manchmal fischte er tagsüber, manchmal aber auch nachts. Denn er mußte sich natürlich nach Ebbe und Flut richten. Seine frisch gefangenen Fische verkaufte er immer in Tönning oder Husum. Auch sonst hatte er häufig in diesen beiden Städten zu tun. Peter Jacob war zwar arm. Aber er galt in der ganzen Gegend als ein zuverlässiger und gewissenhafter Mann. Wenn deshalb die Bauern der umliegenden Dörfer Geschäfte zu erledigen oder Waren zu liefern hatten, riefen sie gerne Peter Jacob. So verdiente er manchen Schilling nebenbei. Brachte er mit seinem Boot Brennholz oder Korn zu nahegelegenen Häfen, so begleitete ihn immer eines der Mädchen.

Es war die Zeit, als der französische Kaiser Napoleon Krieg gegen fast alle Völker Europas führte. Dänemark hatte mit niemandem Krieg. Peter Jacob war seinem König dankbar dafür. Viele Tönninger und Husumer übrigens auch. Denn der Krieg der anderen Völker verhalf diesen beiden Städten zu einer unverhofften Blüte. Viele Schiffe aus vielerlei Ländern, die Hamburg oder Bremen wegen der Streitigkeiten nicht ansegeln durften, lieferten ihre Waren nach Husum oder Tönning. Und von da wurden sie weiter nach Deutschland gefahren. Obwohl das eigentlich verboten war. Vor allem die Tönninger waren sehr glücklich über den Krieg der anderen. Viele Hamburger Kaufleute waren in die Stadt gekommen. In wenigen Wochen war die Zahl der Einwohner von zweitausend auf über sechstausend gestiegen. Darunter waren auch viele Abenteurer, Kneipenwirte, leichte Mädchen, Spieler und Betrüger. Das hatte Peter Jacob bei seinen Besuchen wohl gemerkt. Die einheimischen Handwerker und Hausbesitzer kamen über Nacht zu Geld. Denn es gab immer etwas auf den ausländischen Schiffen instand zu setzen. Und eine kleine Kammer kostete schließlich einen Reichstaler Miete für jeden Tag. Peter Jacob fand, das war Wucher. Auch die Bauern des Umlandes machten gute Geschäfte. Denn die Schiffe mußten mit frischen Lebensmitteln versorgt werden. Der Fischer sah voller Staunen, wie einige, die es mit dem Gewissen nicht so genau nahmen, in kurzer Zeit zu Geld und Reichtum kamen.

Wenn Peter Jacob in diesen Jahren nach 1804 mit einer Ladung Brennholz, Gemüse, Getreide oder anderen Gütern nach Tönning segelte, stritten sich die Mädchen immer, wer mitsegeln durfte. Der Vater brauchte Hilfe, die Waren in Tönning zu entladen. Eins nach dem anderen nahm der Vater die Mädchen mit. Sie beobachteten das lebhafte Treiben Tönnings, das unverhofft die Rolle der großen Hafenstadt Hamburg hatte übernehmen müssen. Es gab immer etwas zu bestaunen, wenn man durch die Stadt ging.

Manchmal warteten bis zu sechzig Segler darauf, entladen zu werden. Das war ein schönes Bild. War das noch das kleine verschlafene Tönning von einst? Im kleinen Hafen oder auf der Eider ankerten die großen Segler aus England und Amerika, aus Norwegen oder Brasilien. In den Packhäusern und Geschäften bewunderten die Mädchen fremdartige Waren. Heimlich starrten sie auch die modisch gekleideten Damen und vornehmen Herren an, die durch die staubigen Straßen der kleinen Stadt spazierten. Sogar Neger sahen sie und viele Betrunkene. Wenn nämlich die Matrosen nach langer Seefahrt an Land gingen, saß ihnen das Geld locker, und ihr Durst war groß.

Am wunderschönsten aber war, daß es in Tönning jetzt ein richtiges Theater gab. Davon hatten die Mädchen bisher immer nur gehört. Ein gewisser Joachim Lexow hatte es auf eigene Kosten gebaut. Der war in wenigen Jahren zu Vermögen gekommen. Das Theater war zwar nur aus Holz, aber dafür traten in ihm die berühmten Schauspieler des früheren Altonaer Nationaltheaters auf. Die waren nach Tönning gekommen, weil in Altona nichts mehr los war. Jeden Abend gaben sie eine Vorstellung. Peter Jacobs Töchter hatten nicht geruht, bis jede von ihnen einmal im Theater gewesen war.

Vier Jahre vergingen. Von dem unverhofften Wohlstand Tönnigs war nur ein milder Abglanz auch auf Peter Jacob und seine vier Töchter gefallen. Peter Jacob war nicht gerissen. Er war noch nicht einmal besonders geschäftstüchtig. Er war auch nur ungerne nach Tönning gefahren, wo man gute Geschäfte machen konnte, seiner Töchter wegen. Denn seine vier Töchter waren hübsch. Unwillentlich hatten Maren, Gyde, Meike und Ada den Matrosen, Offizieren, Kapitänen, auch vielen Kaufleuten und Bauern den Kopf verdreht. Sie taten das nicht absichtlich. Sie merkten es vermutlich noch nicht einmal. Sie konnten ja nichts dafür, daß sie feine Gesichter hatten unter strohblonden Haaren. Sie konnten nichts dafür, daß ihre Augen vor Lebenslust sprühten. Sie konnten nichts dafür, daß sie sich natürlich wie junge Fohlen bewegten. Mit all dem stachen sie ab von den gezierten Damen, von denen es so viele in Tönning gab. Mancher Kaufmann und Kapitän, auch mancher der reichen Bauernsöhne hätte gar zu gerne mit einem der Mädchen angebandelt. Aber Peter Jacob wußte eines genau: weder die Seeleute noch die Kaufleute noch die Bauern hätten die Mädchen geheiratet. Die Seeleute nicht, weil sie die Stadt auf ihrem Segler schon bald wieder verließen. Und die

Kaufleute und Bauern nicht, weil die Mädchen arm waren. Sie konnten keine Mitgift mit in die Ehe bringen. Sie hatten, wie die reichen Bäuerinnen zu sagen pflegten, „keinen Klei an den Füßen“.

Es kann nicht überraschen, aber Peter Jacob machte sich Sorgen. Was sollte einmal aus seinen Töchtern werden? Sie waren klug und sie waren hübsch. Sie waren gute Schülerinnen gewesen oder waren es noch. Lehrer und Küster waren voll des Lobes. Aber was nützte das den Mädchen? Er, Peter Jacob, war arm und konnte ihnen keine ordentliche Aussteuer mitgeben. Würden sie Fischer und Tagelöhner heiraten müssen? Alle vier hatten das Zeug, mehr zu werden. Jede von ihnen konnte einem strebsamen Mann eine tüchtige Ehefrau werden. Aber wo fand man tüchtige junge Männer, die bereit waren, ein armes Fischermädchen zu heiraten?

Manchmal dauert es lange, bis sich eine Gelegenheit findet, die Umstände zu ändern. Als sich diese aber bot, da ergriff Peter Jacob sie beherzt und nutzte sie nach besten Kräften. In den ersten Septembertagen des Jahres 1807 war er mit seiner jüngsten Tochter Ada wieder einmal nach Tönning gesegelt. Brennholz hatte er geliefert, an Joachim Lexow, den reichen Kaufmann und Spekulanten. Ada hatte ihn, wie immer, überredet, mit ihr ins Theater zu gehen. Oben auf der Galerie hatten sie gesessen. Da war es am billigsten. Gleich zwei Schauspiele hatten sie an diesem Abend genossen. Das eine, auf der Bühne, hatte ein gewisser Schiller geschrieben, es hieß „Don Carlos“. Das anderen, unten im Saal, waren die vornehmen englischen Kaufleute mit ihren gewählt gekleideten Damen. Ada hatte noch nie so schöne Frauen gesehen und auch noch nie so schönen funkelnden Schmuck.

Aber an diesem Abend hatte Tönning ihnen noch ein drittes Schauspiel geboten. Als sie nämlich das Theater verließen, hatten dänische Soldaten es umstellt, das Gewehr im Anschlag. Alle Engländer, die nichtsahnend im Theater gesessen hatten, wurden verhaftet. Denn wenige Tage vorher hatten englische Kriegsschiffe Kopenhagen, die Hauptstadt Dänemarks, angegriffen. Die ganze dänische Flotte hatten sie geraubt, obwohl Dänemark doch neutral war. Gestern noch waren die Engländer in Tönning gefeierte Freunde und willkommene Geschäftspartner gewesen. Jetzt, nach dem Überfall der englischen Flotte, wurden sie als dänische Kriegsgefangene abgeführt. Die erzürnte dänische Obrigkeit beschlagnahmte ihre Waren und Schiffe und versteigerte sie bald darauf öffentlich. Hamburger Kaufleute erwarben fast alles. Tausende von Kaffeesäcken, Teekisten und Tabakballen fuhren die Dithmarscher Bauern auf ihren schweren Wagen nach Hamburg. Dänemark gab seine Neutralität auf, schlug sich auf die Seite des französischen Kaisers Napoleon und erklärte England den Krieg.

Peter Jacob verfolgte das alles voller Anteilnahme. Er bedauerte, daß der Friede vorbei war. Sechsundachtzig Jahre hatte Dänemark keinen Krieg erlebt. Das hatte dem Land einen früher nicht gekannten Wohlstand gebracht. Was würde nun werden, da wieder Krieg war, grübelte der Fischer. Erstmal, so sagte ein junger Lehrer aus einem Nachbardorf, würden die Friesen, und nicht nur sie, mehr Steuern zahlen müssen. Na klar, dachte Peter Jacob, schließlich mußten die Soldaten bezahlt werden und ihre Waffen auch. Außerdem würden Kaffee, Tee und Tabak teurer werden, fügte der Lehrer hinzu. Denn die Engländer durften diese Waren nicht mehr liefern und die Franzosen konnten es nicht. „Und wenn eine Sache knapp wird, dann wird sie auch teurer!“ erklärte der Lehrer. Peter Jacob unterhielt sich gerne mit diesem Johannes Feddersen, und der unterhielt sich gerne mit Peter Jacob. Der Fischer hatte allerdings den Verdacht, daß der Lehrer hauptsächlich ein Auge auf seine älteste Tochter Maren geworfen hatte. Der Lehrer behielt recht: die Steuern wurden erhöht. Und Kaffee, Tee und Tabak wurden so teuer, daß Peter Jacob sich diese Waren nicht mehr leisten konnte. So rauchte er eben, wie alle anderen, Eichenblätter, trank Kräutertee und braute sich seinen Kaffee aus gebrannter Gerste.

Der junge Lehrer unterhielt sich gern mit Peter Jacob.

Bald darauf erfuhr Peter Jacob in Tönning, daß die Engländer einfach die Insel Helgoland besetzt hatten. Weder die Dänen noch die Franzosen hatten das verhindern können. Die englische Kriegsflotte war nämlich stärker als die der Franzosen und Dänen zusammen. In diesen unruhigen Tagen brachte Johannes Feddersen einen Freund mit. Der hieß Johann Sönksen Niemann und war Hauslehrer in Tönning. Eigentlich war er studierter Theologe. Sein Vater war Organist in Koldenbüttel. Der junge Hauslehrer hoffte darauf, einmal eine richtige Pastorenstelle im Lande zu erhalten. Dafür hatte er ja schließlich in Kiel studiert. Der Hauslehrer Niemann unterhielt sich gerne mit Peter Jacob, und Peter Jacob unterhielt sich auch gerne mit ihm. Aber auch bei diesem jungen Mann hatte der Fischer den Verdacht, daß er mehr durch Gyde, seine zweite Tochter, nach Schobüll gelockt wurde als durch ihn.

Dieser Johann Sönksen Niemann nun brachte seltsame Gerüchte aus Tönning mit nach Schobüll. Auf Helgoland hockten mehrere hundert verzweifelter englischer Kaufleute, die ihre Kolonialwaren nicht mehr loswurden. Die ganze Insel war voll mit Kaffee, Tee und Tabak. Das waren lauter Dinge, von denen die Leute in Husum, Tönning und sonstwo in Friesland nur träumen konnten. Der junge Niemann hatte noch etwas gehört: Die Engländer auf Helgoland hatten großen Überfluß an den begehrten Waren, aber gleichzeitig großen Mangel an frischem Gemüse, frischen Eiern und frischer Milch. Für ein Ei waren sie bereit, ein ganzes Pfund Kaffee zu geben, man stelle sich das einmal vor. Einige Eiderstedter Fischer, so erzählte Niemann dem staunenden Peter Jacob, waren heimlich nach Helgoland gesegelt, obwohl das streng verboten war. Gemüse und Eier, die auf dem Festland billig zu kaufen waren, hatten sie mitgenommen. Der dafür eingetauschte Kaffee, Tee und Tabak war ihnen in Tönning und Husum und auch in den umliegenden Dörfern aus den Händen gerissen worden. Ein schönes Geschäft hatten sie gemacht.

Peter Jacob dachte über diese Neuigkeiten lange nach. Er schlief zwei Nächte unruhig. Dann faßte er einen Entschluß. Einen Versuch könnte man ja mal wagen. Er hatte Husum, Hattstedt, Mildstedt und weitere kleine Dörfer direkt vor der Tür. Die Husumer Fischer konnten Helgoland nicht ansegeln. Dafür wurde ihr Hafen zu scharf bewacht. Aber er konnte es von Schobüll aus. Er kannte das Watt wie seine Westentasche. Er fand sich in den Prielen zurecht bei Tag und Nacht. Er konnte vor oder hinter Nordstrand vorbeisegeln. Und sollte ihm einmal eines der dänischen Kanonenboote auflauern? Dann würde er in die flachen Gewässer entwischen, in die die Wachboote ihm nicht folgen konnten. Die Wachen an Land? Die machten ihm noch die wenigsten Sorgen. Alle Stunde schlenderten zwei Soldaten gelangweilt den Strandweg entlang, an dem seine kleine Hütte lag. Wenn er vorsichtig war, mußte er die umgehen können. Peter Jacob fand, es sei wert, einen Versuch zu wagen. Er lud sein Boot voller Kohlköpfe und Grünkohl. In eine Kiste mit Heu verpackte er zweihundert frische Hühnereier. Und dann segelte er eines Nachts nach Helgoland. Meike begleitete ihn, die kräftigste und kaltblütigste seiner vier Töchter.

Im Morgengrauen erreichten sie die Insel. Peter Jacob stellte fest, daß es in Helgoland im Jahre 1807 noch schlimmer war als in Tönning vier Jahre zuvor. So viele englische Kaufleute waren auf die Insel gekommen, daß einige von ihnen sogar in großen leeren Fässern wohnen mußten. So viel Kaffee, Tee und Tabak hatten die Händler mitgebracht, daß vieles im Freien unter bloßem Himmel lag, notdürftig durch Segeltuchplanen gegen den Regen geschützt. Peter Jacob tauschte seine frische Ware mühelos gegen einen Sack Kaffee, eine Kiste Tee und einen halben Ballen Tabak. Noch nicht einmal handeln mußte er. Seine Schätze vernähte er sorgsam in Segeltuch, denn die See war unruhig. Und eine Sturzwelle hätte die Ware verdorben. Am frühen Abend verließen er und Meike mit ihrem Boot die Insel. Sie segelten in der Dunkelheit vorsichtig oberhalb Nordstrands entlang. Durch die auflaufende Flut ließen sie sich in Richtung Schobüll tragen. Als er den Kirchturm des Dorfes entdeckte, seufzte er erleichtert. Maren sollte eine

Lampe anzünden, falls sich eine Militärstreife in der Nähe herumtrieb. Aber alles war dunkel. Ungestört landete er unterhalb seiner Hütte. Meike und er zogen das Boot an Land. Kurz darauf hatten sie die drei kostbaren Ballen in ihrer Hütte in Sicherheit gebracht.

Es sprach sich schnell herum in Husum, in Mildstedt, in Hattstedt, ja, sogar in Bredstedt: der Schobüller Fischer Peter Jacob konnte die begehrten Kolonialwaren liefern. Er hatte den unverzichtbaren Tee, ohne den kein Friese der Marschen glaubt leben zu können. Er konnte auch den guten Costa-Rica-Kaffee mit den kleinen Bohnen liefern, das bevorzugte Getränk der Geestbewohner. Und schließlich schaffte er den köstlichen Virginia-Tabak heran, der gleichermaßen in den kurzen Stummelpfeifen der Seeleuten wie der Bauern brannte. Sogar die unverzichtbaren Gewürze konnte er besorgen, ohne die ein Kuchen nur halb so gut gelang. Zunächst tauschte er seine Kostbarkeiten gegen frisches Gemüse, Obst, Eier und frisches Fleisch. Nach zwei weiteren Fahrten gab er die begehrte Ware aber nur noch gegen silberne Speziestaler ab, notfalls auch gegen Mark Hamburgisch Courant. Seine Gewinne waren außerordentlich: kaufte er für fünf Speziestaler Fleisch und Milch und Gemüse und Eier auf dem Festland ein, so konnte er mit dem auf Helgoland eingetauschten Tee, Kaffee oder Tabak leicht das Zehnfache, also fünfzig Speziestaler erlösen. Nur seine vier Töchter wußten, wann er nach Helgoland segelte. Stets begleitete ihn eine von ihnen. Die drei übrigen sicherten die Rückkehr. Sie mußten aufpassen, daß der Vater nicht in die Falle einer Zoll- oder Militärstreife ging. Denn Schmuggel war streng verboten, und die Strafen waren sehr hart.

Peter Jacob war natürlich nicht der einzige, der schmuggelte. In ganz Nordfriesland und an der übrigen Küste waren es wohl Hunderte. Darum bestimmte die Obrigkeit: wer einen Schmuggler anzeigt, bekommt einen Teil der beschlagnahmten Ware! Es gab viele Neidische in der Gegend. Peter Jacob war zwar sehr vorsichtig. Trotzdem wußten zu viele Leute, daß er nach Helgoland fuhr. Eines

Tages tauchte überraschend eine Militärstreife auf und durchsuchte sein Haus. Glücklicherweise hatte der Fischer keine Schmuggelware im Haus. Aber der Schreck fuhr ihm doch in die Glieder. Darum belieferte Peter Jacob bald nur noch einige wenige vertrauenswürdige Großabnehmer und verzichtete lieber auf einen Teil des möglichen Gewinnes. Seine Preise sicherten auch den Wiederverkäufern noch einen angemessenen Gewinn. Fragten in Zukunft fremde Leute nach den begehrten Kostbarkeiten, so leugnete er, die gesuchten Waren zu besitzen, und verkaufte ihnen nichts.

Nach und nach zog er den Lehrer Johannes Feddersen und den Hauslehrer und zukünftigen Pastor Johann Sönksen Niemann ins Vertrauen. Der kam immer häufiger von Tönning nach Schobüll, weil er sich so gerne mit Peter Jacob unterhielt. Peter Jacob entschloß sich dazu, weil er die drei Mädchen bei seinen Schmuggelfahrten nicht allein zu Hause lassen wollte. Denn es war ja sehr wohl möglich, daß ihm einmal bei diesen Fahrten etwas zustieß, so vorsichtig er auch war. Für seine Töchter mochte das ein Spaß, ein Nervenkitzel sein. Er jedoch wußte, daß er ein gefährliches Gewerbe betrieb. Einmal, auf der Rückfahrt von Helgoland, entkam er im Pellworm-Tief nördlich von Südfall mit knapper Mühe einem lauernden Zollkutter. Hatten ihn die Zöllner erkannt? Vorsichtshalber zog er eine ihm vertraute Seemannswitwe ins Vertrauen und mietete ihr eine kleine Dachkammer ab. Dort lagerte er seine Schätze. Die Witwe galt als eine liebe, harmlose Seele. Niemand hätte sie verdächtigt, Schmuggelware zu verbergen. Er zahlte ihr so viel, daß sie gut von der Miete leben konnte.

Im ersten Jahr, in dem Peter Jacob seinem gefährlichen Gewerbe nachging, hatten dänische Soldaten den Strand Nordfrieslands bewacht. Dann wurden sie plötzlich durch Spanier ersetzt, arme Kerle, einfache Soldaten. In fremdem Land, Tausende Kilometer von der Heimat entfernt, sollten sie den Willen des großen Korsen Napoleon durchsetzen: Keine englische Ware durfte den Kontinent erreichen. England sollte ersticken an seinem Überfluß. Es waren

Peter Jacob landete unterhalb seiner Hütte.

Grenadiere des Regiments Asturien. Sie trugen schneeweiße Uniformen mit hellroten Aufschlägen und hohe Pelzmützen. Peter Jacob und die Mädchen erschraken zunächst über die fremden Eindringlinge. Bald aber merkten sie, daß deren Uniformen einen großen Vorteil hatten: selbst bei Dunkelheit konnte man die Soldaten schon aus weiter Entfernung sehen, wenn sie zu zweit ihre Wachrunden drehten. In ihren dünnen, farbenprächtigen Uniformen froren sie in den feuchten Winden der Küste bitterlich. Der Diensteifer war ohnehin nicht sonderlich groß. Sie waren zwar, nach dem Willen ihres ungeliebten Königs, Verbündete der Franzosen. Aber was ging sie der Schmuggel der Friesen an? Schmuggelten sie nicht selbst in ihrer Heimat, wann immer sie es konnten?

Peter Jacob und seine Töchter hatten Mitleid mit den armen Fremden. Fern der Heimat unter feindlichen Menschen, deren Sprache sie nicht verstanden, fühlten sie sich unwohl. Eines Tages waren Meike und Ada am Strand. Sie säuberten das Boot und teerten es neu. Denn die Fahrten der letzten Wochen waren stürmisch gewesen. Die beiden jüngsten Töchter Peter Jacobs waren dreizehn und fünfzehn Jahre alt, blond, noch kindlich, doch mit den ersten Anzeichen der Fraulichkeit. Da kamen zwei spanische Soldaten vom Weg zum Strand herunter. Vielleicht waren sie pflichtbewußt, wahrscheinlich aber langweilten sie sich nur. Die beiden Mädchen lächelten die beiden Spanier unbefangen an. Schließlich taten sie ja nichts Böses. Mit vielen Gesten erklärten sie, was sie da machten. Die Freundlichkeit der beiden Mädchen überraschte die Fremden. So wiederholte sich der Besuch der beiden Soldaten an den folgenden Tagen. Mit Hilfe der spanischen Soldaten stellten die beiden Mädchen ein kleines Wörterbuch zusammen. Sie zeigten auf das Boot , sagten „Boot“ und fragten nach dem spanischen Wort dafür. Essen und Trinken, Kleidung, Körperteile, Haus und Hausrat: in wenigen Tagen kannten Ada und Meike rund dreihundert Begriffe. Mit denen konnten sie sich mit den Spaniern verständigen. Natürlich redeten sie ein wildes Kunterbunt. Aber die Soldaten verstanden, wenn Ada zu ihnen sagte: „Du Hunger? Komm Haus, Brot und Käse essen!"

Es dauerte einige Tage, bis sich Peter Jacob von dem Schreck erholt hatte. Die Strandwachen im eigenen Haus: das hatte ihm gerade noch gefehlt! Aber niemand unter den Wächtern verdächtigte ihn fortan des Schmuggels. Doch verabredete Peter Jacob mit seinen Töchtern eine grundsätzliche Regel: Nur wenn er, Johannes Feddersen oder Johannes Sönksen Niemann im Hause waren, luden die Mädchen die Soldaten in die kleine Hütte ein. Nach wenigen Tagen verzichteten die meisten Spanier auf die volle Wachrunde. Sie zogen es vor, im warmen Friesenhaus des Fischers zu sitzen und zu schwatzen und zu lachen. Peter Jacob hatte freie Fahrt für seine Schmuggelausflüge. Dann wurden die Spanier nach Fünen und Seeland verlegt. Schweden sollten sie erobern. Sie zogen es vor, auf englischen Kriegsschiffen zu fliehen und zurück nach Spanien zu segeln. Dort griffen sie in den Freiheitskampf gegen Napoleon ein. Aber davon hörten Peter Jacob und seine Töchter erst Monate später. Oft fragten sie sich, ob wohl auch ihre spanischen Soldaten zu den Glücklichen gehörten, denen die Flucht aus Dänemark gelang.

Französisches Militär ersetzte die Spanier. Aber auch französische Soldaten mochten lieber in der warmen Stube Peter Jacobs sitzen, als in Sturm und Regen in der leichten Kleidung am Strand Wache zu gehen. Wieder kam keiner der Wachsoldaten auf den Gedanken, Peter Jacob könne einer der Schmuggler sein, die zu fangen ihre Aufgabe war. Alles blieb, wie es war. Aber etwas änderte sich doch: Johannes Sönksen Niemann und Johannes Feddersen brachten zwei Freunde mit. Der eine hieß Hermann Petersen und wollte einmal Pastor werden. Der anderere, Broder Bahnsen, war Lehrer. Auch diese beiden waren arm und wißbegierig. Sie unterhielten sich ebenfalls besonders gerne mit Peter Jacob, was den natürlich sehr erfreute. Der Fischer vermutete allerdings, wohl zu Recht, daß die Aufmerksamkeit der beiden mehr Meike und Ada galt. Die waren inzwischen achtzehn und sechzehn Jahre alt. Hatten Maren und Gyde die beiden Freunde Niemann und Feddersen das Segeln gelehrt, so unterrichteten Meike und Ada jetzt Hermann Petersen und Broder Bahnsen in dieser schönen und nützlichen Kunst. So kam es, was nicht zu vermeiden war: bald waren alle vier jungen Männer in Peter Jacobs Geheimnis eingeweiht, ja, sie begleiteten ihn sogar hin und wieder auf seinen Fahrten ins englische Schmugglerparadies.

Für Peter Jacob war die Verlockung groß, seine Geschäfte auszuweiten. Aber er war vorsichtig. Einmal in der Woche segelte er nachts nach Helgoland. An den anderen Tagen ging er seiner gewohnten Beschäftigung nach. Er fischte im Watt und verkaufte seinen Fang in Husum oder Tönning. Er segelte für die Bauern der Gegend mit Holz, Gemüse oder Korn nach benachbarten Häfen. Er führte also, zumindest nach außen hin, sein gewohntes Leben. Ein Silberstück nach dem anderen legte er zurück. Dann, ein gutes Jahr später, überschlugen sich die Ereignisse: Innerhalb eines halben Jahres wurde Johannes Feddersen Lehrer in Klockries, Johann Sönksen Niemann Pastor in Westerhever, Hermann Peter Pastor in Dagebüll und Broder Bahnsen Lehrer in Almdorf. Jeder von ihnen nahm eine der vier Töchter als Ehefrau mit an die neue Wirkungsstätte. Und jeder seiner Töchter konnte der Fischer zur Verwunderung der ganzen Gegend eine hübsche kleine Aussteuer mitgeben. Alle, auch die beiden Pastoren, bekamen eine junge Kuh, einige Schafe, Möbel, Bettzeug, Geschirr, auch einige Silbertaler, damit sie es etwas leichter hatten in ihren neuen Stellen.

Ende des Jahres 1812, als Napoleons Soldaten geschlagen aus Rußland flüchteten, beschloß Peter Jacob, daß es jetzt genug sei. Von einem Tag zum anderen stellte er seine Fahrten nach Helgoland ein. Sein restliches Lager an Tee, Kaffee, Tabak und Gewürzen verkaufte er günstig. Nur einen kleinen Vorrat behielt er für sich. Denn auch Peter Jacob trank gerne eine gute Tasse Kaffee, rauchte gerne eine gute Pfeife. Seine vier Töchter waren versorgt. Er hatte sein feines Boot und sein hübsches kleines Haus am

Strand. Und er hatte einige hundert guter, silberner Speziestaler.

Es wurde ruhig im Hause Peter Jacobs. Seine vier Mädchen, Maren, Gyde, Meike und Ada, fehlten ihm oft. Wurde es ihm zu langweilig, kramte er seinen kleinen Seesack hervor. Darin verstaute er zwei Hemden, zwei Paar Strümpfe und den guten Anzug aus dunkelblauem, englischem Wollstoff. Er steckte den einen oder anderen Silbertaler ein, warf den Seesack über die Schulter und begab sich auf die Wanderschaft. Über Almdorf maschierte er nach Klockries. Einige Tage später überquerte er den Kornkoog und auch den Kleiseerkoog und wanderte nach Dagebüll. Ebensooft fand er den Weg nach Westerhever. Seine Töchter und Schwiegersöhne freuten sich,wenn er kam. Und es freuten sich noch mehr die Enkelkinder. Denn Peter Jacob entdeckte in den unergründlichen Tiefen seines Seesacks immer das eine oder andere kleine Geschenk.

Natürlich fand Peter Jacob als Schmuggler einen Nachfolger. Den aber erwischten die Wachen. Sein Boot und die geschmuggelten Waren wurden beschlagnahmt. Der Schmuggler aber wurde zu einer Freiheitsstrafe verurteilt. Als im Jahre 1814 der langersehnte Frieden kam, saß er immer noch im Zuchthaus von Glücksstadt. Peter Jacob hingegen freute sich seines Lebens. Er war freundlich zu jedermann. Er trank einen Kaffee oder einen Korn oder ein Glas Grog mit dem Küster, dem Lehrer, dem Pastor. Häufiger noch besuchte er die Seemannswitwe, die ihm einst die kleine Dachkammer vermietet hatte. Er war glücklich darüber, daß seine vier Töchter so gute Ehemänner gefunden hatten. Niemand in Almdorf oder Klockries, in Dagebüll und Westerhever ahnte, daß in den unruhigen Jahren der Vergangenheit ihre Lehrer und Pastoren, daß auch deren Ehefrauen einst große Schmuggler gewesen waren. Der Hochachtung der Schulkinder und Kirchgänger hätte das aber wahrscheinlich keinen Abbruch getan.

Die zwölfte Geschichte erzählt
Tante Martens

Die zwölfte Geschichte erzählt Tante Martens. Tante Martens mußte so um die achtzig sein. Genau wußte das keiner. Tante Martens war die reichste Frau im Dorf. Sie besaß fast fünfzig Demat Land. Das Land hatte sie verpachtet. Sie hatte es geerbt, von ihren Männern. Dreimal war sie verheiratet gewesen in jungen Jahren. Der erste, Paul Hansen, war als Soldat totgeschossen worden. Tante Martens haßte den Krieg. Der zweite, Boy Paysen, war betrunken in den Graben gefallen und ertrunken. Tante Martens haßte den Alkohol. Der dritte, Marten Petersen, war weder Soldat gewesen noch hatte er getrunken. Aber sein Lieblingsbulle hatte ihm einen zärtlichen Stoß versetzt. Da war sein Rückgrat gebrochen. Seit fünfzig Jahren war Tante Martens Witwe. Tante Martens hatte angefangen, sich zu kümmern. Besonders krankem Vieh und kranken Nachbarn galt ihre Fürsorge. Manche ihrer Heilmittel waren ungewöhnlich. Der Arzt behauptete, sie sei eine Pfuscherin. Aber sie wußte, was sie tat. Der Pastor nannte sie eine Heidin. Das ärgerte sie. Sie hielt sich selbst für eine gute Christin. Aber vielleicht waren Arzt und Pastor der Grund, daß sie beim Schulwen die Geschichte von Ingwer Sönksen erzählte.

Die Langenhorner Gliedsetzer

Im Sommer des Jahres 1854 erhielten verschiedene Einwohner der Orte Langenhorn, Bredstedt und Breklum sowie anderer Dörfer der Nordergoesharde den Brief eines Notarius des Fleckens Bredstedt. Nicht allen Empfängern war wohl, als sie so ein amtliches Schreiben erhielten. Einige Frauen warteten, bis ihre Männer von der Arbeit heimkamen. Dann erst öffneten sie den Brief. Andere waren des Lesens nicht recht mächtig, denn es waren auch arme und einfache Leute unter ihnen. Die betrachteten das Schreiben mißtrauisch. Schließlich war es der erste Brief, den sie seit langer Zeit erhielten. Und nach ihren Erfahrungen bedeutete ein amtliches Schreiben meistens Ärger. Darum gingen manche zum Pastor oder Lehrer oder zu sonst einer gebildeten Person und ließen sich den Brief vorlesen. Alle aber waren im höchsten Maße überrascht. Und erfreut waren sie natürlich auch. Denn der Herr Notarius teilte ihnen in seinem Schreiben in gesetzten Worten folgendes mit: Am 22. Januar hujus (was bedeutete: des gleichen Jahres) sei der Bauer Ingwer Sönksen aus Langenhorn verstorben. Wenn es mit seinen, des Notarius, Nachforschungen in den Kirchenbüchern seine Richtigkeit habe, so seien die Empfänger entfernte Verwandte des Verstorbenen. Er benannte sogar den Verwandschaftsgrad: Vettern oder Cousinen dritten und vierten Grades, Neffen oder Nichten vierten oder fünften Grades seien sie. Er bat die Empfänger des Briefes, doch gelegentlich in seinem Kontor vorzusprechen. Denn wenn seine Nachforschungen stimmten, so sei der Empfänger erbberechtigt. Er – oder sie – habe mithin Anspruch auf ein schönes Stück Geld. Geburtsurkunde oder ähnliches möge man bitte mitbringen, die Rechtmäßigkeit des Anspruches zu belegen.

Natürlich war die Freude über diese unverhoffte Erbschaft groß. Doch, man hatte gehört, daß der alte Ingwer Sönksen gestorben war. Aber manch einer von den Briefempfängern hatte gar nicht gewußt, daß er mit Ingwer verwandt gewesen war. Wer erinnerte sich schon, daß des

Ingwer hatte eine junge Waise zu sich genommen.

Großvaters Schwager in zweiter Ehe die Witwe eines Bruders von Ingwers Vater geheiratet hatte? Allein hatte Ingwer, nach dem Tode seiner Frau, auf seiner kleinen Hofstelle in Langenhorn in der Nähe der Lohheidener Windmühle gelebt. Schließlich hatte er eine junge Waise, Ansieke geheißen, nach der Konfirmation zu sich genommen. Er hatte sie gehalten wie seine eigene Tochter. Und sie hatte ihn geliebt wie ihren eigenen Vater. Manchmal hatte man die beiden gemeinsam in einem Einspänner durch die Dörfer fahren sehen. Die Leute hatten gelächelt über das ungleiche Paar. Das junge, blonde, seltsam in sich gekehrte Mädchen hatte behutsam dem alten Mann vom Wagen geholfen, wenn er hier und dort einkehrte. Sie war ihm zur Hand gegangen bei allen seinen Beschäftigungen. Kinder hatte er nämlich keine gehabt, zu seinem und seiner Frau Leidwesen. So hatte er sein Herz an das blonde Kind gehängt, das seine Zuneigung bedingungslos erwiderte. Jedermann hatte geglaubt, Ansieke werde eines Tages den alten Ingwer beerben. Aber der alte Mann, gleichgültig gegenüber den weltlichen Gesetzen, hatte seinen letzten Willen nicht niedergeschrieben, auch wenn viele Nachbarn hätten bezeugen können, daß er stets Ansieke als seine Erbin bezeichnet hatte.

Doch, von seinem Tode hatte man gehört, wer hätte das nicht? Denn der alte Ingwer war schließlich nicht irgendwer gewesen. Überall hatte man ihn gekannt und geschätzt. Von weit her, aus Husum, Bredstedt, ja, gar aus Tondern, waren Besucher zu ihm gekommen. Rat und Hilfe hatten sie sich bei ihm geholt. Wenn aber in Husum oder Tondern, wenn auch in Leck oder Langenhorn einer zum anderen gesagt hätte: „Hast du gehört, Ingwer Sönksen ist gestorben?“, so wäre die Antwort wohl in jedem Fall gewesen: „Wer ist Ingwer Sönksen?“ Denn die meisten seiner Besucher hatten zeitlebens seinen Familiennamen nicht gekannt. Fast alle hatten nur „Ingwer“ zu ihm gesagt. Wenn sie aber untereinander von ihm sprachen, sagten sie „Ingwer Gliedsetzer“. Wenn er auch Bauer war, wie sein Vater, sein Großvater und alle übrigen Vorfahren: von Berufung war er ein Heilkünstler gewesen. Gicht und Rheuma oder Milchschorf wußte er zuverlässig zu heilen. Auch ausgerenkte Arme, schmerzhafte Prellungen oder Fleischwunden, verursacht durch den unvorsichtigen Umgang mit Messer, Sichel oder Axt, behandelte er erfolgreich.

So begaben sich denn in den folgenden Tagen und Wochen die Empfänger der amtlichen Briefe nach Bredstedt. Dort legten sie im Kontor des Notarius ihre Briefe vor. Die einen drehten verlegen ihren Hut in der Hand. Andere versanken selbstbewußt in den tiefen Ledersesseln der Kanzlei. Sie wiesen sich aus als jene, die der Herr Notarius angeschrieben hatte. Sie erbaten – oder verlangten, je nach Wesensart – Auskunft über die Höhe ihrer unerwarteten Erbschaft. Natürlich hatten sich alle schon Gedanken darüber gemacht, wieviel sie wohl zu erwarten hatten. Die meisten rechneten mit ein paar Talern. Einige unheilbare Träumer hofften auf bestenfalls hundert Taler. Denn niemand erwartete große Reichtümer. Schließlich hatte man Ingwer Gliedsetzer oft in seiner schlichten Kleidung gesehen. Auch hatten alle diesen oder jenen eingesessenen Langenhorner gefragt. Jeder wußte also, daß die Hofstelle nur klein war, die Ingwer bewirtschaftet hatte. Um so größer war das fassungslose Erstaunen der Betroffenen. Sie erfuhren nämlich, daß der alte, schlichte Ingwer ein Barvermögen von 26 000 Talern hinterlassen hatte. Daneben gab es so viele angelegte Gelder, sicher deponiert bei einer Kieler oder Altonaer Bank, daß jeder der überraschten Erben weit mehr als tausend Taler erhielt. Benommen verließen die Empfänger das Kontor des Notars. Je nach Gemütsart feierten sie ausgelassen oder leise den unverhofften Gönner. Einige verpraßten die Erbschaft in wenigen Monaten. Andere legten es für ihre Kinder an. Dritte schließlich vergrößerten ihren Landbesitz. Alle aber waren voller Dankbarkeit über das, was Ingwer an ihnen getan.

Aber nicht jedermann war zufrieden. Insbesondere der Langenhorner Pastor Simonsen hegte einen leisen Groll gegen Ingwer. Zwar rief ihm der Pastor am Grabe nach:

„Wie ist er weit und breit gesucht worden. Wie ist sein Ruf gedrungen weit hinaus über die Grenzen dieser und der benachbarten Gemeinden. Wie vielen ist er gesandt worden vom Herrn als rettender Engel. Wie viele verdanken ihm Gesundheit und Rettung!" Hätte der alte Gliedsetzer im Grabe den Herrn Pastor hören können, so wäre er wohl erstaunt gewesen über den Vergleich mit einem Engel. Denn mit seinen stämmigen Beinen, dem untersetzten Körper und dem mächtigen Kopf hatte Ingwer Sönksen den Bildern der Engel, wie sie in der Langenhorner Kirche hingen, eigentlich nicht sehr entsprochen. Aber da niemand der Leidtragenden jemals persönlich einen Engel gesehen hatte, war ja durchaus denkbar, daß es auch Engel gab, die Ingwer Gliedsetzers Gestalt hatten. Man war bereit, dem Herrn Pastor in diesem Fall zu glauben.

Da Ingwer Sönksen keinen letzten Willen hinterlassen hatte, war die Kirche leer ausgegangen. Keinen Taler, nicht einmal einen Schilling, hatte er den Armen der Kirchengemeinde hinterlassen. Pastor Simonsen war aber nicht aus diesem Grunde unzufrieden mit Ingwer: der alte Starrkopf hatte sich vielmehr eigensinnig geweigert, sein Wissen an jemand anderen weiterzugeben. Gewiß, er war der letzte einer langen Kette von Heilkundigen in seiner Familie, das war ja richtig. Bereitwillig hatte er auch zugegeben, daß dieses über viele Geschlechterfolgen gesammelte Wissen verloren war, wenn er starb. Doch, es stimmte auch, daß die medizinische Betreuung der Landbevölkerung sehr zu wünschen übrigließ. Die beiden Ärzte in Bredstedt und Leck konnten die kranken Bewohner der Nordergoesharde nicht ausreichend pflegen. Dafür waren die Wege zu weit und ihr Zustand zu schlecht. Er sah das ja ein, der alte Mann. Aber trotzdem versperrte er sich dem Wunsch des Geistlichen. Auch die Mahnung, er sei doch ein guter Christ, verfing nicht. Seine Pflichten als Christ hatte er immer erfüllt, das wußte der Herr Pastor ganz genau. Wie sollte er das nur dem Seelsorger erklären? Der Pastor verlangte von ihm, ein seit mehr als zehn Geschlechterfolgen in seiner Familie heiliges Gesetz zu brechen? Das konnte er nicht. Er wußte, er mußte bald vor den Tisch des Herrn treten. Er richtete sich darauf ein, bald wieder vereint zu sein mit seinem Vater, seinem Großvater und allen Ahnen. Wie sollte er denen gegenüber begründen, daß er, Ingwer Sönksen, der letzte von ihnen, das Gesetz gebrochen hatte: daß nämlich das über Jahrhunderte gesammelte Wissen, von Geschlecht zu Geschlecht weitergetragen, nur innerhalb der Familie weitergegeben werden durfte? Vom Vater übertragen auf jene Söhne oder Töchter, die würdig und geeignet erschienen, das uralte Wissen zu wahren, zu mehren und anzuwenden?

O ja, er war immer regelmäßig zur Kirche gegangen. Bei der Kollekte im Gottesdienst hatte er stets seinen Beitrag in den Klingelbeutel geworfen, nicht zuviel. Aber er hatte immer ausreichend gegeben, so daß Pastor und Gemeindemitglieder mit ihm als gutem Christen zufrieden sein konnten. Denn es blieb kaum etwas geheim, auch nicht, wieviel jeder spendete. Er hätte mehr geben können. Aber es war ihm gelungen zu verbergen, daß er nach den Maßstäben seiner Nachbarn reich, nach eigener Einschätzung immerhin wohlhabend war. Die Weisheit seiner Vorväter hatte ihm zu beidem geraten: dem regelmäßigen Kirchenbesuch wie dem Verschweigen seiner Vermögensverhältnisse. Er war nicht der erste, der sich so verhielt. Seine Vorfahren, sein Vater wie sein Großvater wie alle übrigen Vorväter, hatten es ebenso gehalten. Auch er hatte immer nur kleine Beträge eingenommen, einige Schillinge oder höchstens einen Taler. Im Laufe der Jahre waren so aber beträchtliche Summen zusammengekommen. Niemand hatte etwas davon geahnt, und das war gut so. Natürlich war seinem Ziehkind Ansieke nicht verborgen geblieben, daß er ein vermögender Mann war. Aber das hatte ihn nicht gestört. Er vertraute ihr blindlings, auch wenn sie nicht sein eigenes Kind war, sein Fleisch und Blut.

Nein, der Herr Pastor hatte keinen Grund, ihn an seine Pflichten als Christ zu erinnern. Nicht, daß er übermäßig gläubig gewesen wäre. Er wußte, es gab zwischen Himmel

Ingwer Gliedsetzers Bauernhof war nur klein.

und Erde mehr Dinge, als der Mensch sich träumen ließ. Er wußte das sicher mindestens so gut wie der Herr Pastor. Aber die angeborene Vorsicht, die Klugheit vieler Geschlechter hatte ihn geheißen, die Kirche nicht zu meiden. Obwohl er mit manchem nicht einverstanden war, was der Pastor sagte. Gewiß, die Zeiten waren nicht mehr so gefährlich wie jene, in denen seine Vorfahren hatten leben müssen. Ständig hatten sie Angst haben müssen, wegen ihrer Künste als Hexer angeklagt, vielleicht sogar verurteilt und zum Scheiterhaufen geführt zu werden. Vor allem die heilkundigen Frauen hatten in ständiger Furcht gelebt vor böser Nachrede. Schon damals, vor zweihundert Jahren, war es zumindest nicht schädlich gewesen, als ein besonders guter Christ zu gelten.

Denn Neider gab es immer und überall und zu allen Zeiten. Darum lebte er bescheiden wie ein Kleinbauer in seinem Häuschen nahe der Windmühle in der Lohheide. Darum ließ er seine Nachbarn im Glauben, er ernähre sich in erster Linie vom Ertrag seiner kleinen Landwirtschaft. Auch er war vor Nachstellungen nicht verschont geblieben. Im Jahre 1810 war das gewesen. Sein Vater hatte ihn frühzeitig gewarnt. Es gab da in Bredstedt einen mißgünstigen Chirurgus, einen studierten Mediziner. Der hatte in ihm einen lästigen Nebenbuhler gesehen. Angezeigt hatte ihn der beim hochwohllöblichen Medizinal-Collegium in Kiel. Die Ausübung der Heilkunde, so hatte der Arzt erklärt, sei ohne die Erlaubnis der Obrigkeit, auch ohne die entsprechenden Prüfungen, verboten und zu verfolgen. Die Kieler Herren hatten ihn aufgefordert, sich einer amtlichen Prüfung zu stellen. Der Pastor hatte gar gesagt: „Wenn Ihr Euch dieser Prüfung verweigert, werden alle Leute sagen, Ihr seid ein Pfuscher und seid es immer gewesen!“ Doch nicht wegen dieser Bemerkung des christlichen Hirten war Ingwer bereit gewesen, sich der Prüfung zu unterziehen. Er war sich seiner Fähigkeiten sehr bewußt gewesen. Er war davon überzeugt, daß das Wissen richtig und zuverlässig war, das Geschlecht für Geschlecht seiner Ahnen gesammelt, immer wieder überprüft und an ihn weitergegeben hatte. Schließlich hatte er es in der Arbeit seines Vaters und in seiner eigenen tagtäglich erlebt. Aber die Bemerkung des Pastors hatte doch einen Stachel in Ingwers Brust hinterlassen. Für ihn sprachen die vielen Kranken, die er geheilt hatte. Aber seiner Vorfahren wegen wollte er sich prüfen lassen.

Ingwer war also nach Kiel gereist. Er hatte sich der Prüfung des Medizinal-Collegiums unterworfen – und glänzend bestanden. Seither hatte er Ruhe zumindest vor den Nachstellungen der Ärzte. Denn im Laufe der Jahrzehnte, die Ingwer seither in Langenhorn als Gliedsetzer arbeitete, waren mehr und mehr Ärzte ins Land gekommen. Die verfolgten seine Arbeit immer noch mit leichtem Mißtrauen.

Der Pastor hatte immer wieder versucht, den alten Gliedsetzer zu überzeugen, er müsse jemanden in seine Kunst einweisen. Das hatte rund zehn Jahre vor Ingwers Tod angefangen. Er hatte gesagt: „Ingwer, Ihr seid der letzte!" Eines Tages war er mit einer alten Chronik angekommen. Voller Genugtuung hatte er gesagt: „Ingwer, schon 1593 hat es in Langenhorn Gliedsetzer gegeben. Diese Chronik beweist es!" Ingwer las die alte Schrift. Sorgfältig hatte der Deezbüller Pastor Detlef Johannsen aufgeschrieben, was er erfahren hatte. Ingwer hätte sehr viel mehr erzählen können, er hätte etwa die Namen all jener Heilkundigen nennen können, die in der Chronik nicht erwähnt waren. Er hätte erzählen können, daß schon lange vorher, vor dem Jahr 1500, Heilkundige in Langenhorn gelebt hatten. Schließlich waren es ja seine Vorfahren. Und schließlich hatten Vater und Großvater, Urgroßvater und so fort nicht nur das Wissen ihrer Heilkunst an ihre Kinder weitergegeben. Sie hatten auch, wie in den Isländischen Sagen oder im Alten Testament, Namen und Taten aller Vorfahren überliefert, denen die Gabe gegeben war, Menschen zu heilen und ausgerenkte Glieder wieder an den richtigen Platz zu bringen. Sie konnten ihre Vorfahren zurückverfolgen bis zu jenem sagenumwobenen Schmied, dem nach der Legende als erstem ihres Stammes die Gabe des Heilens gegeben war. Aufgeschrieben hatten sie nichts, die

Gliedsetzer von Langenhorn. Wußte man denn, ob nicht Geschriebenes in falsche Hände kam? Des Lesens und Schreibens nämlich waren sie alle kundig gewesen. Nein, besser blieb es in den Gedächtnissen der Familienmitglieder verborgen.

Vom Vater auf die Kinder war das Wissen um die Voreltern weitergegeben worden, auch das Wissen um die Geheimnisse nicht nur der menschlichen Natur. Ein Schmied war es gewesen, erinnerte Ingwer, als der Pastor ihn wieder einmal bedrängt hatte. Der hatte erst Pferde mit Erfolg behandelt, wenn sie lahmten. Dann hatte er bei Kühen und Schafen Wunden zum Heilen gebracht, die sich nicht schließen wollten. Im Laufe der Zeit waren auch die Menschen zu ihm gekommen. Vorsichtig hatte er seine Kenntnisse von den kranken Tieren auf die Menschen übertragen. Warum sollte es bei denen nicht auch helfen, waren sie nicht alle Geschöpfe Gottes? Dieser Schmied mit Namen Sönke hatte unter anderem entdeckt, daß Wasser eine seltsame Heilwirkung hatte, wenn er darin seine glühenden Hufeisen abgeschreckt hatte. Das war eine Zufallsbeobachtung gewesen, gewiß, aber er hatte sie sich gemerkt. Sein Sohn Boy war darauf gekommen, daß die Blätter der Fliederbeere, als Brei auf die Wunde gelegt, ein blutstillendes Mittel waren, wie er sonst keines kannte. Einfache Brandwunden behandelte er erfolgreich mit dem Wasser der Bordelumer Quelle. Sönke, Boys Sohn, hatte zum Wissen beigetragen, daß das Wasser der gleichen Quelle auch bei Augenleiden und Milchschorf half. So hatte jeder Ahn in seiner Art das Wissen vergrößert. Jeder in den folgenden Geschlechtern hatte immer wieder die alten Heilanweisungen seiner Vorfahren überprüft, alte, gute durch neue, bessere Mittel ersetzt.

Sie waren sich ihrer Verantwortung gegenüber jenen stets bewußt gewesen, die zu ihnen um Hilfe kamen. Sie fühlten sich aber auch in der Pflicht gegenüber ihren Vorfahren und Nachkommen. Sorgfältig hatten sie geprüft, an welche Kinder sie ihr Wissen weitergeben sollten. Sie liebten ihre Kinder sicher alle gleichermaßen. Aber sie hielten

Ansieke war mit Ingwer gefahren zu den Kranken.

nicht alle für den Beruf des Gliedsetzers für geeignet. Es waren nicht immer die Ältesten, die sie auswählten. Es waren auch nicht nur Jungen, die sie in ihre Geheimnisse einweihten. Auch auf Mädchen übertrugen sie ihr Wissen. Vorausgesetzt, ihr Wesen, ihr Verhalten ließen sie für diese Aufgabe geeignet erscheinen. Es waren nicht die lauten, die schnellen, die forschen, die starken Kinder, die die Väter auswählten. Es waren auch nicht jene Kinder, die in der Schule wegen ihres schnellen Lernens gelobt wurden. Es waren mehr die ruhigen, die besinnlichen Kinder. Es waren eher die Träumer, die Versponnenen, die einen ganzen Tag die Wolken am Himmel beobachten konnten. Es waren jene, die sich einen Nachmittag lang an einen Ameisenhaufen legten, das geschäftige Treiben der Tiere zu beobachten. Es waren jene, die hingebungsvoll im Heu liegen konnten, ein junges Lamm im Arm. Es waren jene, die sich erfreuten daran, daß sich eine Katze bei ihnen wohlfühlte, schnurrte, mit einem Faden spielte. Überhaupt die Tiere: auch das war eine Weisheit, die von Geschlecht zu Geschlecht weitergegeben worden war. Sorgsam beobachteten alle Gliedsetzer, wie ihre verschiedenen Kinder mit den Tieren umgingen und wie die Tiere auf die Kinder ansprachen. Mit welchem der Kinder rannte der Hofhund? Wem legte die Katze ihre eben geworfenen Jungen vor, damit er sie begutachte und die Mutter lobe? Wer sprach mit den Pferden wie mit seinesgleichen? Wem legte das Fohlen den Kopf vertrauensvoll auf die Schulter? Manchmal waren es mehrere Kinder, die die gewünschten Eigenschaften hatten, darüber hinaus Bescheidenheit und ruhiges Selbstvertrauen. Manchmal war es nur eines. Gelegentlich kam ein Vater sogar zu der Erkenntnis, daß keines seiner Kinder geeignet sei, seine Nachfolge anzutreten. Aber das war nicht so schlimm. Denn es lebten früher mehrere miteinander verwandte Gliedsetzer-Familien in Langenhorn. So gab es immer genügend Nachwuchs aus den anderen Zweigen der Familie.

Es waren, Geschlecht nach Geschlecht, zumeist die Sanften und Bescheidenen, die von den Vätern ausgewählt wurden, Jungen wie Mädchen. Die Väter nahmen sie mit zu den Kranken, unterwiesen sie, führten sie ein in die Geheimnisse ihres Berufes. Aber da das Einrenken eines Armes anstrengend war, so waren es immer nur die Jungen, die die Arbeit des Gliedsetzers später als Beruf ausübten. Die Mädchen aber, sanfte, freundliche, ausgeglichene junge Wesen, waren ihren Ehemännern stets gute Frauen. Sie wurden gerne geheiratet. Denn unter ihren Händen blühten Haus und Hof und Kinder und Viehzeug auf. Niemand wußte so recht zu sagen, was sie eigentlich anders machten als andere Hausfrauen.

In den Gliedsetzer-Familien gab es natürlich nicht nur sanfte, verträumte, friedfertige Jungen und Mädchen. Das wäre ja auch verwunderlich gewesen. Es gab, in allen Familien zu allen Zeiten, auch unruhige, lebenshungrige, rauflustige Gesellen. Die mochten einen guten Bauern abgeben, aber keinen Heilkundigen. Diese Kinder wurden nicht minder geliebt. Denen kaufte der Vater dann einen guten Hof. Nicht in der Nähe, sondern etwa in Eiderstedt oder in der Wiedingharde. Denn niemand in Langenhorn brauchte zu sehen, welch einen mächtigen Hof der kleine Bauer Gliedsetzer seinen Söhnen hatte erwerben können.

Eines dieser andersgearteten Kinder war Sönke gewesen, der Bruder von Ingwers Großvater. Im Jahre 1715 war er in Langenhorn geboren worden. Schon als Kind war er ein unruhiges Blut gewesen. Dieser Sönke hatte das Dorf verlassen, war Seemann geworden. Auf einem Tanzfest in Langenhorn nämlich hatte er einen Widersacher zu Boden geschlagen. Und da er eine feste Handschrift schrieb, war der wie tot liegengeblieben. Sönke hatte sich schon am Galgen baumeln sehen. Darum war er bei Nacht und Nebel geflohen. In Amsterdam hatte er auf einem Segler angeheuert, der nach Ostindien fuhr. Die Kenntnisse, die Sönke seinem Vater abgeguckt hatte, waren sein Glück gewesen. Sein Kapitän hatte sich bei einem Unfall auf See das Bein gebrochen. Das hatte Sönke so gut geschient, die offene Wunde so gut behandelt, daß der Kapitän fast genesen war, als sie den Hafen von Batavia erreichten. Dankbar hatte der Kapitän ihn der holländischen Obrigkeit empfohlen. Die suchten gerade einen Kolonialarzt. Da aber kein studierter Mediziner anwesen war, wurde Sönke als Residenzarzt eingestellt. Die schöne Arianne van Loo, Tochter des reichen holländischen Apothekers, hatte sich in den blonden Friesenjungen verliebt. Sie hatten geheiratet. Handelsherr und Plantagenbesitzer war er gar geworden und zu großem Reichtum gelangt. Das war ein Aufsehen, als Sönke nach dem Tode seiner Frau nach Langenhorn zurückkehrte. Mit einer eigenen Kutsche kam er, die von vier edlen Pferden gezogen wurde. Ein Schloß hatte er mit seinen vielen Talern erstanden, in Gelting, auf der anderen Seite des Landes. Er kaufte sich auch den Titel eines dänischen Barons. Einen eigenen Hofstaat hatte er gehalten, ein Theater erbaut und einen eigenen Leibhusaren gehabt. Doch weil er jetzt in vornehmen Kreisen aus- und einging, hatte er sich seines guten friesischen Namens geschämt. Seneca Inggersen, Baron von Gelting, hatte er fortan genannt werden wollen. Aber trotz Titel und Geld war er in Langenhorn immer der kleine Sönke geblieben.

Nein, der alte Ingwer Gliedsetzer hatte nicht aus seiner Haut gekonnt. Er hatte nicht die ungeschriebenen Gesetze seiner Familie verletzen können. Die besagten nun einmal, daß nur ein Mitglied der Familie in das Wissen um die Heilkunst und die Gliedsetzerei eingeweiht werden dürfe. Und nun war er tot und sein Wissen verloren, wie Pastor Simonsen befürchtet hatte. Aber hatte er nicht doch ein bißchen gemogelt? Pastor Simonsen wurde diesen Verdacht nie so ganz los. Denn Ansieke, das junge, in sich gekehrte Waisenmädchen, hatte ihm zehn lange Jahre bei seiner Arbeit geholfen. Sie hatte auch, das sei gesagt, seine letzten Jahre mit Freude und Heiterkeit erfüllt. Sie war mit ihm gefahren zu den Kranken. Sie hatte ihm die vielen Handreichungen abgenommen, die ihm zunehmend schwergefallen waren. Nach seinen Anweisungen hatte sie die Kräuter gerieben und zu Brei gestampft. Auf sein Geheiß hatte sie an bestimmten Orten zu bestimmten Zeiten die Heilpflanzen gesammelt, getrocknet, gelagert. Er lehrte sie zwar nicht, wie er seine eigenen Kinder gelehrt hätte. Aber er duldete mit stillschweigendem Einverständnis, daß sie lernte. Fragte sie ihn, warum dieses oder jenes Kraut bei dieser oder jener Krankheit auf eine bestimmte Weise verwendet wurde, so antwortete er gewissenhaft. So mochte er sich selbst und die Gesetze seiner Vorväter überlistet haben, ohne sie doch zu brechen. Ansieke verließ Langenhorn bald nach Ingwer Gliedsetzers Tod, arm an Geld, aber reich an Wissen. In Rödemis bei Husum nahm sie eine Stellung an. Schon bald verschaffte sie sich den Ruf einer heilkundigen Frau. Sie verdiente sich ein schönes Stück Geld damit. Als sie schließlich heiratete, war ihre Mitgift so groß, daß sich ihr Mann, ein braver Handwerker, selbständig machen konnte.

Die dreizehnte Geschichte erzählt
Johannes Petersen

Die dreizehnte Geschichte erzählt Johannes Petersen. Manche Leute im Dorf sagten, Johannes Petersen sei „Democrat". Was das war, wußte niemand so ganz genau. Etwas gutes konnte es aber nicht sein. Warum war sonst der Amtmann so ärgerlich, wenn Johannes Petersens Name fiel? Aber ein guter Lehrer war er. Da gab es unter den Dorfbewohnern keine zwei Meinungen. Die meisten Erwachsenen hatten als Kinder seine Schule besucht. Und ihre Gören taten es jetzt auch. Sie hatten viel gelernt bei ihm. Darauf allein kam es an. So ließen sie nichts auf Lehrer Petersen kommen. Der Amtmann und der Pastor mochten noch so böse Bemerkungen machen. Wo und wieso Johannes Petersen „Democrat" geworden war, wußte niemand ganz genau. Wahrscheinlich in der Stadt. Wenn sie mal in die Stadt mußten, waren sie froh, wenn Johannes Petersen mit war. Sie fühlten sich in der Stadt unsicher. Petersen aber: der war von anderem Schrot und Korn. Der kannte sich überall aus. Darum war niemand im Dorf verwundert, daß Lehrer Petersen beim Schulwen die Geschichte von einem Aufstand erzählte.

Der Aufstand von Emmelsbüll

Im Sommer des Jahres 1844 kam es in der Wiedingharde zu einem Aufstand, der noch lange in den umliegenden Gegenden für Gesprächsstoff sorgte. Mittelpunkt des Aufruhrs war das kleine Dorf Emmelsbüll, doch wurden auch die benachbarten Orte Horsbüll, Klanxbüll und Neukirchen nicht verschont. Nun waren die Einwohner der Wiedingharde ein ganz eigener Menschenschlag, der sich von den Bewohnern des übrigen Frieslands nicht unwesentlich unterschied. Nach eigener wie fremder Meinung waren die meisten Friesen ziemlich schwerfällig, langsam und maulfaul. Sie neigten gelegentlich gar zu Schwermut. Die Wiedingharder hingegen zeichneten sich durch eine gewisse Leichtigkeit der Bewegungen, des Körperbaus wie des Gemüts aus. Sie nahmen eine Sache nicht immer gleich so ernst. „Leben und leben lassen!" war ihr Wahlspruch. Gut zu essen und zu trinken war ihnen wichtig. Sie lachten gerne. Und die Arbeit hatten sie wohl auch nicht gerade erfunden. Fragte man die anderern Friesen, so nannten sie die Wiedingharder leichtsinnig, faul, frech, großmäulig, mit anderen Worten: ohne jedes Verantwortungsgefühl. Die Liste der abwertenden Eigenschaften, die ihnen ihre Nachbarn zuschrieben, ließe sich beliebig verlängern. Und darum beneidete sie gewiß insgeheim mancher Landsmann aus den anderen Harden. Aber zugegeben hätte das wohl kaum einer.

Wenn bei einer derartigen Wesensart die Einwohner einen Aufstand wagten, so muß es dafür schon sehr ernste Gründe und große Schwierigkeiten gegeben haben. Die Wiedingharder neigten nämlich dazu, sich meistens schnell mit ihren Widersachern zu einigen. Natürlich kam es vor, daß die Obrigkeit Steuern verlangte. Aber regelmäßig zahlten die Wiedingharder weniger, als die Obrigkeit gefordert hatte. Die Wiedingharder waren nämlich großartige Schauspieler. Es war ein Vergnügen, sie zu beobachten, wenn sie ihr vermeintliches Elend schilderten. Sie waren so vollendet in der Darstellung ihres Kummers, ihrer Armut und ihrer Gebrechen, daß der Amtmann von Tondern immer einige gute Freunde einlud, wenn sich eine Abordnung der Wiedingharder bei ihm angesagt hatte. Es war herzzerreißend, wenn die armen Greise, die verhärmten Witwen und die barfüßigen Waisenkinder ihr hartes Schicksal beklagten. Doch geschah dies alles stets mit einem gleichsam versteckten Augenzwinkern, was der Aufführung den Beigeschmack des Peinlichen nahm. Die Gäste des Amtmannes waren sich hinterher nie so recht einig, ob sie nun ein Trauerspiel oder ein Lustspiel gesehen hatten. Doch waren die Rechtfertigungen der Wiedingharder jenen der anderen Harden überlegen. Sie hatten nämlich einen Entschuldigungsgrund, der jenen nicht zur Verfügung stand. Zahlen konnten sie nicht wegen des Gotteskooggebietes, das in ihrer Harde lag. Dieser Bereich war nun in der Tat häufiger, als allen Betroffenen lieb sein konnte, vom Wasser überflutet. Aber es war nicht der Gotteskoog, es waren auch nicht die Steuern des Herrn Amtmannes, es war vielmehr eine andere große Ungerechtigkeit, die zum Aufstand führte. Auch waren es nicht, wie jemand glauben könnte, die Deicharbeiter, die sich empörten.

Daß die Deicharbeiter gelegentlich streikten, hatte eine lange Überlieferung. Denn für ihre harte körperliche Arbeit wurden sie kümmerlich genug bezahlt. Vor allem im Herbst war die Verlockung groß, wenn die Stürme drohten und der Deich unbedingt fertiggestellt werden mußte. Legte man dann die Arbeit nieder, so konnte man ohne Gefahr ein oder zwei Schillinge mehr Tageslohn erzwingen. Lawai machen nannten das die Arbeiter. Schon im Jahre 1619 hatte der dänische König Christian IV. geflucht. Da hatten seine Deicharbeiter vor Bredstedt einfach die Schaufel fallenlassen. Seinem Kollegen, dem Gottorfer Herzog Friedrich III., war es nicht besser gegangen. Wohl aus Gründen der Gerechtigkeit hatten auch dessen Deichbauer in Eiderstedt den einen oder andereren Schilling mehr verlangt. Über einen Streik der Deicharbeiter hätte also in Friesland niemand auch nur ein Wort verloren.

Aber es waren nicht die Deicharbeiter. In Streik traten vielmehr – man mag es glauben oder nicht – die Frauen der Wiedingharde, und das kam so:

An einem Tag des Frühjahrs 1844 saßen in Broder Brodersens Krug in Emmelsbüll fünf echte friesische Männer zusammen und erzählten sich was. Es waren neben Gastwirt Brodersen der Kolonialwarenhändler Thomas Thomsen, der Schlachter Volquart Volquartsen und die beiden Bauern Nis Nissen und Boy Boysen. Es war Sonntagvormittag. Die Männer hatten gerade die Feuerwehrspritze geputzt. Vielleicht hatten sie auch im Schützenhaus rumgepusselt. Jedenfalls waren sie von dieser ungewohnten Arbeit redlich müde. Darum fanden sie, ein gutes Glas Bier und einen doppelten Korn hätten sie eigentlich verdient. Alle fünf waren verheiratet. Um bei der Wahrheit zu bleiben: sie waren eigentlich ganz froh, ihren Frauen einmal entkommen zu sein. Die sagten beileibe nichts gegen die Wichtigkeit der Feuerwehr. Denn alle Häuser waren strohgedeckt, und es brannte in schönster Regelmäßigkeit hier oder da. Auch war es sicher wichtig, daß die Männer gute Schützen waren. Gleichzeitig waren sie nämlich auch begeisterte Jäger. Und Gans, Ente oder Hase waren auf dem Mittagstisch nicht zu verachten. Aber was das Jagen anging, so wußten die Frauen nicht so ganz genau, was für Schnepfen es waren, die die Männer jagten. Bei den Feuerwehrübungen hingegen hatten die Frauen den Verdacht, das Wichtigste der Übung sei der nachfolgende Umtrunk bei Broder Brodersen, dem Gastwirt.

Die Frauen beobachteten mit leisem Grollen, wenn sich die Männer wieder einmal davonstahlen. Nicht, daß sie ihren Ehegatten derartige harmlose Vergnügungen mißgönnt hätten. Aber die Frauen der Wiedingharde zeichneten sich durch die gleichen Eigenschaften aus wie ihre Männer: Auch sie waren lustig, lebensfroh und lachten gerne. Wie ihre Männer fanden sie, man müsse nicht immer arbeiten, sondern gelegentlich auch feiern. Mit dem Feiern wie mit dem Faulsein aber stand es schlecht. Denn Kühe mußten gemolken, Kinder versorgt, der Haushalt geführt werden. Das waren zeitraubende Arbeiten, die nach Meinung der Männer nun einmal Frauensache waren. So blieben die Frauen zwangsläufig zu Hause, wenn sich die Männer vergnügten, und sei es nur unter dem Vorwand, die Feuerwehrspritze zu putzen oder die Flinte zu schultern. Die Feste, an denen die Frauen teilnehmen konnten, waren selten genug: ein Schützenfest, ein Feuerwehrfest, ein Erntedankfest und der jährliche Krammarkt. Die Frauen fanden das ungerecht. Aber was sollte man machen? So war das Leben eben, schon seit alters her.

An diesem Morgen nun, als die fünf Männer im Gasthaus zusammensaßen, stieß Jacob Momsen zu ihnen. Er hatte eine fabelhafte Neuigkeit mitzuteilen: Ein Friesenfest sollte stattfinden, in Bredstedt in der Nordergoesharde. Aus ganz Friesland sollten die Teilnehmer kommen. Die bedeutendsten Männer Frieslands würden Reden halten. Das Nationalgefühl sollte geweckt werden. In anderen Gegenden hatte es solche Feste schon gegeben. Und da durfte das kleine Friesland doch nicht zurückstehen. Broder Brodersen sagte: „Das hört sich bannig gut an!“ Volquart Volquartsen fragte: „Kommen die von der Bökingharde auch?“, denn mit einigen Burschen aus Niebüll hatte er noch eine Rechnung zu begleichen. Jacob Momsen kannte Volquart Volquartsen gut und ahnte seine Gedanken. Darum sagte er schnell: „Wir sollen einig sein, Streit gibt es nicht!“ Das fand Volquart Volquartsen eigentlich schade und Thomas Thomsen und Nis Nissen auch. Aber sie sagten nichts und dachten: Laßt uns man erst mal nach Bredstedt kommen! Einstimmig beschlossen sie, alle Männer von Emmelsbüll müßten nach Bredstedt gehen. Boy Boysen sagte hoffnungsvoll: „Vielleicht kommen ja die aus Klanxbüll und Neukirchen auch mit!“ Jacob Momsen antwortete: „Natürlich kommen die auch!“ Denn er wußte natürlich, daß der Festausschuß in Bredstedt auch die Klanxbüller und Neukirchener eingeladen hatte.

Als die Männer nach Hause kamen, sagten sie zu ihren Frauen: „Anfang Juni müssen wir nach Bredstedt zu einem

Sie trafen sich in Broder Brodersens Krug.

Von der verfallenen Windmühle winkten sie den Männern nach.

Friesenfest!" Uschi Thomsen rief vergnügt: „Au fein, ist das ein Ringreiterfest?" „Nein", antwortete ihr Mann Thomas. „Ist es denn ein Schützenfest?" fragte Uschi weiter. „Nein, das ist es auch nicht. Es ist ein politisches Fest." Da waren Uschi und die anderern Frauen sehr traurig. Die Männer trösteten ihre Frauen. „Es ist eigentlich gar kein richtiges Fest. Da werden nur politische Reden gehalten und so!" sagten sie. Und sie fuhren fort: „Politik ist sowieso nichts für euch, Politik ist Männersache!" Das war nun ganz sicher richtig. Die Männer und Frauen der Wiedingharde hatten sich nämlich schon vor langer Zeit geeinigt: Die Frauen hatten bei kleinen Entscheidungen, die Männer aber bei allen großen Entscheidungen das Sagen. Kleine Entscheidungen waren: Durfte der Sohn Jens die Nachbarstochter Hilke heiraten, obwohl sie nur siebzehn Demat mäßiges Land mit in die Ehe brachte? Durfte die Tochter Ada Lehrerin werden oder lernte sie besser melken und spinnen, um einmal eine gute Bäuerin zu werden? Sollte Duye Lützen wieder zum Ratmann gewählt werden, obwohl er nie einen ausgab beim Ringreiten oder Schützenfest? Die den Männern überlassenen großen Entscheidungen waren zum Beispiel: Hatte der Herzog von Augustenburg ein Anrecht auf den Titel eines Herzogs von Schleswig-Holstein? Sollte man gegen die neuen Steuern beim Amtmann von Tondern Einspruch erheben? War es vorteilhaft, wenn sich Dänemark mit Preußen verbündete oder nicht? Diese Arbeitsteilung hatte sich bisher sehr bewährt. Und darum rüttelten die Frauen auch nicht an der Entscheidung ihrer Männer, allein nach Bredstedt zu gehen.

Als sie aber hörten, friesische Männer aus allen Harden sollten in Bredstedt zusammenkommen, da sagten sie sich: „Wir müssen dafür sorgen, daß unsere Männer Staat machen können auf dem Fest. Sonst müßte man sich ja schämen!" So putzten sie die Kleider und bügelten die Hemden. Und sie stickten sogar eine hübsche, bunte Fahne mit dem friesischen Wappen. Als dann der große Tag kam, winkten sie noch lange ihren Männern nach. Festlich geschmückt marschierten die hinter Andreas Dethlefsen her. Der war der stärkste von ihnen und durfte darum die Fahne tragen. Dann gingen die Frauen in den Kuhstall. Nach dem Melken tranken sie erst noch eine Tasse Kaffee. Und dann trafen sie sich alle bei Bendine Brodersen, der Frau des Gastwirtes. Denn sie sahen nicht ein, warum sie den ganzen Tag zu Hause sitzen sollten. Schließlich vergnügten sich ihre Männer ja auch in Bredstedt. So machten sich Bendine Brodersen, Uschi Thomsen, Anne Volquartsen, Elke Boysen und Silke Nissen einen schönen Tag. Schade nur, daß sie nicht die schönen Lieder hören konnten, die die Tonderner Liedertafel in Bredstedt vortragen sollte.

Daß die Frauen den ganzen folgenden Tag nichts von ihren Männern hörten, beunruhigte sie nicht sonderlich. Sie wußten, daß der Weg lang war und ihre Männer durstig. Sie wußten auch, daß auf dem Wege von und nach Bredstedt zahlreiche Gastwirtschaften auf hungrige und vor allem durstige Gäste warteten, in Klintum, Enge, Schardebüll und Bargum, in Soholm und Dörpum. Anne Volquartsen sagte: „Sollen sie sich doch ruhig einen genehmigen, bei all den politischen Reden, die die armen Kerls haben anhören müssen!“ Es war schon beeindruckend gewesen, wie die Männer in geschlossenem Verband das Dorf verlassen hatten, vorneweg Andreas Dethlefsen mit der von ihnen gestickten Fahne! Die Rückkehr war weniger aufsehenerregend. Vereinzelt trafen sie ein. Müde und staubig waren sie. Die Füße taten ihnen weh und auch der Kopf. Mitleidlos sagten die Frauen: „Das kommt vom vielen Saufen!“ Sie steckten ihre Männer ins Bett, knallten ihnen ein feuchtes Tuch auf die Stirn und ließen sie erst einmal ausschlafen. Dann begannen sie zu fragen. Denn natürlich waren sie brennend neugierig. Wie war es in Bredstedt gewesen, und was hatten die Männer erlebt?

Aber was sie erfuhren, war seltsam verworren und gab für sie keinen rechten Sinn. Sechstausend Friesen waren in Bredstedt zusammengeströmt. Festplatz war die Koppel von Kriegsassessor Magnussen. Große Zelte, fast hundertfünfzig Meter lang, hatte der Gastwirt Jessen aufgebaut. Und das Essen war gut gewesen, Braten mit Zubehör, dann kalter Schinken und schließlich Kuchen. „Was hat das Essen denn gekostet?“ fragte die erfahrene Gastwirtsfrau Bendine Brodersen. „Sechzehn Schillinge!“ antwortete Broder Brodersen. „Da hat sich der Gastwirt Jessen aber dumm und dämlich verdient“, rechnete Bendine, „das sind ja bald sechstausend Mark Hamburgisch Courant!“ Und nachdrücklich sagte sie: „Das nächste Mal nimmst du Butterbrote mit!“ Dann fragte sie weiter: „Und was haben die Redner gesagt?“ Broder antwortete betreten: „Das habe ich nicht so genau verstehen können. Ich war zu weit von der Tribüne entfernt, auf der die Redner standen!“

„Schleswiger und Holsteiner sollen zusammengehen!“ erzählte Volquart Volquartsen seiner Frau. Anne fragte verwundert: „Welcher Idiot hat das denn gesagt?“ Volquart brummte: „Das hat der Advokat Bremer aus Flensburg gesagt!“ Anne wollte wissen: „Ist der denn Friese?“ Volquart gab ihr Bescheid: „Natürlich nicht, der kommt aus Angeln!“ Anne wunderte sich: „Ich denke, das war ein Friesenfest? Aber von Landwirtschaft versteht der Kerl jedenfalls nichts!“ Diese Bemerkung wiederum erstaunte Volquart. Aber Anne fuhr fort: „Na, daß Schleswiger und Holsteiner nicht zusammengehen können, das weiß doch jeder Pferdejunge! Schleswiger sind gut für Kleiboden, zum Pflügen zum Beispiel. Wenn du die mit Holsteinern zusammenspannst, wird das doch nichts. Holsteiner sind gute Kutsch- oder Reitpferde, für unseren Kleiboden aber viel zu unruhig und schwach!“ Volquart knurrte etwas in seinen Bart. Aber das überhörte Anne großzügig. Sie war insgeheim nämlich ganz froh, daß Volquart ohne blaue Augen oder sonstige Schrammen zurückgekommen war. Sie kannte ihren Mann und wußte, daß er einer guten Prügelei nur schwer widerstehen konnte.

Nis Nissen sagte: „Wir sollen einen Altar errichten, auf dem eine Flamme leuchtet tief in den Norden hinein!“ Silke Nissen, seine Frau, fand das ziemlich dämlich. „Wäre dafür nicht ein Leuchtfeuer besser als ein Altar?“ fragte sie.

Nis sagte: „Das hat der Todsen aus Tondern gesagt. Der Lindholmer Inspektor Carstens hat gemeint, wir Friesen sind hinter manch anderen Ländern und Völkern in einem langen Zeitraum zurückgeblieben!“ Silke wunderte sich noch mehr und sagte: „Ich glaube, auch der Verstand ist bei euch zurückgeblieben!“ Darüber konnte Nis Nissen nun wieder gar nicht lachen.

Thomas Thomsen, der Kaufmann, sagte entschlossen: „Die Dänen haben uns betrogen!“ „Das ist doch Blödsinn“, sagte Uschi, seine Frau, „du weißt ganz genau, daß die Leute von Aventoft ehrlich sind. Und wer hat wohl wen betrogen, als du Jens Juel von Aventoft damals die kranke Kuh verkauft hast?“ Aber Thomas gab sich nicht so schnell geschlagen: „Der Landinspektor Tiedemann hat das gesagt. Und wir sollen alle zusammenstehen, weil wir alle Schleswig-Holsteiner sind!“ „Wenn wir Friesen Schleswig-Holsteiner sind“, schloß Uschi messerscharf, „dann sind die Jüten in Lügumkloster, der Schluxharde und auf Röm doch auch Schleswig-Holsteiner!“ „Natürlich nicht“, brummte Thomas, „die sprechen doch plattdänisch!“ „Aber wir sprechen doch friesisch!“ antwortete Uschi. „Trotzdem nicht“, sagte Thomas, „der Advokat Beseler aus Flensburg hat das ganz genau erklärt. Ich stand aber zu weit weg und hab das nicht so genau mitgekriegt!“ Daraufhin schüttelte Uschi verwundert den Kopf.

Boy Boysen hatte nun wieder ganz was anderes verstanden. „Todsen aus Tondern hat gesagt, wir sind nicht nur wegen dem Sinnengenuß hingekommen!“ sagte er. „Was fürn Sinnengenuß?'“ fragte seine Frau Elke verdutzt. Trotzig stieß er hervor: „Die getrennten Stände sollen sich einander in Liebe nähern! Das hat der Inspektor Carstens aus Lindholm gesagt!“ „Die Lindholmer, immer die Lindholmer“, wütete Elke, „da gehst du nicht wieder hin!“

Broder Brodersen, der Gastwirt, hatte einige sehr schöne Sätze voller Tiefsinn und Gedankenschwere behalten: „Uwe Jens Lornsen rüttelte uns aus dem Todesschlummer!“ erzählte er seiner Frau Bendine. Die schüttelte den Kopf: „Tot ist tot, da kann man rütteln, soviel man will!“

sagte sie. Broder fuhr fort: „Die edlen Friesen sollen den Indifferentismus verbannen!" „Na", sagte Bendine, „wenn das nur für die edlen Friesen gilt, dann bist du ja nicht gemeint!" Aber sie wollte doch gerne wissen, was Indifferentismus denn sei, den sie verbannen sollten. Broder wußte es nicht. So fragte sie den Herrn Pastor, der ja auch in Bredstedt gewesen war. Und der war es dann schließlich, der mit einer Bemerkung den Aufstand der Frauen auslöste.

„Indifferentismus, das ist...." stotterte er. Denn ganz genau wußte er das auch nicht. Aber um die hartnäckige Bendine Brodersen abzulenken, sagte er: „Eure Fahne, die mit dem Friesenwappen, war sehr schön. Alle haben sie bewundert. Als Andreas Dethlefsen mit der Fahne an der Spitze des bunten Zuges vom Markt zur Festwiese marschierte, begleitet von zwei weißen Ehrenjungfrauen, da haben sogar die Frauen aus Husum und Tönning gesagt, das sei eine schöne Fahne. Und du weißt, daß die immer sehr hochnäsig sind und glauben, sie seien etwas Besseres!"

Da war es also heraus! Diese leichtfertigen, eitlen (und leider auch hübschen) Frauen aus Husum und Tönning waren bei dem Fest gewesen. Es waren auch dabei die Frauen aus der Bökingharde, der Karrharde, der Norder- wie der Südergoesharde, es waren dabei die Frauen der Harden Eiderstedt, Utholm und Everschop, die Frauen von Föhr, Sylt und Amrum. Es waren, kurzum, alle friesischen Frauen auf dem Fest gewesen. Mit Ausnahme von ihnen, den Frauen der Wiedingharde! In ihrem Leben waren die Frauen aus Emmelsbüll, aus Horsbüll, Klanxbüll und Neukirchen noch nie so wütend gewesen, als sich die Wahrheit herumsprach! Keine Entschuldigung ließen sie gelten! Die vereinigten Pastoren von Emmelsbüll, Horsbüll, Neukirchen und Klanxbüll, von den Männern um Hilfe angefleht, mochten heilige Eide schwören. Es war ein Mißverständnis, keinesfalls böse Absicht? Die Frauen der Wiedingharde kannten ihre Männer. Schließlich waren sie ja lange genug mit ihnen verheiratet. Sie kannten ihre Schliche und Listen. Sie waren außer sich vor Zorn, nicht nur

Die Frauen versammelten sich bei der alten Postkutsche.

wegen der nicht getanzten Tänze. Sie vermuteten vielmehr eine finstere Verschwörung ihrer Männer. Uschi Thomsen faßte sich als erste. Kurzerhand schickte sie ihre Tochter Gyde herum, rief alle Frauen zu geheimer Zeit an geheimen Ort zum Frauenthing.

Daß sich die Frauen an der alten Wehle bei der alten Postkutsche versammelt hatten, blieb den Männern der Wiedingharde natürlich nicht verborgen. Aber keiner von ihnen erfuhr, was die Frauen eigentlich beschlossen hatten. Sicher war nur, daß sie Rache geschworen hatten. Welcher Art diese aber sein würde, fanden die Männer nicht heraus. Nichts geschah. Die Frauen verrichteten ihre Arbeit, als sei nichts gewesen. So legte sich die Besorgnis der Männer. Volquart Volquardsen meinte: „Hunde, die bellen, beißen nicht!“ Und Nis Nissen fügte hinzu: „Viel Geschrei um wenig Wolle!“

Inzwischen war der September angebrochen, ein schöner, warmer, sonniger September, wie ihn Friesland kennt und liebt. Da bereiteten sich die Männer aus allen Dörfern der Wiedingharde auf das große, jährliche Schützenfest vor. Es war dieses Schützenfest nun nicht irgendein Fest. Es war vielmehr ein Wettkampf, auf den sich alle Männer gewissenhaft vorbereiteten. Denn es ging um nicht mehr und nicht weniger, wer denn der beste Schütze der Wiedingharde war. Es war eine große Ehre, Schützenkönig zu sein. Und eine Ehre war es nicht nur für den glücklichen Gewinner, sondern für das ganze Dorf. Diese Ehre war übrigens ein teurer Spaß. Denn nach einer langen Überlieferung mußte der Schützenkönig bei dem Fest, das dem Wettschießen folgte, alle anderen Schützenbrüder freihalten. Und ein Jahr später mußte er noch einmal tief in die Tasche greifen: wurde er dann, als Alt-Schützenkönig, auf geschmücktem Wagen zum Schützenplatz gefahren, begleitet von allen Schützen der Harde in festlichem Zuge, so mußte er noch mal einen ausgeben, einen Doppelten.

So hatten die Männer rechtzeitig ihren Frauen Bescheid gesagt: „Reinige meinen Anzug, bügel mir das Hemd, putz mir die Schuhe. Und vergiß nicht, mich morgens rechtzei-

Manche sagten sogar, die Frauen hätten im See gebadet, ohne alles!

tig zu wecken!" Die Frauen hatten genickt. Dann hatten sie sich der normalen Arbeit des Tages zugewandt. Am Morgen dieses Septembertages aber, der, wie gesagt, ein besonders schöner Septembertag war, verschliefen alle Männer. Als sie dann endlich aufwachten und auf die Uhr schauten, sahen sie, daß sie ganz sicher zu spät zum Festplatz kommen würden. Wütend stürmten sie in die Küche. Unverblümt wollten sie ihren Frauen die Meinung sagen. In der Küche aber stellten sie mit wachsendem Entsetzen fest, daß das Herdfeuer erloschen, mithin der Kaffee nicht fertig, das Frühstück nicht bereitet war. Vergebens riefen sie ihre Frauen. Als sie schließlich zornig in die Schlafstube eilten, um notfalls ohne Frühstück den festlichen Tag zu beginnen, da hing ihre schmutzige Kleidung unausgebürstet traurig auf dem Bügel. Ihr Hemd war zerknittert, die Stiefel nicht geputzt.

Es war ein trauriger Zug, der an diesem Septembertag des Jahres 1844 zum Schützenplatz zog. Volquart Volquartsen und Nis Nissen, die stolzen Reiter, mußten zu Fuß gehen. Denn neben ihren Frauen waren auch die Pferde und der Jagdwagen verschwunden. Wohin die Männer auch kamen, mit welchen Schützen sie auch sprachen: sie waren alle Leidensgenossen. Es war ein Trauerhaufen, dem der Vorfall offenbar auch die Zielgenauigkeit genommen hatte. Jedenfalls haben die Schützen der Wiedingharde noch nie so häufig danebengetroffen wie an diesem, wie gesagt, schönen Septembertag. Neben dem Schaden mußten die Männer auch noch den Spott der Gäste aus den benachbarten Harden tragen. Denn es war langer Brauch, daß zu jedem Schützenfest Abordnungen aus den umliegenden Harden kamen.

Wo eigentlich die Frauen gewesen, was sie getrieben hatten, blieb den Männern verborgen. Jedenfalls kamen die Frauen am Abend erhitzt und sehr lustig von ihrer Forschungsreise zurück. Manche der Männer äußerten gar den Verdacht, sie hätten wohl dem Bier und Korn zu sehr zugesprochen. Aber Gerüchte gingen um. Danach hätten sich die Frauen der Wiedingharde an einem zentralen Ort

Freiwillig holten die Männer Wasser vom Dorfbrunnen.

getroffen, am Bondesgarder See. Dort hätten sie ein kleines Feuer entfacht, hätten sich gelagert, gegessen und getrunken. Lustig und vergnügt seien sie gewesen, nicht zuletzt, wenn sie daran dachten, daß ihre Männer in den ungebürsteten Anzügen und den ungebügelten Hemden.....! Es gab sogar Stimmen, die behaupteten, die Frauen hätten im See gebadet, ohne alles! Aber das war natürlich nur ein Gerücht. Gesehen konnte ohnehin niemand etwas haben. Denn gerade an dieser Stelle war das Ufer dicht mit Schilf bewachsen.

Jedenfalls hatten sich die Frauen einen vergnügten Tag gemacht. Das war so offensichtlich, daß selbst die begriffsstutzigsten Männer es nicht übersehen konnten. Wenn sich die Frauen trafen in den folgenden Wochen und Monaten, so grinsten sie sich gegenseitig verschwörerisch an. Sie sprachen in halben, angedeuteten Sätzen, gewiß nicht ohne boshafte Absicht. Sie erweckten den Eindruck, wilde Abenteuer, einzigartige Freuden gemeinsam erlebt zu haben. Das Jahr verstrich, das neue Jahr 1845 begann. Unwiderruflich kehrte der Alltag in das Leben der Familien zurück. Die Männer „vergaßen“ den Vorfall. Alle Vorhaltungen hatten ohnehin nichts genützt. Die Rechtfertigung, die Männer hätten schließlich ja auch die Frauen „vergessen“, als es zum Friesenfest in Bredstedt gehen sollte, war unwiderlegbar. Sie nützte sich auch in vielen Erörterungen nicht ab.

Dann, an einem wunderschönen Frühsommertag, sollten sich die freiwilligen Feuerwehren der Wiedingharde im Wettstreit messen. Auch das war für die Männer ein wichtiges Ereignis. Da wiederholte sich, ohne jede Vorwarnung, das gleiche Trauerspiel. Wieder verschliefen die Männer. Wieder war die Kleidung staubig, das Hemd ungebügelt. Wieder war das Herdfeuer kalt, der Morgenkaffee nicht gekocht. Und wieder waren die Frauen auf und davon. Da wurden die Männer ernsthaft böse. Aber das fruchtete nichts. So sicher der Polarstern Norden anzeigt, so sicher verschwanden die Frauen einmal im Jahr – ohne jede Vorwarnung. Diese schlimme Gefahr, die den Männern vor jedem neuen Fest drohte, hatte unerwartete Folgen: Stand ein Fest bevor, so waren die Männer der Wiedingharde von außerordentlicher Hilfsbereitschaft. Unaufgefordert spalteten sie das Brennholz, holten Wasser vom Dorfbrunnen. Broder Brodersen half seiner Frau gar beim Abwaschen und Abtrocknen des Geschirrs. Volquart Volquartsen pflückte einen Blumenstrauß und überreichte ihn seiner Frau Anne. Die brach darauf in Tränen aus. Das hatte er noch nie getan. Sie meinte, es müsse eine andere Frau geben und Volquart habe ihr gegenüber gewiß ein schlechtes Gewissen. Aber alle Hilfsbereitschaft der Männer war nutzlos. Einmal im Jahr machten sich die Frauen der Wiedingharde selbständig.

So war es damals, so ist es noch heute. Natürlich haben die Frauen der Wiedingharde längst wieder Frieden geschlossen mit ihren Männern. Sie lachen eben lieber, als daß sie grollen. Aber einmal im Jahr machen sie sich immer noch davon und fahren an den Gotteskoogsee oder an die Nordsee, nach Husum oder Tondern und freuen sich ihres Lebens. Die Männer sind klug genug, sie gewähren zu lassen. Denn ändern können sie ohnehin nichts. Sie wünschen ihnen sogar einen „Schönen Tag!" Dafür sagen die Frauen ihren Männern jetzt immer rechtzeitig Bescheid, wenn der Tag ihres Ausfluges naht. Und ihre Kleider bürsten und ihre Hemden bügeln sie natürlich auch wieder. Schließlich sind sie stolz auf ihre Männer und möchten, daß sie schmuck aussehen.

Frühling in Nordfriesland

Am Tage, nachdem Johannes Petersen die dreizehnte Geschichte erzählt hatte, begann der Frühling. Es lag zwar noch Schnee. Die Flüsse und Bäche, die Gräben und Kuhlen waren noch mit Eis bedeckt. Auch war keineswegs der 21. März. Trotzdem begann für die Bewohner des Dorfes an diesem Tag der Frühling. Es konnte sich nur noch um Tage handeln. Dann würden die ersten Schneeglöckchen blühen. Die Weiden würden ausschlagen und das Gras sprießen. Die Menschen wurden unruhig. Auch die Tiere im Stall verspürten es. Die Kühe und Pferde zerrten an den Ketten, sie wollten auf die Weide.

Die Leute im Dorf machten sich an die Arbeit. Jappe Jappsen ging von Haus zu Haus, von Hof zu Hof. Überall besserte er die Pferdegeschirre aus. Schließlich war er Sattler. Flickschuster war er nur im Winter. Der Bauer und Deichvogt Bende Bendsen schrieb gewissenhaft auf, wo an den Deichen und Sielzügen Grassoden lose waren oder Schilf den Wasserabzug hinderte. Dann erst ging er über seine Wiesen. Auch hier vermerkte er, wo sich Wasser staute oder das Vieh den Bewuchs zerstört hatte. Die Hausiererin Botel Nissen vervollständigte ihren Bestand an Wäsche und Kurzwaren. Sie verglich die Angebote verschiedener Großhändler aus dem Sächsischen. Auch brachte sie ihre Schuhe zu Jappe Jappsen. Iver Melfsen, der Viehhändler, besuchte reihum seine Kunden. Bald würden die jütischen Viehhändler kommen mit ihren Magerviehherden. Brauchten die Bauern vielleicht Geld, ihren Viehbestand zu vervollständigen?

Auch der Hausschneider Ricklef Volquardsen hatte auf einmal viel zu tun. Konfirmationsanzüge galt es zu schneidern überall in der Gegend. Denn Ostern näherte sich schnell. Und alle Eltern legten doch Wert darauf, daß ihre Kinder sauber gekleidet waren, wenn sie zum ersten Mal vor den Tisch des Herrn traten. Der Zimmermann Sievert Hemsen legte seine Bücher aus der Hand, so schwer ihm das auch fiel. Er sah sein Werkzeug durch, schärfte die Sägen, Äxte und Stecheisen. Hier und dort setzte er einen neuen Stiel ein und richtete seinen Werkzeugkasten, so daß er griffbereit war.

Nane Ipsen ermunterte ihren Mann Tams ganz vorsichtig, doch einmal einen Gang über die Wiesen zu machen. Gab es Hecktore, die baufällig waren? Den Bauern, deren Vieh er beaufsichtigte, legte er nahe, hier und da etwas ausbessern zu lassen. Um so weniger Arbeit würde er später haben, das entlaufene Vieh einzufangen. Sönke Tychsen, der Besenbinder und Tagelöhner, dengelte seine Sense und schärfte seinen Kleispaten. Sönke hatte sein eigenes Arbeitsgerät, auch wenn er für fremde Bauern arbeitete. Da war er eigen. Tante Martens kümmerte sich. Sie hatte ihre Augen überall. Sie wußte, welcher ihrer Pächter das Land gut in Schuß hatte und welcher nicht. Jenen, die die Disteln im Vorjahr nicht ordentlich gemäht hatten oder das Grübbeln vergaßen, gab sie einen freundschaftlichen Wink. Einmal. Geschah dann nichts, mußte der Pächter damit rechnen, daß Tante Martens ihr Land jemand anderem gab.

Nur der Küster Haye Harksen und der Lehrer Johannes Petersen taten nichts. Küster Harksen haute höchstens mal einem begriffsstutzigen Konfirmanden die Heilige Schrift um die Ohren. Aber das war nicht auf das Frühjahr beschränkt. Und Lehrer Johannes Petersen? Er unterrichtete nun schon so lange in der Dorfschule, daß ihn nichts mehr überraschen konnte. Bald würden die Schulabgänger in einer öffentlichen Prüfung Rede und Antwort stehen müssen. Lehrer Petersen wußte schon im voraus, welche Schüler vor Aufregung verstummen und welche aus Dummheit Blödsinn erzählen würden. Neue Schüler würden kommen nach Ostern, fünf oder sechs waren es in jedem Jahr. Er kannte sie schon alle. Er kannte ihre Eltern. Er kannte ihre älteren Geschwister. Schließlich hatte er sie alle bei sich in der Schule gehabt.

Und dann, eines Tages, waren auch wirklich die ersten Schneeglöckchen da.

Eines Tages waren wirklich die ersten Schneeglöckchen da.

Anmerkungen und Quellen

„Der Name der Friesen leuchtet unter den Deutschen!“ behauptet der Geschichtsschreiber Tacitus. Das würde der Denker Arthur Schopenhauer sofort bezweifeln. Er hält alle Geschichtsschreiber nämlich für gewohnheitsmäßige Lügner. Es scheint da einen Unterschied zwischen Geschichtsschreibern und Geschichtenerzählern zu geben. Die letzteren lügen nicht, sie flunkern höchstens. Manchmal. Etwas. Kenner der friesischen Geschichte werden gemerkt haben: die vorstehenden Geschichten erzählen Begebenheiten aus der Vergangenheit dieses Landstriches. Wer trotz Schopenhauers Vorbehalt wissen will, was die Geschichtsschreiber über die geschilderten Vorkommnisse sagen, mag in den nachfolgend aufgeführten Quellen nachlesen.

Occos Brut

Occo, Melkelka, Haithabu: Jankuhn, H.: Haithabu und Dannewerk, 8. Aufl. Neumünster 1969; Salzgewinnung: Häberlin, C.: Die nordfriesischen Salzsieder, in: Föhrer Heimatbücher, 18/1934.

Wie König Abel zu Schaden kam

Abels Tod: Panten, Albert A., König Abels Tod – Ende einer Legende, in: Nordfriesisches Jahrbuch, Bredstedt 1980, S. 117ff.; Muuß, Rudolf, Tausend Jahre nordfriesische Stammesgeschichte, in: Nordfriesland, hgg. v. L. C. Peters, Husum 1929, S. 145ff.; Dänische Geschichte: Hoffmann, Erich, Spätmittelalter und Reformationszeit, in: Geschichte Schleswig-Holsteins, 4. Band, Teil II, 1. u. 2. Lieferung, Neumünster 1981; Trachten und Waffen: Hottenroth, Friedrich, Handbuch der Deutschen Tracht, Reprint, Hannover 1979.

Der Wettstreit zwischen Krischan und Fiete

Eindeichung: Petersen, Christian, Das Bredstedter Werk, in Jb. d. Nordfriesischen Vereins, Husum 1925, S. 89ff.; Lohmeier, Dieter, Rollwagen – Claußen – Coott, in: Nordfriesisches Jahrbuch, N.F., 16 (1980), S. 75ff. Friedrichstadt: u. a. Teuchert, Wolfgang, Friedrichstadt als holländische Siedlung, in: Schlee, Ernst, Gottorfer Kultur, Schleswig o.J.; Glückstadt: Staack, Carl, Christian IV. hält Hof in Glückstadt, in: Die Heimat, 65. Jg. 1958, S. 227ff.; Michaelsen, Franz, Glückstadt, eine frühneuzeitliche Gründungs- und Garnisonsstadt, in: Schleswig-Holstein, Heft 9/1964, S. 226 ff.

Der Stolz der Bürger von Husum

Paul Würtz: Philippsen, H., Ein Schleswig-Holsteiner als schwedischer Feldmarschall, in; Die Heimat 1903, S. 39ff. Volksleben: Hoffmann, Friedrich, Volksleben und Volkswesen in Husum vergangener Zeiten, in Zschr. d. Ges. f. Schlesw.Holst. Geschichte, Bd. 74/75, S. 296ff; Aberglaube: Giese, August, Der Wehe schreiende Stein über die Gräuel, daß man die Diener der Justiz nicht zu Grabe tragen, auch ihren Frauen in Kindsnöten Niemand helfen wollen, – aufgerichtet zu Husum 1685, von einem Hauptparticipanten der Leiden, so der Magistrat darüber eine gute Zeitlang außgestanden, Schleswig 1699; Dreißigjähriger Krieg: Wahl, C. v. d., Vom dreißigjährigen Krieg in Nordfriesland, in: Die Heimat 1907, S. 142ff.

Die Katzen vom Strand

Allgemeines: Müller, Friedrich, Das Wasserwesen an der schleswig-holsteinischen Nordseeküste, 1. Teil: Die Halligen, Bd. II, Berlin 1917, S. 219ff.; Johannsen, Christian, Die Hallig Nordstrandisch Moor und ihre Watten, in: Archiv d. Schlesw.-Holst.-Lauenb. Gesellsch. f. vaterl. Geschichte, Bd. XVII, 3. Folge Bd. VI, S. 286ff.; Sönnichsen, Ketel, Die Hamburger Hallig, in: Die Heimat 1934, S. 125ff.; Amsinck: Marcus Petersen, Arnold Amsinck, in: Schlesw.Holst. Biogr. Lexikon, Bd. 2, Neumünster 1971, S. 33f.

Der Spielmann von Westerhever

Adaption: nach Beneke, Otto, Von unehrlichen Leuten, o. O. u. J.; Pastoren: Voß, Marcus Detlef, Nachrichten von den Pröpsten und Predigern seit der Reformation, Altona 1853; Grabstein: mündl. Mitteilung von Frauke Gloyer.

Das Grab im Garten

Grab im Garten: Möllgaard, Nicolai, Das Grab im Garten, in: Jb. d. Heimatbundes Nordfriesland, Bd. 26 (1939), S. 112ff.; Bordelumer Rotte: Matthiesen, Th., Erweckung und Separation in Nordfriesland, in: Schr. d. Vereins f. Schlesw.-Holst. Kirchengeschichte, 1. Reihe, H. 16, Kiel 1927; Orthodoxie: Hoffmann, Gottfried Ernst, Kirchliche und religiöse Bewegungen in Gottorf im Zeitalter der Orthodoxie, in: Schlee, Ernst, Gottorfer Kultur, Flensburg 1965, S. 201ff.; Wiedertäufer: Hansen, Reimer, Wiedertäufer in Eiderstedt, in: Schr. d. Vereins f. Schlesw.-Holst. Kirchengeschichte, II. Reihe, II. Band, Kiel 1901 u. 1903, S. 175ff. u. S. 344ff.; David-Joriten-Prozeß: Hansen, Reimer, Der David-Joriten-Prozeß, in: Zschr. d. Vereins f. Schlesw.Holst. Kirchengeschichte, II. Reihe, 1. Band, 5. Heft, Kiel 1900, S. 31ff.; Verhör der Rottenmitglieder: Acta historicoecclesiastica, Bd. 5, Weimar 1741, S. 654ff u. Bd. 7, Weimar 1743, S. 386, 1014ff.; Pastoren in Bordelum: Haustedt, L., Chronik von Bordelum, Bordelum 1899.

Licht und Schatten in Ockholm

B.J.Greve: Feddersen, B.H., Schleswig-Holsteinische Porträt-Miniaturen, Bredstedt 1986, S. 49ff.; Ockholm: Petersen, Johannes, Ehemalige Ockholmer Nebenschule auf Norddeich, in: Zwischen Eider und Wiedau, 1987, S. 134ff.; Sanduhr, Kirche: Sauermann, Ernst (Hg.), Die Kunstdenkmäler des Kreises Husum, Berlin 1939, S. 182ff.; Visitationsbericht für 1760 des General-Superintendenten Struensee für Ockholm, Landesarchiv Schleswig.

Das arme Klöppelmädchen

Klöppelindustrie: Garmsen, Eike, Aus der Geschichte der Tondernschen Spitzenklöppelei, in: Schriften d. Heimatkundl. Arbeitsgemeinsch. f. Nordschleswig, Apenrade 1963; Andresen, Ludwig, Zur Geschichte der Tondernschen Spitzen, in: Die Heimat, 1913, S. 17ff.; Bürgerrecht, Stände: Andresen, Ludwig, Bürger- und Einwohnerbuch der Stadt Tondern bis 1869, Kiel 1937; Goldene Hörner: div. Quellen, insbes. Nöbbe, Erwin, Die Goldenen Hörner von Gallehus, in: Heimatblätter aus Nordschleswig, Apenrade 1943, S. 140ff.; Nis Puk: Johannsen, Albrecht, Der Schicksalskobold im friesischen Bauernhaus, in: Jb. d. Heimatbundes Nordfriesland, Band 26/1939, S. 2ff.

Die treue Schwester

Leben auf der Hallig: Bantelmann, Albert, Wie lebten unsere Vorfahren in der unbedeichten Marsch? in: Schleswig-Holstein, 10/1961, S. 278; Walfang: div. Quellen, u.a. Tedsen, Julius, vom „glücklichen Matthies“, in: Der Schleswig-Holsteiner, 1931, S. 122f.; Navigationsschulen: Tedsen, Julius, Föhrer Navigationslehrer, in: Dr. Meyns Schlesw.-Holst. Hauskalender, 1939, S. 111ff.;

Der Fischer mit den vier Töchtern

Kontinentalsperre: Jasper, J., Tönning zur Zeit der Elbblockade, in: Eiderstedter Jahrbuch, Garding 1913, S. 97ff.; Geerkens, August, Männer aus der Tönninger Blockadezeit, in: Der Schleswig-Holsteiner, 1930, S. 73ff.; Lexow, Albrecht: Petersen, J. A., Wanderungen durch die Herzogthümer Schleswig, Holstein und Lauenburg, Altona 1844, S. 137ff.; Geerkens, August, Hervorragende Repräsentanten der Tönninger Blockadezeit und ihre Familien, in: Jb. d. Nordfriesischen Vereins, 24/1937, S. 105ff.; Schmuggel auf Helgoland: div. Quellen, insbes. Mohrhenn, Werner, Helgoland zur Zeit der Kontinentalsperre, Berlin, wohl 1927; Lynder, Frank, Spione in Hamburg und auf Helgoland, Hamburg 1964.

Die Langenhorner Gliedsetzer

Ingwer Sönksen: Claußen, Hans, Die Langenhorner Gliedsetzer, in: Zwischen Eider und Wiedau, 1963, S. 133ff.; Seine Erbschaft: Feddersen, Peter, Friesisches Tagebuch, Kleiseerkoog 1975, S.188; Bordelumer Heilquelle: Klose, Olaf, Heilige Quellen in Schleswig-Holstein, in: Nordelbingen, 26/1958, S. 33ff.; Sönke Ingwersen: Rumohr, H. v., Schlösser und Herrenhäuser in Schleswig, Frankfurt o.J., S. 63ff.;

Der Aufstand von Emmelsbüll

Charakter der Wiedingharder: Hansen, Hans, Deutsche Volks- und Sängerfeste in Schleswig-Holstein, Altona 1846; Friesenfest 1844: Lorentzen, Paul, Geschichte des am 10. Juni 1844 in Bredstedt gefeierten Volksfestes der Nordfriesen, Husum 1844 (daraus wörtliche Zitate der Redner); Allgemeines: Jensen, Johannes, Nordfriesland in den geistigen und politischen Strömungen des 19. Jahrhunderts, Neumünster 1961.

Inhalt